KB166672

방패 용사
성공담 ⑧

아네코 유사기
Aneko Yusagi

라르크베르크

필로

테리스

글래스

라프타리아

이와타니 나오후미

리시아

카자야마 키즈나

인물소개
방패용사
성공담

「라프~!」

뿅 하고 연기 속에서 무언가가 나를 향해 달려들었다.

「뭐, 뭐야?!」

재빨리 받아내서 내게 달려든 물체를 확인한다.

그러자 내게 달려든 것은…… 너구리 같기도 하고 미국너구리 같기도 한 무언가였다.

목차

프롤로그 무한미궁

"——후미 씨! 나오후미 씨!"

물방울 소리와 나를 흔드는 목소리에, 급속도로 정신이 들었다.

"으……."

어질어질한 감각 속에서, 머리를 흔들며 일어나서 주위를 확인한다.

"다행이에요, 나오후미 씨."

그러자 거기에는 리시아가 쪼그려 앉아서 걱정스러운 눈길로 나를 쳐다보고 있다.

"여, 여기는 어디지?"

"글쎄요……. 저도 잘 모르겠는데요……."

주위를 둘러본다.

눅눅한, 어쩐지 음침한 느낌을 주는 석조 공간이었다.

작은 방처럼 보이기도 한다.

내가 잠들어 있던 곳에는 지푸라기가 깔려 있었다.

그리고 방 한쪽 구석에는 허름한 침대가 난잡하게 놓여 있고…… 더 둘러 보니, 한쪽 벽이 쇠창살로 막혀 있는 게 눈에 들어왔다.

"이거…… 감옥 같잖아."

"후에에에……."

어떻게 된 거지?

일어서서 다시 상황을 분석한다.

쇠창살이 있고…… 아무리 봐도 감옥 한 칸으로밖에는 보이지 않는다.

으음……. 왜 이런 상태가 된 거지?

잠이 덜 깨서 기억이 혼란스러운 상태다. 냉정을 되찾기 위해 지금까지 있었던 일들을 되새겨 봐야겠다.

내 이름은 이와타니 나오후미.

현대 일본에서 오타쿠 취미를 갖고 있던 대학생이었는데, 우연히 도서관에 갔다가 발견한 사성무기서라는 책을 읽다 보니……. 정신을 차렸을 때에는 책 속의 등장인물인 방패 용사로서 이 세계에 소환되어 있었다.

나를 소환한 자들은, '파도'라는 재앙으로부터 자신들의 세계를 지켜 달라고 부탁했다.

나는 꿈같은 상황에 가슴이 뛰었지만, 이세계의 메르로마르크라는 나라의 녀석들은 자기들이 소환한 용사인 나에게 강간 누명을 뒤집어씌워서 박해하고, 무일푼 신세로 내쫓았다.

그 후, 나는 이런저런 사건들을 해결하고, 최종적으로 방패 용사를 박해하는 녀석들의 음모를 분쇄했다.

　내 강간 누명은 벗겨지고, 내게 누명을 씌웠던 자들은 처벌받았다.

　덕분에 새로운 기분으로 용사로서 파도에 맞설 수 있게 되었지만…… 쉴 새 없이 성가신 상황에 휘말리기를 되풀이했다.

　나는 사성용사 중 한 명, 공격이 불가능한 대신 방어에 특화된 방패 용사로서 소환되었다.

　사성무기라는 명칭에서 볼 수 있듯 무기는 총 네 개가 있고, 방패 이외에 검, 창, 활이 있다.

　나와 마찬가지로 다른 차원의 일본에서 소환되어 온 녀석들이다.

　각기 내가 본래 살던 일본과는 여러모로 다른 일본에서 소환되어 온 것 같았다.

　지금은 그 녀석들에 대해서까지 생각할 필요는 없으려나?

　그래도 녀석들에 관한 점 중에서 중요한 게 있다면, 나 이외의 용사들은 각각 우리를 소환한 이세계와 유사한 세계관을 가진 게임을 플레이한 적이 있다는 것이었다.

　나를 소환한 세계는, 확실히 게임 같은 요소가 존재하는 세계다.

　레벨이며 스테이터스가 존재하고, 마물을 처치해서 경험치를 벌어들이면 그만큼 능력치가 상승한다.

물론 마법 같은 것도 있고, 현대 일본에는 존재하지 않는 마물이라는 생물이 활보하는 세계다.

그런 세계에서 싸워 가며 강해지려면, 사전 지식이 중요하다.

하지만 녀석들은…… 뭐, 입이 무거운 녀석들이라고나 할까, 남을 나락으로 떨어트리는 것에 대해서 거리낌이 없는 녀석들이라, 그 정보를 나에게 가르쳐주려 하지 않았다.

일단 내 오해도 있었기에 누명이 풀린 후에 용사들끼리 대화를 하기로 했고, 그 대화를 통해서 무기 강화 방법을 알아내는 데 성공했다.

그리고 그 대화를 통해서 드러난 것은, 게임 지식을 바탕으로 강해져서 세계를 구한다는 상황에 취해 있던 용사들의 모습이었다.

그 녀석들은 사성무기 본연의 강화 방법을 일부분밖에 이해하지 못하고 있었다.

서로의 강화 방법을 들었으면서도, 자신들이 알고 있는 게임 속 강화 방법만을 실천한 채 파도에 맞서는 멍청한 실수를 벌인 것이다.

결국, 용사 놈들의 강화 방법을 모두 실천한 내가, 나머지 세 용사들보다 두각을 나타나게 되었다.

덕분에 여러 번의 궁지에서 벗어날 수 있었지만.

뭐, 그 후에도 이런저런 사건이 있었고, 수많은 희생을 대가로 세계를 구한다는 괴물, 영귀와 싸우게 되었다.

영귀는 일단, 용사들과는 다른 방법으로 세계를 구하는 역할을 맡고 있는 수호수였다.

나 이외의 용사들은 그 영귀에게 맞섰다가 패배, 행방불명 상태에 빠졌다.

그리고 그 대가가 결국 나에게 돌아와서, 나와 내 동료들이 영귀에 맞서게 되었고, 그 결과 일시적으로 영귀의 활동을 정지시키는 데 성공했다.

우리는 이제 행방불명 상태인 용사들만 찾아내서 보호하면 될 거라고 생각하며 수색에 나섰지만, 사건은 아직 해결된 게 아니었다.

영귀가 처음 출현했을 무렵에, 로브를 두른 여자가 내 앞에 나타나서 자신을 해치워 달라고 부탁한 적이 있었다.

그건 영귀의 인간형 사역마인 오스트 호라이라고 했는데, 그녀는 바로 용사와 적대하는 전략의 선봉……. 그리고 영귀 본체의 의지를 짊어진 녀석이다.

처음에는 뭐가 뭔지 알 수가 없어서 사정을 물어보려 했지만, 오스트는 순식간에 모습을 감추어 버렸다.

그 탓에 대처가 늦어지고 말았다.

다음으로 나타났을 때, 오스트는 머리가 날아가서 죽은 줄로만 알았던 영귀가 아직 살아 있다는 소식을 전하는 동시에 우리에게 영귀 토벌을 의뢰해 왔다.

오스트가 말하길, 영귀는 누군가에게 조종당하고 있어서 본래의 역할인 '생물의 영혼을 양식으로 파도로부터 세계를 보호하는 결계를 생성하는 것'이 불가능해졌다는 것이었다.

오스트는 점거되어 역할 수행이 불가능해진 영귀를 서둘러 해치워 달라고 부탁해 왔다.

그 뒤로는 싸움의 연속이었지.

우리는 오스트와 함께 영귀에 맞서고, 몸속에 침입. 사전에 조사했던 영귀 토벌 방법대로 영귀의 머리와 심장을 동시에 파괴해 보기도 하고, 심장에 봉인 마법을 걸어 보기도 했다.

결과적으로는 실패했지만, 오스트의 조력 덕분에 영귀를 저지할 수 있는 본체의 코어가 있는 방에 도달할 수 있었다.

거기서 영귀를 조종하고 있던 쿄 에스니나라는 연구자풍의 녀석과 맞닥뜨렸다.

그리고…… 그 영귀의 코어가 있는 방에서는 행방불명 상태였던 세 용사들도 발견되었다.

꼴사납게도 영귀에게 패하고 쿄에게 붙잡혀 있었던 것이다.

쿄는 영귀의 코어를 조종해서, 강력한 영귀의 사역마를 사역하는 방식으로 우리를 괴롭혔다.

그 싸움 도중에 글래스 일당이 지원을 위해 달려와서, 우리의 아군이 되는 식으로 서로 힘을 모으게 된다.

글래스라는 녀석은 예전에 나와 싸운 적이 있는, 세 번째 파도 때 균열에서 출현한 인간형 적⋯⋯이라고만 생각했었다.

듣자 하니 이 쿄라는 녀석⋯⋯ 글래스의 세계에 있는, 책의 권속기라는 무기의 소지자라고 한다.

그리고 글래스 일당이 말하길, 우리 세계의 수호수를 조종해서 설치고 다니는 건 글래스 일당으로서는 절대 해서는 안 될 행위라고 한다.

우리는 글래스 일당과 일시적인 협력관계를 구축해서 쿄와 싸웠다.

하지만 영귀의 코어를 지배하에 둔 쿄의 공격은 격렬했고, 심지어 영귀가 모은 에너지를 자기 몸에 깃들인 채 우리를 몰아붙이기까지 했다.

녀석 자신의 방벽도 굳건해서 우리가 패배의 위기에 내몰렸을 때, 쿄의 악행에 분노한 리시아의 공격이 운 좋게 적중하고, 그 틈에 오스트가 내 방패에 심어 두었던 비장의 패가 작동했다.

영귀의 마음 방패.

방패의 전용효과 가운데 에너지 블러스트가 있었고, 영귀의 머리가 나를 향해서 여러 번 내쏘았던 공격을 내가 사용할 수 있게 되었다.

나는 그 에너지 블러스트를…… 오스트의 바람대로 코어를 향해 내쏘았고, 쿄에게 지배당하고 있던 영귀의 코어를 파괴하는 데 성공한다.

코어가 파괴돼서 상황이 불리해졌다는 걸 깨달은 쿄는, 글래스의 세계로 통하는 구멍을 만들어서 도망쳐 버렸다.

영귀 폭주 사건 자체는, 일단 이렇게 막을 내렸다.

그 대가는 너무나도 컸다.

오스트는…… 스스로의 죽음을 각오한 채, 내게 영귀의 코어를 파괴해 달라고 부탁했던 것이다.

나는 그 바람을 이루어 주었다.

본래는 영귀가 토벌되면, 그 영귀가 모아 두었던 에너지가 발산돼서 다른 수호수가 눈을 뜰 때까지 파도가 오지 않도록 시간을 벌 수 있게 된다고 한다.

이번에는 그 에너지 자체가 날뛰었음에도 불구하고, 오스트가 직접 손을 써 준 덕분에 다음 수호수는 아직 눈을 뜨지 않았고 우리 세계는 정상적으로 파도가 일어나게 되어 있다.

그리고 우리는 글래스 일행과 함께, 이 사태를 일으킨 장본인인 쿄를 추격하기 위해 글래스 일행의 세계로 향했다.

전력에서 제외된 세 용사들은 메르로마르크에 맡겨 두고 말이지.

그랬는데…… 어째선지 나는 지금 감옥 같은 곳에 있는 것이다.

"라프타리아랑 다른 사람들은?!"

"저도 모르겠어요. 정신을 차리고 보니 나오후미 씨랑 같이 여기 누워 있었어요."

으음……. 일단 현재 상황을 파악해야 할 필요가 있다.

"응?"

나는 자신이 지금 장착하고 있는 방패 쪽으로 눈길을 향했다.

이상하다……. 의식을 잃을 때는 분명히 영귀의 마음 방패였을 텐데, 낯설고 허약해 보이는 방패로 변화해 있다.

이것과 비슷한 느낌의 방패라면, 스몰 실드일까?

초보자용 소형방패

능력 미해방……장비 보너스 방어력3

뭐야 이거?

나도 모르는 사이에 처음 보는 방패가 나왔잖아. 일단 제일 강한 방패로 바꿔야겠다.

그러자 시야에 아이콘이 떠올랐다.

변화 조건이 충족되지 않았습니다.

엉?

뭐가 어떻게 된 거야?

웨폰북을 불러내서 방패 일람을 펼쳐 본다.

그랬더니…… 어째선지 시야에 떠오른 방패의 아이콘 거의 전부가 어두워져 있었다.

"이, 이게 어떻게 된 거야?"

방패 대부분이 사용 불능 상태가 됐다고?

"저, 저기……."

리시아가 주저하며 머뭇머뭇 손을 든다.

엄청나게 불길한 예감이 들어서 듣고 싶지 않았지만, 현실도피는 아무런 도움도 안 된다.

어렴풋이나마, 리시아가 하고자 하는 말이 짐작이 가기도 하고.

"별로 듣고 싶지는 않지만…… 뭐지?"

"스테이터스 쪽을 확인해 봤는데, 제 레벨이 1이 돼 있어서……."

으…… 불길한 예감이 적중했다.

리시아의 레벨은 분명 68이었을 텐데.

그러던 게 왜 1이 돼 버린 거지?

유력한 가능성을 찾아보자면, 의식을 잃고 있는 사이에 누군가 용각(龍刻)의 모래시계가 가진 레벨 리셋 기능을 이용해서 우리의 레벨을 1로 되돌려 버린 건가?

그리고 엄청나게 불길한 예감에 휩싸인 채, 나는 머뭇머

뭇 자신의 스테이터스 쪽을 확인했다.

이와타니 나오후미
직업 이세계의 방패 용사 레벨1
장비 초보자용 소형방패(전설무기) ○ ▼ ◆ X 2식

"끄아아아아아아아아아아아아아아아!"
"후에에에에에에?!"
내 절규에 리시아도 덩달아서 비명을 지른다.
나까지 레벨 1로 돌아가 버렸잖아!
지금까지 해 온 모든 고생들이 물거품이 된 것, 그 이상이
다.
이건 어쩌면 인생 자체가 궁지에 내몰린 상황인지도 모르
잖아!
끔찍해!
더불어 파티 기능 쪽도 확인한다. 그 결과, 파티 기능이
제구실을 못하고 있음을 알 수 있었다.
라프타리아와 다른 동료들의 이름이 사라져 있다.
오직 리시아의 이름만 있을 뿐, 다른 이름은 몽땅 사라졌다.
노예문(奴隷紋)과 마물문(魔物紋) 쪽까지······.
노예문이라는 것은 사람을 예속시켜서, 명령에 따르지 않
으면 벌을 주는 마법 문양이다.

라프타리아는 어떤 사건 때문에 한 번 노예의 신분에서 벗어난 적이 있었지만, 노예 이외에는 믿지 못하게 된 나의 신뢰를 얻기 위해서 다시 노예로 돌아와 준 아이다.

원래는 내가 누명을 뒤집어써서 인간에 대한 불신감에 빠졌을 때 구입했던 노예 소녀였다.

이세계 특유의 인종인 아인(亞人)이라는 종족으로, 전체적으로는 인간과 비슷하지만 너구리 같기도 하고 미국너구리 같기도 한 귀와 꼬리가 달려 있다.

종족명은 라쿤 종이라고 했던가.

외모상의 나이는…… 18세쯤 되려나? 실제 나이는 어리지만, 레벨 상승에 맞춰 싸움에 적합한 외모로 급성장하는 아인의 특성 덕분에 현재와 같은 외모가 되었다.

긴 밤색 머리에 보드랍고 탄력 있는 피부, 그리고 가지런한 이목구비를 가진, 미녀라면 환장하는 창의 용사 모토야스가 선발한 미소녀 랭킹에도 들어갈 정도의 인재다.

뭐랄까…… 나는 오타쿠였으니까, 거기에 맞춰서 표현하자면, 애니메이션이나 게임 같은 것에 나오는 미소녀에 못지않을 정도의 미모라고 표현하면 확실하게 실감이 난다.

내가 처음에 준 것이 검이었기 때문인지 검술을 주특기로 삼고 있고, 공격 능력이 없는 나를 대신해서 적을 물리치는 역할을 맡고 있다.

성실한 성격이라, 내가 이상한 소리를 할 때면 바로잡아

주곤 하는 아이다.

그 세계에서 첫 번째로 파도가 일어났을 때 피해를 입은 마을 출신으로, 파도에 대해서는 여러모로 악연이 있다.

나고 자란 고향과 가족을 잃고, 노예 사냥꾼에게 붙잡혀서 여러모로 고생을 했다고 한다.

그 후, 나에게 팔려 와서 이렇게 함께 싸우는 관계가 되기에 이르렀다.

지금은 내 믿음직한 파트너 같은 소녀다.

지금까지 거의 사용한 적이 없긴 하지만, 노예문은 라프타리아가 어디 있는지 가르쳐주는 기능도 갖고 있다.

한번 사용해 봤더니…… 응?

노예문 관측 범위 밖입니다.

이렇게 나온다. 하는 김에 필로 쪽도 확인해 봐야겠다…….

첫 번째 파도를 이겨낸 대가로 원조금을 받았을 때, 노예상의 가게에 있던 뽑기에 도전한 적이 있었다. 그 경품인 알에서 부화한 것이 필로……. 마차를 끄는 것에서 환희를 느끼는 필로리알이라는 종족의 마물 소녀였다.

필로리알이라는 건…… 어떻게 설명해야 하나.

커다란 조류형 마물로, 일반적인 필로리알은 타조를 좀 더 다부지게 만들어 놓은 것 같이 생긴 생물이다.

하지만 필로는 그 상위종이라는 여왕종? 아니, 변종이라고 해야 할까?

필로리알 퀸이라는, 필로리알의 보스 같은 마물이다.

외모는 깃털이 많고, 올빼미 같기도 하고 펭귄 같기도 한 체형이다.

색깔은 흰색과 연분홍색이 섞여 있다. 바탕은 흰색이고 곳곳에 연분홍색 무늬가 들어가 있는 식이다.

그리고 그 이외의 특이한 점으로, 인간과 비슷한 모습으로 변신하는 능력을 갖고 있다.

그 모습을 한 마디로 표현하자면 천사……라고 표현하는 것이 가장 가까울 것 같다.

금발 벽안에, 긴 생머리, 또랑또랑하고 해맑아 보이는 눈동자에, 천진난만한 성격을 가진, 순진무구한 10세 정도의 날개 달린 아이다.

머리칼도 찰랑찰랑하고, 라프타리아에 못지않게 윤기 있는 피부를 갖고 있으며, 얼굴도 예쁘장한 편이라 할 수 있겠지.

금발 벽안의 천사 같은 여자아이라는 말에 떠오르는 이미지 그대로의 용모다.

복장은…… 하얀색을 기본으로 하고 파란 악센트 부분이 들어가 있는 원피스.

주요 무기는 손톱이다.

인간형일 때는 양손에 손톱을 장착하고 마물 형태일 때는 발에 차는 식으로, 때와 장소에 따라 전투 방식을 달리한다.

전투 면으로만 따지자면 라프타리아보다도 뛰어난 능력을 갖고 있다고 봐도 좋을 것이다.

필로 덕분에 궁지에서 벗어난 적도 여러 번 있다.

그리고 역시 마물문도 라프타리아의 노예문과 마찬가지로 반응이 없다.

아무래도 라프타리아와 필로가 어디 있는지, 그 방향조차 짐작할 수 없는 모양이다.

곁에 있는 건 리시아뿐…….

리시아는 원래 활의 용사인 이츠키의 동료였지만, 이츠키 패거리에게 누명을 뒤집어쓴 채 쫓겨난 경력이 있는…… 비실비실한 여자애다.

머리는 두 갈래로 땋고 있고, 굳이 표현하자면 집에 틀어박혀 있기를 좋아하는 문학소녀 같은 녀석이다.

실제로 내 동료가 된 후로도, 내게 도움이 된 건 전투보다는 지식 쪽이었다.

하지만 본인은 전투 면에서도 강해지기를 바라고 있다.

절체절명의 위기에서 이츠키의 도움을 받은 이후로, 정의의 사도에 대한 동경 때문에 이츠키의 동료가 되었다고 한다.

그 후로는 고생이 이만저만이 아니었다는 모양이다.

나와 마찬가지로 누명을 뒤집어쓰고 동료의 무리에서 쫓겨났다. 그 누명의 실체는, 이츠키의 분풀이였다.

파도 때 리시아가 자기보다 더 활약해서 높은 평가를 받은 것이 아니꼬웠던 거겠지.

외모는, 라프타리아에게도 뒤처지지 않을 정도다.

여자라면 사족을 못 쓰는 창의 용사, 모토야스가 평가한 미소녀 랭킹에 랭크인했을 정도이니 더 말할 것도 없겠지.

다만, 실제 연령에 걸맞은 외모는 아니다.

뭐, 내 동료가 되는 녀석들은 대개 다들 그렇지만 말이지.

리시아의 나이는 얼핏 보기로는 14세 전후…… 하지만 본인의 얘기에 따르면, 실제로는 17세라고 한다.

리시아의 인상을 요약하자면, 약간 앳된 인상이 느껴지는 비실비실한 소녀라 할 수 있다.

그런데 지금의 리시아는 상당히…… 이상한 차림을 하고 있다.

그렇게 생각할 만도 한 것이, 마물 형태일 때의 필로와 똑같이 생긴 인형옷을 입고 있는 것이다.

본인 왈, 인형옷을 뒤집어쓰고 있으면 울어도 남들에게 안 들켜서 좋다나…….

그리고 우리가 전투기술 지도를 받을 때 전투 고문을 맡았던 변환무쌍류(變換無雙流)라는 유파의 할망구가 말하기로는, 의외로 100년에 한 번 나올까 말까 한 수재라는 모양이다.

확실히, 가끔 그 표현에 걸맞은 회심의 일격을 날릴 때가 있다.

지난번에는 그 덕분에 궁지에서 벗어날 수 있기도 했고 말이지.

다만 평소에는…… 그다지 강하지 않다.

그나저나, 이거 완전 큰일이잖아!

여기가 감옥이라면 우리는 갇혀 있다는 뜻이잖아.

그 말인즉슨, 쿄에게 붙잡힌 신세라는 것 아닌가.

이건 말 그대로 최악의 상황이잖아!

"우리를 내보내 줘!"

감옥 문에 손을 대고 흔들어 본다.

감옥에 갇히는 건 난생처음 겪는 경험이다. 물론 그렇다고 해서 감동 같은 걸 느끼는 건 아니고, 솔직히 말해서 감옥 같은 곳에는 들어가고 싶지 않다.

이세계에 온 후로 스스로가 범죄 비슷한 짓을 했다는 건 나도 알지만, 그렇다고 해서 감옥에 갇힐 수는 없다고!

나 자신의 결백은 이미 증명된 상태 아닌가!

아니……. 낯선 이세계에 와서 운 없이 정신을 잃은 우리를, 누군가가 일단 감옥에 집어넣어 둔 건가?

레벨 1이지만 저항 정도는 해 주마!

액세서리를 제작하면서 익힌 기술로 감옥 문을 딸 수는 없을까?

그렇게 생각하면서 감옥 문을 흔들었더니, 문은 끼익 하고 맥없이 열렸다.

"어라⋯⋯?"

"후에에?"

보아하니 문은 잠겨 있지 않았던 모양이다.

이러면 감옥에 집어넣는 의미가 없잖아?

그런 생각도 들었지만, 갇혀 있는 것보다는 낫지.

"이, 일단 여길 나가서 주위를 탐색하자. 라프타리아나 글래스 패거리가 있을지도 몰라."

"아, 네!"

우리는 종종걸음으로 감옥을 나와서, 눅눅한 공기가 감도는 석조 감옥을 수색해 보기로 했다.

옆방은⋯⋯ 어째선지 생활에 편리하도록 여러모로 변형되어 있다.

침대는 푹신해 보이고, 소파도 완비. 그 외에 식재료를 넣는 보따리며 화덕까지 있다.

석조 감옥 한 칸을 가공해서 그런 식으로 만들어 둔 걸까?

라프타리아나 다른 동료들은 없는 것 같군.

"라프타리아! 필로! 있으면 대답해!"

그렇게 소리쳐 봤지만 대답이 없다.

다른 동료들은, 적어도 내 목소리가 닿는 범위 안에는 없는 모양이다.

"좋아, 내가 앞장설 테니까 리시아도 조심해서 따라와. 지금 믿을 건 너밖에 없으니까."

"아, 네! 하, 한번 해 보겠습싯습……."

말 좀 씹지 마. 나 원 참……. 불안이 두 배로 불어나는 기분이다.

"으응……."

석조 감옥 안에는 아무도 없는 듯, 누구와도 마주치지 않았다.

낯선 건물 안에 있는 것이다 보니, 감옥이 아닌 미궁 같다는 착각까지 드는군.

뭔가 이상하다. 미궁이라면 마물 같은 것과 맞닥뜨려도 이상할 게 없을 텐데, 다행스럽게도 지금까지는 무엇과도 조우하지 않고 있다.

그리고 길을 대충 탐색하다 보니…… 막다른 곳인 줄 알았던 곳에 일곱 빛깔로 빛나는 이상한 문이 있는 걸 발견했다.

그 문은 묘한 아치형으로 만들어져 있는데, 뭐랄까…… 이런저런 색깔이 뒤섞인, 비눗방울의 막 같은 것이 꿈틀거리고 있다.

"이, 이건 대체 뭐죠?"

"나도 몰라."

단, 내가 알고 있는 게임에 비추어 생각하자면 이런 건 아마 다른 공간으로 이동하기 위한 오브젝트 같은 것일 텐데, 이세계에 온 후로 이런 건 처음 보는군.

"어쨌거나, 겁만 내고 있어서는 아무것도 못 해. 들어가자."

"후에에……."

"자, 뭘 떨고 있는 거야? 냉큼 가자고."

리시아가 쭈뼛거리며 아치로 들어가는 걸 망설이고 있었으므로, 손을 붙잡아서 강제로 끌어당겼다.

그리고 아치 너머로 들어간 나는, 그 너머에 있는 광경을 보고 말문이 턱 막혔다.

"이게 무슨——."

파란 하늘, 쨍쨍 내리쬐는 태양. 그리고 하얀 백사장과 바다…….

뒤를 돌아보니 방금 그 문이 있다.

"후에에에! 이게 도대체 어떻게 된 거예요?!"

"난들 알겠냐."

다만, 아무래도 이곳은 공간이동이 가능한 신비로운 세계라고 생각해 두는 게 좋을 것 같다.

"놀라기만 하고 있어 봤자 시간 낭비야."

바다 반대쪽을 쳐다보니, 밀림과 백사장 너머에 초원이 있는 걸 알 수 있었다.

일단, 딱히 갈 수 있을 만한 곳도 없으니 초원 쪽으로 가보는 수밖에.

현재는 라프타리아와 필로의 반응도 찾을 수 없으니까 최대한 빨리 움직이는 게 좋다.

우리에게는 시간이 없는 것이다. 한시라도 빨리 쿄에게

제재를 가해 줘야만 한다.

"경악의 연속이지만, 일단 가 보는 수밖에. 아니면 올지 어떨지도 모르는 지원만 기다리고 있을 생각이냐?"

"후에에⋯⋯."

난 싫다고. 그렇게 남에게 의존하기만 하는 건.

박해당하고 무일푼 신세로 쫓겨났을 때, 나를 믿어준 사람은 있었지만, 내 결백을 증명해 준 녀석은 아무도 없었던 것이다. 기다리기만 하기보다는, 행동으로 자유를 쟁취하고 싶다.

"갈게요. 갈 테니까 저만 혼자 두고 가지는 말아 주세요."

우리는 초원 쪽으로 향했다.

낯선 생물이 적의를 품은 채 이쪽으로 다가오고 있는 걸 발견했다.

여기가 어떤 곳인지는 모르지만, 기본적인 세계의 구조는 달라지지 않은 모양이다.

요컨대 스테이터스 마법 같은 걸 이용해서 싸울 수 있는 것이리라.

레벨 저하 때문인지 모르지만, 지금까지 사용해 왔던 방패 대부분이 사용 불능 상태가 된 현재, 방패 자체의 능력만으로 버티는 건 어렵다.

하지만, 지금까지 내가 해방해 왔던 방패의 기능이나 스테이터스 부여의 효과는 사라지지 않았다.

보통의 레벨 1보다는 훨씬 강할 터였다.

게다가 이츠키에게서 배운 강화 방법 중에 있던, 마물의 소재를 넣어서 스테이터스 레벨을 올리는 건 모든 방패에 효과가 적용되는 거라서, 내 능력치는 그만큼 상승해 있는 상태다.

그러니까…… 어쨌든 저레벨 마물을 상대로는 그럭저럭 싸워 볼 만할 거라는 게 내 예측이다.

그리고 초원의 풀숲에 있는 건, 하얗고 모난 무언가.

응시해 보니 이름을 알 수 있었다.

화이트 담볼

처음 보는 마물이다.

나를 향해 달려들어 온다.

재빨리 손을 앞으로 뻗어서 붙잡았다.

크기는 내 머리 정도. 네모나고…… 하얀…… 골판지 상자?

내가 붙잡은 게 거슬렸는지, 쩍 하고 입 같은 걸 벌려서 나를 물어뜯으려 한다.

다행히도 대미지를 입을 정도의 위력은 아니었다.

처음 보는 마물이지만…… 유사한 마물은 본 적이 있었다.

"벌룬 같은 마물이군. 리시아, 이런 마물 본 적 있어?"

"후에? 처, 처음 보는 마물이에요. 이런 건 책에서도 본 적이 없는걸요."

으음, 박학다식한 리시아도 모른다는 걸 보면, 여기는 정말로 엄청나게 수상한 곳이라는 얘기가 되잖아.

리시아는 지식이라는 면에서는 누구보다도 믿음직하니까.

"어쨌거나 잡몹인 건 분명해. 자, 내가 붙잡고 있을 테니까 숨통을 끊어."

"아, 네!"

리시아는 화이트 담볼을 검으로 찌른다.

푸석 하는 소리와 함께, 화이트 담볼은 접힌 상자 같은 모습으로 찌그러지고 눈이 X자 모양으로 변한 채 움직임을 멈추었다.

괴상한 생물이군.

반응이 필드 계열 온라인 게임 속 몬스터들과 완전히 똑같다.

뭐, 그렇게 따지자면 벌룬도 딱히 다를 건 없지만 말이지.

EXP 15 획득

별로 강하지도 않은데, 경험치가 벌룬보다 훨씬 두둑하잖아.

"좀 딱딱했어요."

"뭐, 네 힘으로는 그럴 수밖에 없겠지."

넌 레벨이 오른 후에도 초기 능력에서 딱히 달라지지 않았으니까.

지금 리시아는 레벨에 비해서 스테이터스가 높지만.

그런 의미에서는 벌룬보다는 강한 마물인지도 모른다.

처치한 화이트 담볼을 방패에 먹여 보았다.

내가 처음 물리쳤던 마물인 오렌지 벌룬과 마찬가지로, 스테이터스 부여 계통 방패가 나오는 것 같군.

초보자용 하얀 소형방패의 조건이 해방되었습니다!

초보자용 하얀 소형방패
능력 미해방……장비 보너스 방어력2

응, 벌룬을 먹였을 때 나온 방패와 완전히 같은 규격의 방패라고 봐도 될 것 같군.

방패의 방어력 쪽 능력을 개미 코털만큼 올려 주는 정도인 게 완전히 똑같다.

"어쨌거나, 내가 움직임을 봉쇄할 테니까 리시아는 숨통을 끊어."

"알았어요오! 후에엑!"

아, 자빠졌다.

어리바리한 리시아와 둘이서 사냥하는 지금과, 어린 시절의 라프타리아와 함께 싸우던 시절, 어느 쪽이 더 안전하게 싸울 수 있었던 걸까?

그렇게 생각하며 우리는 초원을 걸었다.

뭐, 탐색과 레벨업하는 틈틈이 낯선 약초 같은 풀들도 수확하고 다녔지만.

그런데 약초류는 우리 세계에도 있는 것 같은 것들이 꽤 나왔다.

리프 실드와 같은 규격의 방패도 나왔다.

이름은 나뭇잎 방패지만 실제로는 딱히 나뭇잎도 아닌 약초에서 나온 방패로, 원래는 리프 실드와 거의 같은 기능이 내포되어 있었던 것 같지만…… 기능이 중복돼서인지 스테이터스 부여로 대체되어 있었다.

그리고 하나 더 느낀 점이 있다면, 처음에 만난 담볼 계열 이외에도 약간 강한 마물들과도 싸워 봤는데, 이름의 표기가 한자로 된 게 많아 보였다.

우사피르처럼 생긴 마물이, 두신토(頭身兎)라는 이름으로 나왔다.

더불어, 손에 들어오는 경험치가 약간 많다.

실제로 초원을 탐색한 지 몇 시간 만에 내 레벨은 9까지 올라갔고, 리시아는 심지어 레벨 16까지 올라갔다.

처치한 마물을 꼼꼼하게 해체하고 드롭 아이템을 분석하

면서, 우리는 몇 시간 동안 꾸준히 싸워 나갔다.

덕분에 내 레벨도 순조롭게 올라갔고, 지금까지 써 왔던 방패도 약간이나마 사용이 가능해졌지만…… 주로 '실드'라는 이름이 붙은 방패들이 이가 빠진 것처럼 사용 불가 상태로 남아 있다.

뭐가 원인인지 도통 모르겠다.

소울 이터 실드나 키메라 바이퍼 실드는 사용이 불가능할지도 모르겠군.

"하아…… 하아……. 지, 지치네요."

리시아가 거칠게 힘을 몰아쉬면서 내 뒤를 따라온다.

"조금 쉬었다 가지."

의외로 이런 곳에도 마물이 있구나……. 아니, 이런 이상한 공간이라서 있는 건가?

앉아서 휴식을 취한다.

슬슬 목이 마른데…….

물통 같은 걸 가져온 것도 아니니 어딘가에서 마실 걸 확보해야 하는 건가…….

습관적으로 약초류를 채취하다 보니, 당연하게도 이제 슬슬 거치적거리기 시작했다.

약연이나 조합 재료 같은 건 가져오지 않았으니, 방패를 이용해서 조합하는 수밖에 없겠군.

그렇게 생각하며 방패에 약을 집어넣고, 레시피를 알고

있는 조합으로 제조를 개시한다.

부족한 재료는 같은 효과를 가진 약초로 대용이 가능한 듯, 만드는 데는 무리가 없어 보였다.

문제는 다른…… 정체를 모르는 약초의 조합이군.

연구가라면 미지의 약초가 갖고 있는 효과에 대한 호기심에 가슴이 뛰겠지만, 애석하게도 나는 그렇게까지 가슴이 뛰지는 않는다.

"그럭저럭 싸울 만은 하네요."

침묵을 견딜 수가 없었는지, 리시아가 생각에 잠겨 있는 내게 말을 걸었다.

"그러게 말이야. 그다지 강한 마물은 없어서 다행이야."

"저도 조금 강해진 거 맞죠?"

"……."

레벨이 15나 올랐는데도 스테이터스 상승 폭은 오차 범위를 벗어나지 못했다는 점을 지적하는 게 나으려나?

그렇게 생각하며 대답을 망설이고 있으려니, 어렴풋이 냇물이 조잘대는 소리가 들려왔다.

아아, 냇물도 있는 건가.

하긴, 바다가 있으니 냇물도 있겠지.

마침 목이 마르던 참이니 한번 가 보는 것도 나쁘지 않겠군.

냇물 소리가 들려오는 쪽을 향해 내가 걸어가자, 리시아가 내 의도를 파악하고 고개를 끄덕였다.

역시 너도 목이 말랐었나 보군.

냇물 소리가 나는 방향을 향해 걸으니 냇가에 다다를 수 있었다.

약간 떨어진 곳에, 나무로 만들어진 다리가 걸려 있는 게 보인다.

여기는 대체 어떤 세계인가. 도통 감도 잡히지 않는다.

물을 그냥 먹어도 괜찮을지, 안력 스킬을 이용해서 감정한다.

……괜찮은 모양이군.

손으로 떠서 목을 적신다.

"우……."

리시아도 나를 따라 마셔 보고 한숨 돌린 모양이었다.

결국 초원에서 꽤 떨어진 곳까지 오게 됐군.

메르로마르크 인근에 있는 강가에서 야숙하던 시절이 떠오른다.

당장은 싸우는 데 무리가 없지만, 불안 요소는 사라지지 않는군. 지금의 나는 그다지 강하지 않으니까 말이지.

레벨이 1로 돌아가 버린 데다, 대부분의 방패가 사용 불능 상태가 된, 최악의 상황 아닌가.

언제 무슨 일이 벌어질지 알 수 없는 이 상황에서, 마음을 놓을 수 있을 리가 없다.

어찌 됐건 일단은 방패의 해방과 강화에 힘을 쏟을 수밖에 없겠지.

레벨이 원인인지, 아니면 다른 요소가 얽혀 있는 건지 알 수 없으니, 함부로 강화해도 되는 건지 어떤지 하는 고민도 남는다.

비교적 빠른 시점에서 좋은 방패가 나와서 더 이상 강화의 의미가 없어지면, 미리 강화한 건 헛수고가 되는 셈이니까.

하지만 반면에, 조금 정도는 강화해 두지 않으면 위험할 것 같은 느낌도 든다.

그런 생각을 하고 있으려니, 냇물에서 첨벙 하고 물보라를 일으키며, 마물이 우리 근처에 모습을 드러냈다.

"*갓파?"

그렇다. 거기에는 녹색 개구리 같은 몸을 갖고 있고, 등에는 등딱지가 달려 있고, 머리에 접시를 얹고 있고, 손발에는 물갈퀴가 달린 갓파가 있었다.

체형은 인간에 가깝다. 일본의 요괴 그림에 실려 있을 법한 모습으로 이족 보행을 하고 있다.

"크아."

보아하니 우리에 대해 적의를 품고 있는 것 같다.

---

*갓파(河童) : 일본에 전해져 내려오는 전설상의 동물, 또는 요괴. 헤엄을 잘 친다고 한다. 어린아이 정도의 몸집에 녹색 피부, 물갈퀴가 달린 팔다리를 갖고 있으며, 머리에는 접시를 얹고 있고, 등에는 등딱지가 달려 있는 모습으로 묘사되는 경우가 많다.

갓파의 생김새 때문에, 녀석이 나를 소환한 이세계에 있었던 아인이나 수인의 부류에 속하는 건지, 아니면 마물에 속하는 건지, 판단하기가 난감했다.

상대가 아인이나 수인이라면, 방패의 번역 기능을 이용하면 말이 통할 텐데, 한번 해 볼까?

볼록하게 뺨을 부풀리고 있는 걸 보면, 공격태세에 들어가 있는 걸 한눈에 알 수 있었다.

"에어스트 실드!"

갓파가 고도로 압축된 물을 우리를 향해 내뱉었으므로, 재빨리 에어스트 실드를 전개했다.

우리와 갓파 사이에 한 장의 방패가 출현해서, 물대포를 가로막는다.

물대포가 명중하자, 에어스트 실드가 뽀각 하는 소리를 내며 파괴되었다.

나 자신이 별로 강하지 못한 게 문제로군.

방패 강화 정도도 아직 어중간한 상태고……. 그나저나 이 갓파, 은근히 강해 보이는데.

뭐, 적의를 갖고 있다면 인간이든 마물이든 알 바 아니다.

다음 공격을 준비하려는 듯 크게 숨을 들이쉬려는 걸 보고, 그 틈을 타서 접근한다.

"크아!"

갓파가 나를 향해 발톱을 휘둘러 왔다.

방패로 쳐내지만, 나머지 한쪽 팔이 나를 향해 뻗어 온다.

"세컨드 실드!"

까앙 하는 소리와 함께 두 번째 방패…… 세컨드 실드를 전개해서 발톱을 막아내고는, 곧바로 갓파 뒤로 우회해서 양 겨드랑이에 팔을 끼워서 결박했다.

"리시아!"

"후에에?!"

아……. 리시아 녀석, 갑작스러운 상황에 당황하고 있군.

"빨리 해!"

"아, 네!"

"크아!"

갓파는 입을 볼록하게 부풀려서, 고도로 압축된 물을 리시아에게 내쏘려 한다.

내가 그걸 그냥 놔둘 줄 알고?

꽉 힘을 주고 몸의 방향을 틀어서 조준을 빗나가게 만든다.

갓파는 성가시다는 듯 버둥거렸지만, 뒤에서 붙들고 있는 나에게는 별 힘을 쓰지 못한다.

"뭘 꾸물거리고 있는 거야?! 빨리 해치워!"

"후에에에에!"

리시아가 검으로 갓파의 배를 찌르지만, 의외로 튼튼한 건지, 쓰러질 기미를 보이지 않는다.

『힘의 근원인 방패 용사가 명한다. 다시금 이치를 깨우쳐, 저자에게 모든 것을 주어라!』

"쯔바이트 아우라!"

리시아에게 지원마법을 걸어 주니, 내 마력이 뭉텅 깎여 나간다.

이걸 쓰지 않은 채 이기고 싶었건만, 리시아를 데리고 싸우자면 한계가 찾아올 수밖에 없는 건가!

바로 그때 등 뒤에서 푸걱 하는 소리와 함께 고통이 몰려온다.

"크윽······."

또 다른 갓파인가?

고개를 돌려 보니, 아니나 다를까, 또 한 마리의 갓파가 나를 향해 발톱을 휘두르고 있는 중이었다.

아프잖아. 은근히 공격력이 강한 녀석이군.

"리시아! 빨리 해치워."

"아, 알고는 있지만, 너무 단단해서 칼날이 전혀 안 박히는걸요."

리시아가 있는 힘껏 검으로 갓파의 가슴을 찌르려 하고 있지만, 미끄덩하고 비껴져 나가듯 검이 튕겨 나간다.

지원마법을 걸어 줬는데도 이 정도인 걸 보면, 혹시 우리는 전투력이 상당히 높은 녀석과 맞닥뜨린 건가?

으윽······. 갓파가 쑤걱쑤걱 내 등을 찢어발겨서 피가 튄다.

이거 큰일 난 거 아냐? 고통 때문에, 앞에 있는 갓파를 결박하고 있던 손에서 힘이 빠진다.

"빠, 빨리 좀 해! 더는 못 버텨! 안 될 것 같으면 냉큼 도망치자!"

이런 녀석을 상대로 싸우다간, 목숨이 몇 개가 되어도 남아나질 않겠어!

이건 분명, 우리 레벨이 너무 낮은 게 원인이다.

하지만…… 도망친다고 해도, 녀석들을 따돌릴 수 있을지 자신이 없군.

저 물대포는 위력이 상당히 강할 것 같으니, 도망치다가 뒤에서 저격당하기 십상일 것 같다.

밑도 끝도 없는 대위기다. 최악의 사태가 전개되고 있다.

이런 곳에서 끝나고 마는…… 건가?

포기할 생각은 없다. 생각하자. 뭔가 수단이 있을 거다.

그 순간 물속에서 세 마리째 갓파가 출현해서, 우리를 포위하듯이 다가온다.

"후, 후에에에에에엥!"

큭……. 이제 끝장인가. 상황이 이렇게 되면 제대로 도망도 칠 수 없다.

그때──.

리시아에게 다가오던 갓파의 목이 느닷없이 찢어발겨졌다.

"엉?"

"혈화선(血花線)!"

낯선 목소리가 들려오는 동시에 뭔가가 번뜩이고, 내 뒤에서 공격을 퍼붓던 갓파, 그리고 나에게 결박당해 있던 갓파가 갈기갈기 찢어져서 고꾸라졌다.

어, 어떻게 된 거야?

엄청나게 신기한 마술이라도 본 것 같은 기분이 들었다.

……방금 그거, 뭔가 스킬 같은 건가?

스킬이란 에어스트 실드 같은, 특수한 힘을 가진 용사만이 사용할 수 있는 기술을 가리킨다.

글래스 일당도 사용할 수 있었던 걸 보면, '용사만이 사용할 수 있는'이라는 게 완전히 들어맞지는 않는 셈이지만 말이지.

게다가 마법이며 기술을 사용할 때도 스킬이라는 표현을 쓰곤 하니까, 방금 그게 스킬인지 어떤지 판단하기가 힘들다.

"괜찮아?"

우선 기가 드세어 보이는 눈동자로 눈길이 갔다.

눈 색깔은 짙은 갈색. 피부는…… 나와 같은 색이군.

남자의 피부색이라는 뜻이 아니라, 인간의 피부라는 의미에서 나와 같다는 뜻이다.

그리고 그 피부는 건강미 넘치는 색조로, 어렴풋이 붉은 기가 도는 밝은 흰색, 탄력도 있어 보인다.

이목구비는 가지런하고, 나이는 12, 13세쯤 되려나?

초등학교 고학년, 혹은 중학교에 갓 입학한 중학생 정도
의 키를 갖고 있다.

표정이나 분위기로 보아, 외모로 보이는 연령보다는 나이
를 먹었을지도 모른다.

긴 머리는 투 사이드 업으로 묶고 있고, 드세 보이는 분위
기와는 달리, 차림새는 여성스럽기 그지없다.

복장은 약간 닳은 *하오리를 어깨에 걸치고 있으며, 그 안
에는 고딕 드레스를 받쳐 입고 있는 것 같다.

가슴은…… 헐렁한 옷이라는 점을 고려하더라도, 없다.

남자인가? 하는 생각도 들었지만, 투 사이드 업 스타일의
남자라니 재수가 없기도 하고, 얼굴 생김도 완전히 여자고,
부드러운 느낌도 드는 걸 보면 남자는 아니겠지.

허리에는…… 저건 뭐지? 봉……은 아닌 것 같고. 낚싯
대를 차고 있다.

얼굴은 제법 예쁘장하다. 약간 드세 보이지만 여자다운
느낌이 드는 아이다.

굳이 말하자면 여장아이 같은…… 그런 분위기가 있다.

나이를 짐작하기 힘들군.

그리고 뭔가 분위기 같은 게, 어쩐지 일본인을 연상케 한다.

그냥 내 착각인가?

"잠깐 눈을 뗀 사이에 사라져서는 이런 곳까지 오다

---

*하오리(羽織) : 일본 전통 복장의 하나로, 옷 위에 입는 짧은 겉옷.

니……. 자칫 잘못하면 죽을 뻔했잖아?"

보아하니 적은 아닌 것 같지만 아군인지 어떤지도 의심스럽다.

아군인 척했다가 중요한 상황에서 배신하는 건 흔히 있는 일이니까.

마력이 얼마 남지 않았으므로 치료약을 꺼내서 상처를 치료했다. 환부에 바르기만 했는데도 상처가 순식간에 사라져 간다.

이럴 때에는 여기가 이세계라는 점에 감사하지 않을 수가 없군.

현대 일본이었다면 완치하는 데 상당한 시간이 걸렸을 테니까.

"하늘에서 떨어진 너희를 보호하고 날라다 뒀던 거였는데……."

"넌 누구냐?"

느닷없이 나타난 적을 처치해 준 건 확실히 고마운 일이었지만, 그래도 조심해야 한다.

자기가 구해줬다는 생색을 내면서 접근해 오니 의심이 드는 것도 당연한 일이다.

"혹시 날 의심하는 거야?"

"그야 당연하지. 정신이 들었더니 감옥에 있었고, 탈출한 후에 강력한 마물을 상대로 고전하고 있는 상황에, 무슨 히

어로라도 되는 것처럼 나타나다니, 일부러 노리고 그렇게 한 거 아닌가 하는 의심이 들 수밖에 없잖아."

"아…… 응. 그렇게 생각한다고 해도 이상할 건 없으…… 려나?"

내 눈앞에서, 녀석은 귀찮다는 듯 머리를 벅벅 긁으며 대꾸한다.

뭐지, 이 녀석은? 이 녀석이 내 레벨을 1로 만들어 놓은 범인인 거 아냐? 우리는 경계를 풀지 않은 채 은근슬쩍 전투태세를 취한다.

"일단 자기소개부터 하는 게 어때? 기왕 이렇게 만난 사이니까, 얘기라도 좀 하자고."

"남의 이름을 물어볼 때는, 먼저 자기 이름부터 대는 게 예의 아냐?"

"하긴, 그렇지. 그럼 나 먼저 소개할게. 내 이름은 카자야마 키즈나. 사성, 수렵구의 용사야."

"……엉?"

이 녀석, 방금 뭐라고 한 거야?

사성, 수렵구의 용사?

사성이라는 건 검, 창, 활, 방패를 가리키는 거 아냐?

"내가 자기소개를 했으니까 너도 해."

내가 어안이 벙벙해 있으려니, 키즈나라는 이름의 소녀는 우리에게 자기소개를 요구한다.

이럴 땐 순순히 대답하고 상대의 반응을 살피는 게 좋겠지.

"내 이름은 이와타니 나오후미다. 너와 마찬가지로 사성, 방패 용사지."

"······엉?"

키즈나는 나와 완전히 똑같은 반응을 보였다.

아마 조금 전의 나도 이런 표정을 지었었겠지.

"왜 그러지?"

"아니, 사성 중에 방패라는 게 있었나? 처음 듣는 얘긴데."

"나도 수렵구 같은 건 들어 본 적 없어."

"으음······."

키즈나는 팔짱을 낀 채 생각에 잠긴다.

그러다가, 이내 고개를 들고 리시아 쪽으로 시선을 던진다.

"다음은 너."

"후에?!"

"리시아, 일단 자기소개를 해 줘. 적은 아닌 것 같으니까."

적어도 지금은 말이지.

"아, 네. 제 이름은 리시아 아이비레드라고 해요."

"그쪽은 용사 운운하는 건 안 붙는 모양이지?"

"그래, 일단은 내 동료야."

그러자 키즈나는 리시아를 몇 번 쳐다보고는, 알았다는 듯 고개를 끄덕인다.

"그럼, 나오후미······. 그냥 이름으로 불러도 되겠어?"

"그래, 그럼 나도 키즈나라고 부르지. 그래서 할 얘기가 뭐지?"

억양도 완벽하군.

이름의 분위기로 미루어 보아 나도 어렴풋이 감이 잡혔다.

사성용사가 될 수 있는 건 소환된 용사들뿐이라고 했으니까…….

"일본으로부터 소환된 용사가 틀림없는 것 같네."

"……그래, 억울하기 짝이 없는 일이지만 말이지."

"뭐가 억울한 건지는 모르지만, 사성 중에 방패라는 건 들어 본 적이 없는데. 가능성을 생각해 보자면, 내가 알고 있는 이세계와는 다른 이세계의 사성용사 같은 거야?"

"아마 그럴 거야."

나는 지금 글래스 패거리의 세계로 전이해 온 것일 터였다.

그걸 생각하면, 눈앞에 있는 키즈나라는 여자는 글래스네 세계의 사성용사일 가능성이 높다고 볼 수 있다.

"어쩌다가 이세계의 용사가 여기로 오게 된 건지는 모르겠지만…… 참 운도 없네."

"왜 그렇게 생각하지?"

"너도 알다시피 여긴 감옥이긴 하지만, 보통 감옥보다도 질이 좀 나빠서 말이야."

"무슨 뜻인지 이해가 안 되는데."

"여기는 무한미궁이라는 이름의 감옥이야. 간단히 말하

자면 간수가 없더라도, 한번 들어온 사람은 절대로 탈출할 수 없는…… 특수 공간이란 얘기지."

탈출이 불가능한 특수 공간?

……홋!

"왜 웃는 거지?"

키즈나가 미간을 찌푸리며 황당하다는 듯 뇌까린다.

그럼 이 상황에서 어떻게 웃지 않을 수 있다는 거야?

"아니, 강제로 이세계로 소환돼 와서 돌아갈 방법만 모색하고 있는 내 입장에서는, 탈출이 불가능한 공간이라는 점에서는 어디든 피차일반인 것처럼 느껴져서 말이지."

내 입장에서 보자면, 방패 용사로서 소환돼서, 돌아가고 싶어도 돌아갈 수 없는 이세계 자체가 감옥이나 다름없는 공간이다. 그렇다면, 키즈나가 얘기하는 특수 공간이라는 건, 그야말로 차원의 벽을 깨부숴서라도 가야 하는 곳이 되는 셈이다.

어쨌거나, 일단은 여기가 글래스 일당의 세계가 맞는지 어떤지를 확인해 보는 게 먼저겠지만.

당연한 것 아닌가?

글래스 일당의 세계가 이세계라면, 그 외에 다른 이세계가 더 존재할 가능성도 얼마든지 있으니까.

"엄청난 과대해석이네."

"넌 이세계 라이프를 만끽하고 있다거나 하는 타입이냐?"

나를 제외한 세 용사와 마찬가지로 사성용사를 자처하는 녀석이니, 그럴 가능성도 존재한다.

하지만, 키즈나는 긍정도 부정도 하지 않았다.

"딱히…… 그런 건 아니지만."

슬쩍 시선을 외면하는 그 동작에 약간의 흥미가 일었다.

내가 알고 있는 용사 놈들과 다른 반응을 보인다는 점도 호감이 간다.

그놈들은 '꿈같은 나날이 가득 펼쳐진 이세계 판타지 이얏호~.' 같은 느낌이었으니까.

거기에 비하면 키즈나의 반응은 이성적으로 보인다.

하지만 지금은 그런 걸 따지고 있을 때가 아니지.

일단은 라프타리아를 비롯한 동료들의 안부와 글래스 패거리의 행방을 확인하는 게 우선이다.

그리고 최종 목적은 세계를 엉망진창으로 만든 쿄에게 제재를 가하는 것이다.

키즈나는 허리에 가늘고 긴 회칼을 차고 있다.

저건…… 응. 아마, 참치용 회칼이다.

써 본 적은 없지만 본 적은 있다.

수렵구의 용사라고 했는데, 무슨 무기를 쓰는 거지?

회칼이 수렵구? 해체 같은 걸 할 때나 쓰는 거 아냐?

가설을 세워 보자면, 수렵구로 분류되는 무기라면 뭐든지 다 사용할 수 있는 용사인가?

범위가 엄청 넓은데. 보호하는 것밖에 못하는 방패 따위보다는 훨씬 유능하잖아.

"왜 그러지?"

"아니."

키즈나는 갓파 무리의 시체를 쳐다보다가 미간을 찌푸리고 고개를 갸웃거린다.

"이상하네……. 마물을 처치했는데 경험치가 안 들어오잖아."

"……다른 사성용사가 가까이에 있어서 그런 거 아냐?"

"그런 게 있었어?"

이 녀석, 용사들 사이의 반발 현상에 대해 모르는 건가?

사성용사들이 서로 가까이 있는 상태에서 싸우면 경험치가 들어오지 않는다.

용사들이 각자 동료들을 모아서 흩어져 싸우는 데에는 그런 이유가 있는 것이다.

파도 때는 경험치와는 무관하게 마물들을 퇴치하는 거니까, 신경 쓸 필요도 없지만 말이다.

나는 그런 점들에 대해서 설명했다.

"호오……. 그런 현상도 있었어?"

"이세계의 사성들은 용사들끼리 서로 만난 적도 없었냐?"

"난 만난 적 없었는데……."

부러워 죽겠군.

사성용사 모두가 한데 모여서 소환된 게 아니었다는 건가.

그런 생각을 하며 쳐다보고 있자니, 키즈나가 어째선지 쿡쿡거리며 웃기 시작했다.

"왜 웃어?"

"아니, 몇 년 만에 사람이랑 얘기를 하니까 어쩐지 여러 모로 즐거워서 말이야."

"엉?"

방금, 뭐라고 한 거지?

몇 년 만이라니, 이 녀석, 남들이랑 얘기하는 걸 꺼린다거나 하는 타입인가?

기회가 없어서, 혹은 사람들 사이에 섞이지 못해서 얘기를 못 한다거나 하는 타입 말이다.

아무리 봐도 남의 눈치나 살필 녀석처럼 보이지는 않는데…….

"그야 그럴 만도 하지. 내가 여기에 들어온 지 얼마나 지났더라……. 연 단위로 넘어간 후부터는 세는 게 허무해져서 세는 것 자체를 그만뒀거든."

"……이봐, 파도 때 소환되면 밖으로 나갈 수 있는 거 아냐?"

그렇다. 사성용사는 재앙의 파도가 도래할 때면, 등록되어 있는 용각의 모래시계에 깃들어 있는 힘에 의해서, 파도가 일어난 지점에 강제적으로 소환된다는 성가신 문제를 안고 있다.

　그 탓에, 싸우기 싫어도 싸울 수밖에 없는 것이다.

　"파도? 이세계에서 일어난다는, 전승 속의 현상 말이야? 거기에 그런 힘이 있는 거였어?"

　"파도에 참가해 본 적이 없는 거냐?"

　"이 공간은 외부 세계랑 격리돼 있어서 나도 그런 건 잘 모른다니까."

　키즈나가 짜증 섞인 목소리로 대꾸한다.

　나는 천천히, 원래 세계에서 움직임을 멈추었었던 모래시계 아이콘을 불러냈다.

　그랬더니⋯⋯.

　‖ : ‖

　이런 식으로, 잔여 시간 표시가 사라져 있다.

　엉? 혹시 여기 있는 동안에는 파도에도 소환되지 않는 건가?

　탈출도 불가능하고, 파도가 일어났을 때의 소환을 이용해서 빠져나갈 수도 없다⋯⋯. 뭐 이렇게 철두철미한 격리가 다 있어?

　"뭐, 됐어. 이건 어쩔 거지?"

　키즈나가 갓파 시체를 가리킨다.

"소재로서 말이야? 해체라도 할 거야?"

갓파 시체의 처리에 대한 키즈나의 질문에 그렇게 대꾸하자, 키즈나는 고개를 끄덕인다.

"난 이미 소재로 흡수시킨 상태고, 드롭 아이템을 노려봤자 시시한 아이템만 나오니까."

"그럼 내가 갖기로 하지."

갓파 시체를 방패에 흡수시킨다.

뭔가 해방 조건이 충족된 것 같았지만, 레벨이 부족해서 변화시킬 수가 없다.

드롭 아이템도 썩 좋은 건 아니었지만, 그래도 없는 것보다는 나으려나……?

"저기……."

나는 뭔가 면목 없어 하는 얼굴로 쳐다보고 있는 리시아에게 눈길을 돌린다.

……맞아, 리시아는 용사가 아니니까 경험치가 들어가겠지. 이곳이 내가 알던 세계와 같은 구조일 경우에나 해당되는 거지만.

"파티 편성도 똑같으려나? 내가 알고 있던 세계와는 여러모로 차이점이 있는 것 같은데."

"그러려나? 확인도 할 겸 파티를 만들어 볼까?"

"내가 아는 바로는, 사성용사끼리 같이 있을 땐 경험치가 들어가지 않지만, 리시아에게는 경험치가 들어갈 테니까,

동료인 셈 치고 경험치 좀 나눠 주지 않겠어?"

"응? 아아, 그러지. 아무도 경험치를 못 얻는 것보다는 한 명이라도 얻는 게 나을 테니까. 어느 쪽이 리더가 돼서 편성을 보낼까?"

키즈나가 물었으므로, 내가 손을 든다.

키즈나도 내 의도를 파악한 것 같았으므로, 키즈나에게 파티 신청을 날렸다.

보아하니 이 과정은 이쪽 이세계에서도 별 차이는 없는 것 같군.

키즈나가 동료로 가입해서, 일단은 리시아에게 경험치가 흘러 들어가게 되었다.

"여기서 얘기하는 것도 좀 불편하니까, 우선 안전한 곳으로 이동하자."

"알았어."

키즈나의 제안에 따라, 우리는 지금까지 왔던 길을 되짚어 돌아가게 되었다.

모래사장으로 나섰던, 바로 그 곳이었다.

"여기는 비교적 안전하니까. 바다 쪽으로 가서, 물속에서도 숨을 쉴 수 있도록 해 주는 장비를 장착하고 바닷속을 걸어가 봤더니, 바닷속도 미로처럼 되어 있었어. 그리고 여긴 섬이지만 안쪽으로 가면 밀림이 미로를 이루고 있지. 초원 너머에도 미궁이 펼쳐져 있고."

참 담담하게도 얘기하는군.

일단은…… 이른바 *로그라이크 게임으로 분류되는 게임 같은 곳에 갇힌 신세가 된 거라고 생각하면 되려나?

"이상한 미궁이라고 생각했어?"

"그야 뭐……."

"그냥 만만하게 보면 안 돼. 탈출할 수 없도록 만들어져 있는 곳이니까."

"그걸 어떻게 알지?"

"여기에 갇히기 전에 들었어. 한 번 갇히면 두 번 다시 나올 수 없다고. 완전히 이세계나 다를 게 없는 미궁이라고 말이야. 이래 봬도 난 꽤 오랜 시간을 들여서 깊숙한 곳까지 가 본 적도 있었지만."

키즈나는 땅이 꺼질 듯 한숨을 지으며 나에게 신세 한탄을 늘어놓는다. 꽤 스트레스가 쌓인 모양이군.

"내가 조사해 본 범위 안에서는…… 나갈 방법은 찾을 수 없었어."

그 얘기인즉슨, 아무래도 나는 글래스의 세계에 가려다가, 리시아만 거느린 채로 무시무시한 공간에 들어오는 신세가 됐다는 거다.

"뭐, 잘 때는 감옥 쪽이 낫지만, 얘기를 나누기에는 여기

---

*로그라이크 게임(Rogue-like games) : 1980년에 발매된 게임 『Rogue』와 유사한 특성을 갖는 게임들의 총칭. 대개 모든 요소가 텍스트로만 표현되며, 던전 등은 랜덤으로 생성되고, 한 번 죽으면 게임이 끝나는 등의 특징을 갖고 있다.

쯤이 딱 좋지."

키즈나는 모래사장 가장자리에 있는 해변 휴게소 같은 오두막을 가리키며 발걸음을 내디뎠다.

"그래……."

잠시 휴식을 취하기에는 안성맞춤일 것 같다.

눈을 뜰 때까지 얼마나 의식을 잃고 있었는지는 모르지만, 연속된 전투의 피로가 물밀듯 몰려오는 것 같아서, 도무지 저항할 수가 없었다.

"후에에에!"

리시아는 아직도 경악에 찬 비명을 질러대고 있다.

이제 좀 현실을 받아들이라고.

"그건 그렇고……. 너희 복장이 참 말이 아니네."

바다의 집에 있는 그을린 의자에 앉아서, 키즈나가 우리를 응시하며 말한다.

하긴, 그 점은 나도 실감하고 있었다.

「야만인의 갑옷+1?」이 영귀와의 싸움 때문에 완전히 넝마 꼴이 되어 있었다.

스테이터스 마법으로 재확인해 보니, 스테이터스를 표시하는 문자가 모조리 깨져 있었다.

조심스럽게 갑옷—파손이 워낙 심해서 이미 갑옷이라고 부를 수도 없을 지경이지만—을 벗어 보니…… 스테이터스에 전혀 변화가 없었다.

아무래도 기능이 모두 망가진 것 같다.

무기상 아저씨가 만들어 준 귀한 갑옷이지만, 도움이 안 된다면 벗어 두는 게 낫겠지.

"리시아, 네 인형옷 쪽은 어떻지?"

"후에?!"

리시아가 장비를 확인해 보고, 경악한다.

"후에에?! 표시가 뭔가 이상해졌어요."

흐음⋯⋯. 보아하니 파손 때문에 효과가 사라진 건 아닌 것 같군.

그렇다면 이 세계로 넘어오는 과정에서 영향을 받았다고 생각하는 게 무난하려나?

영귀 몸속에서 조우했을 때 글래스가 전혀 안 어울리는 옷을 입고 있었던 것도, 이것 때문이었는지도 모르겠다.

"일단 벗어 둬. 도움도 안 되는 걸 입고 있어 봤자 아무 의미도 없으니까."

"아, 알았어요오."

내 명령에 따라 리시아도 인형옷을 벗고 평상복으로 갈아 입었다.

"그나저나 키즈나, 너는 왜 이런 공간에 있는 거지?"

"질문에 대답하기 전에 그쪽 사정부터 듣고 싶은데. 나만 대답하는 건 좀 불공평하잖아?"

으음⋯⋯. 하긴, 그렇긴 하지.

키즈나도 우리 사정을 알고 싶어서 이렇게 꼬박꼬박 대답해 주고 있는 걸 테니까.

"우선 뭐부터 얘기해야 하지?"

"여기 올 때까지의 경위부터. 왜 이런 곳에 있는 건지를 알고 싶어."

뭐, 상대가 사성용사라면 여러모로 협조해 줄지도 모르니까 얘기해도 손해 볼 건 없으려나……?

하지만 말이지……. 내가 아는 사성용사는 그 세 용사 놈들밖에 없잖아?

그 녀석들은 하나같이 사람 말을 들어먹지 않았는데……. 어찌 됐건, 지금 레벨로는 제대로 싸울 수도 없으니, 일단은 사정을 얘기해 주는 수밖에 없으려나?

이 녀석이 덮쳐 오면 당해낼 방도가 없다.

최대한 기분을 거스르지 않도록 비위를 맞추면서 얘기해야겠다.

"우선……."

나는 자신이 소환되어 온 경위부터 시작해서, 이세계에서 누명을 뒤집어썼다가 그 누명을 벗은 것, 다른 용사들과의 사이에서 벌어졌던 일들을, 요점만 짚어서 간략하게 설명했다.

"흠, 흠. 그래서? 그러다가 어째서 내가 소환되어 온 이세계로 오게 된 거지? 사성은 이세계로 이동하는 데에 제한이 걸려 있잖아?"

"아아, 그건 알고 있었군."

쿄가 도망쳤을 때, 쿄가 만들어낸 구멍을 통해 쫓아가려다가 튕겨 나온 적이 있었다.

그때, 사성이 이세계로 이동하는 건 불가능하다는 경고가 나타났었다.

그럼에도 여기로 올 수 있었던 건, 오스트가 사라지기 직전에 방패에 간섭해서 예외적으로 이동을 가능하게 만들어준 덕분이었는데, 키즈나는 그 속박에 대해서 알고 있었던 모양이다.

"파도가 일어났을 때, 영혼을 희생 삼아 파도로부터 세상을 보호하는 영귀라는 괴물이 있는데, 그 녀석이 조종을 당해서 날뛰기 시작했어."

"흠흠……. 수호수 말이지? 내가 아는 이세계에도 비슷한 전승이 있어. 여기에 있는 건 백호니 현무니 하는 녀석들이었지. 나는 전승으로만 알고 있지만. 그런데 그런 녀석이 조종을 당했다고?"

"그래. 영귀를 조종한 흑막, 이름은 쿄…… 쿄 에스니나였던 것 같아. 그 녀석을 쫓아서 이세계로 통하는 길을 통과해 온 거지."

"호오……. 무턱대고 너무 깊숙이 추격하다가 함정에 빠진 거란 말이지?"

"……아마도."

키즈나는 끼익하고 의자를 흔들면서 고개를 끄덕였다.

"그랬구나…… . 고생이 많았겠는데?"

"그러게 말이야. 뭐, 영귀를 조종하는 건 규칙에 한참 어긋난 일이라는 이유로, 쿄와 적대하는 녀석들이 우리를 도와줬지만 말이지."

"아까 설명하면서 얘기한, 이유는 알 수 없지만 지금까지 적대했었다는 사람들 말이지?"

"그래, 글래스와 라르크베르크라는 녀석들이지."

나는 글래스 일당과의 사이에서 있었던 일들과, 여기서 눈을 뜨기 전까지 겪었던 일들을 떠올렸다.

현재는 일시적으로 휴전 상태에서 공동의 적인 쿄를 쫓고 있는 관계지만…… 그렇다고 동료라고 부르기에는 애매한 사이이다.

우선 글래스.

외모는 한마디로 표현하자면, 기모노를 입은…… 흑발의 일본풍 미인이라 할 수 있겠지.

부채를 무기로 삼아, 춤추는 것 같은 전법으로 우리와 싸웠었다.

세 용사들의 강화 방법을 익혀서 강해진 지금도 제압하기 힘들 정도의 강적이다.

하지만 인간이 아닌지, 이따금 반투명하게 변할 때가 있다.

어떤 종족인지 정체를 알 수 없는 여자랄까.

그럼, 다음은 라르크 차례군.

본명은 라르크베르크.

첫인상은, 웬만한 사람들은 믿음직한 형님, 혹은 대화하기 편한 녀석이라고 생각할 것 같은 인상이었다.

그와 처음 만난 건, 누명이 풀린 후에 카르밀라 섬에서 발생한 레벨업 이벤트에 참가하기 위해 탄 배 안에서였다.

어느 정도 강하고, 그러면서도 얘기하기 편한 분위기였기에, 나는 그가 적이라는 것도 모르고 함께 힘을 모아 싸우기까지 했다.

하지만, 카르밀라 섬 인근에서 파도가 일어났을 때, 그가 나에게 적대하며 덮쳐온 것이다.

본인의 말에 따르면, 자신들의 세계를 위해서 나를 죽이는 게 그 목적이라고 한다.

이건 글래스 역시 마찬가지였다.

비쭉비쭉 솟은 빨간 머리에, 몸은 군살 하나 없는 근육질로, 전투에 적합한 탄탄한 몸매였다.

얼굴도 미남에 해당할 법하지만, 같은 미남인 창의 용사 모토야스와의 차이점이라면 미남이면서도 느끼한 느낌이 들지 않는다는 점이리라.

아쉽게도 적만 아니었다면 동료로 삼고 싶다는 생각이 들 만큼 인간성도 좋은 인물 같다.

사용하는 무기는 낫으로, 이것 역시 글래스의 부채와 마찬가지로 특수한 무기인 모양이다.

그 강함은 의심의 여지가 없을 정도지만, 파도 때 싸웠을 때와 같은 위력은 파도 때에만 발휘되는 것이라고 한다.

뭐, 그래도 쿄를 상대로 상당히 선전을 펼칠 정도였으니 강한 편에 속하긴 하겠지.

적어도 세 용사들보다는 강하다.

그리고 그 덤이랄까, 함께 다니는 여인이 바로 테리스.

많은 대화를 나눠 본 건 아니라서 잘은 모르지만, 라르크의 파트너 같다.

땋아서 뒤로 묶은 헤어스타일에, 머리색은 묘한 광택이 감도는 파란색……이라고 표현하면 될까?

각도에 따라서 색깔이 다르게 보여서, 잘 모르겠다.

다만 마법을 사용하면 머리색이 빨갛게 변하는 걸 보면, 적어도 내가 아는 이세계의 인간은 아닌 것 같다.

뭐랄까…… 온화한 연상의 누님 같은 분위기를 풍기는 여자라서, 라르크와 마찬가지로 듬직하게 느껴진다.

전투 때는 마법을 중점적으로 사용하는 마법사 타입인 듯, 라르크와 글래스에 대한 지원을 담당한다.

마법이 어떤 타입인지 감이 잘 안 잡히는데, 장비하고 있는 액세서리가 빛을 뿜으며 마법을 형성하곤 하던 것 같다.

글래스의 세계에만 존재하는 독자적인 마법인지도 모른다.

성격은 잘 모르겠지만, 상당히 풍부한 감수성을 갖고 있는 것 같고, 내게 제작을 의뢰했던 액세서리인 팔찌를 상당히 마음에 들어 하고 있다.

분위기만 보자면 라르크의 여자 친구……이려나?

뭐, 쿄를 추적하고 있는 인원은 이게 전부다.

세계를 혼란에 빠트린 죗값을 톡톡히 치르게 만들어 주지 않으면, 라프타리아가 사는 세계의 주민들이 용서할 리가 없다. 구멍으로 들어갈 때까지는 대충 그런 분위기였다.

요컨대 우리는 쿄를 쫓고 있었던 것이다.

그때…… 그렇다, 우리는 빛의 탁류 같은 공간을 건너고 있었다.

그 탁류를 타고 가면 글래스 일당의 세계로 갈 수 있을 거라고 생각했었는데…….

생각났다.

앞쪽의 광경이 수상쩍게 변하고, 어둠이 빛을 집어삼키고, 검은 공간의 탁류가 펼쳐진다.

그때, 우리가 물리쳐야 할 적…… 쿄의 목소리가 들려왔었다.

「크크큭……. 함정이 있을 거라는 생각은 못 한 거냐? 바보 놈들!」

그런 목소리와 함께 주위에 벼락 소리가 진동했다.

나는 재빨리 방패를 앞으로 내밀어서, 어떤 함정이 도사리고 있더라도 돌파해버릴 태세로 자세를 가다듬었다.

하지만――

콰쾅 하는 소리가 울려 퍼지고, 검은색과 푸르스름한 색의…… 번개가 시야를 관통해 갔다.

"우와아아아아아아아아아악!"

"크윽…… 이건――."

"나, 나오후미 님!"

"큭……."

일직선으로 흐르던 탁류가 여러 갈래로 갈라지는 것 같은 착각과 함께, 지금까지 함께 있었던 동료들이 뿔뿔이 튕겨 나간다. 뭐랄까…… 워터 슬라이드의 튜브처럼 여러 갈래로 갈라지는 분기가 우리의 시야에 들어왔다.

"라프타리아!"

나는 떨어지지 않도록 라프타리아를 향해 손을 뻗었다……. 하지만, 아슬아슬하게 손이 닿지 않은 채 엇갈리고 만다.

크윽……. 스킬을 사용하면…… 궤도를 수정할 수 있으려나?

"에어스트――."

영창을 마치기 직전……. 구멍이 사라지고, 라프타리아와 동료들이 저 멀리 휩쓸려가 버린다.

"나오후미 니이이이이이이이이임!"

"라프타리아아아아――!"

이 순간, 나는 일시적으로 의식을 잃고 말았다.

그리고 키즈나가 얘기한 '탈출 불가능한 미궁'에서 눈을 떠서, 지금에 이른다.

내가 경위를 설명하자, 의자를 흔들던 키즈나가 덜컥 움직임을 멈추고 일어섰다.

"글래스! 글래스와 만났다고?!"

"아는 사이야?"

"소중한 동료야. 이 하오리도 글래스가 준 거야."

아아, 서양풍 고딕 드레스에 하오리 차림이라니 참 언밸런스한 복장이다 싶더라니, 글래스한테서 받은 거였군.

의외로 잘 어울리는 것 같은 느낌이라, 원래부터 그런 패션인 줄만 알았다.

그나저나 그 글래스한테서 물건을 선물 받는 정도의 관계라.

"그랬단 말이지……. 글래스가 너한테 협조하고 있는 걸 보면, 네 적이라는 녀석은 엄청난 악당이 분명해. 틀림없어."

납득이 갔다는 듯, 키즈나는 아까보다 한층 밝아진 말투로 뇌까린다.

글래스와 아는 사이라면, 이 녀석이 글래스 세계의 사성용사라는 건 더더욱 의심의 여지가 없겠군.

"라르크 오빠도 같이 있었단 말이지……. 테리스 언니랑은 잘되고 있는 것 같았어?"

"몰라."

까놓고 말해, 테리스와는 그다지 대화를 나눠 보지도 않았으니까 잘 모른다.

"그럼 글래스가 여기 와 있는 거야?"

"그건 몰라. 나도 세계에서 세계로 이동하는 중에 함정에 빠져서 여기로 내던져진 것 같으니까."

"흐음……. 하긴, 그렇지. 있었다면 알 수 있었을 테니까……."

키즈나는 내 말에 연신 고개를 끄덕이다가, 문득 고개를 든다.

"그럼 이번엔 내가 얘기할 차례지?"

"그래. 우선 네가 이세계로 소환되어 온 경위부터 얘기해 줘."

"거기부터라……. 뭐, 나도 얘기를 들었으니, 어쩔 수 없지."

그리고 키즈나는 자신이 어떤 경위로 소환되어 왔는지를 얘기하기 시작했다.

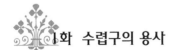

1화 수렵구의 용사

"나는 언니랑 여동생과 같이, 어떤 게임에 플레이어로서 참가하게 됐어."

"플레이어……?"

"처음에는 그 게임의 세계에 들어온 거라고 생각했는데, 아무리 시간이 지나도 언니도, 동생도 만날 수가 없지 뭐야. 이런저런 경위를 거쳐서 여기가 이세계라는 걸 이해하게 됐지. 뭐, 그 얘기는 생략해 둘게."

게임 속 세계로 소환돼 왔다는 건 다들 공통된 건가?

이 점은 세 용사들과 비슷하다.

다만, 죽었다느니 하는 경위는 없나 보군.

그나저나 설명이 간략해도 너무 간략한 거 아냐? 게임 속 세계에 들어왔다는 말만 가지고는 뭐가 뭔지 알 수가 없잖아.

"VRMMO라는 거 말이야? 설마 제목이 브레이브스타 온라인은 아니겠지?"

"뭐야, 그 게임은?"

"내 세계의 사성용사 중에 한 명이 하던 게임이 그거랑 비슷해서 얘기해 본 거야."

"호오……. 내가 하던 게임 제목은 세컨드라이프 프로젝트, 제2탄 디멘션 웨이브라는 게임이었어."

"세컨드라이프 프로젝트?"

디멘션 웨이브라는 명칭은 들은 적이 있었다.

이츠키가 플레이하던 콘솔게임의 제목이 아마 그거였던

것 같다.

하지만 그 앞에 붙은, '세컨드라이프 프로젝트'라는 딱지가 마음에 걸리는데.

"문자 그대로 제2의 인생을 즐기는 체감형 게임이라고 해야 할까? 게임회사가 마련한 공간에서 전용 포드에 들어가서 게임 속 세계로 들어가는 거야. 게임 밖에서의 하루가 게임 속 시간으로는 몇 년에 해당한다는 식으로 선전했었지."

이건…… 분류상으로 따지자면 렌의 세계에 가까운 것 같기도 하지만, 렌보다는 시대적 배경이 앞선 것 같다. 렌의 세계는, 뭐랄까…… 일반 가정에 기계가 있는 것 같은 이미지였으니까.

자세한 건 모르니, 단지 내 머릿속의 이미지일 뿐이지만.

"게임에 할애할 시간이 적은 사회인이라도 얼마든지 즐길 수 있는, 힐링 목적의 게임이라고 했어. 장르는…… VRHMMO라고 했던가? 버추얼 리얼리티 힐링 MMO."

"시간 절약이라는 거군."

시간은 유한하다.

게임을 하다 보면 막대한 시간이 소모된다.

특히 온라인 게임은 그런 경향이 강하다.

실제로 내 대학생 시절을 떠올려 보면, 사회인이 되고 나서 게임을 접는 녀석들도 있었다.

반대로 온라인 게임을 하고 싶다면서 직장을 그만둔 녀석도 있었다.

"제1탄이 워낙 대박을 터뜨려서, 제2탄 참가자는 추첨으로 골랐다는 모양인데, 우연히 여동생이 당첨된 거야. 그래서 언니랑 셋이서 참가했지."

"호오……."

"게임 개시 시간은 모두 같고, 종료 시간도 같게 설정돼 있었어. 한정된 시간을 게임 속에서 지내는 거지."

내가 가진 게임 지식의 허용량을 넘어서는 얘기군.

이해가 가지 않는 건 아니지만, 그저 무대장치 정도에 불과한 근미래의 얘기처럼만 들린다.

게임 개시 시간도, 종료 시간도 모두 동시……. 모든 플레이어가 1회분 플레이 타임을 공유한다면, 확실히 공평한 게임이긴 하겠군.

플레이 시간도 현실에서 하루 정도라면 시간도 절약할 수 있다.

"나는 그저 거기에 참가할 생각이었는데 말이야. 소환된 후에 이런저런 설명을 듣긴 했지만, 그냥 튜토리얼 같은 느낌이었어."

우와아……. 정말 세 용사 놈들 같은 소환 방법이잖아.

게임을 플레이하려고 했는데 실제로는 이세계에 소환된 거라니……. 뭐, 자기가 소환된 상태라는 걸 이해하고 있는 것만 해도 세 용사 놈들보다는 나은 거지만.

나도 책을 읽다 보니 소환되어 왔다는 식의, 흔해 빠진 전개였지만 말이지.

"흐응……."

"내가 소환돼 왔을 때는 파도 같은 건 안 일어났었는데 말이지……."

"그럼 무슨 명목으로 소환된 건데?"

"마물들의 지배자인 용제(龍帝)가 날뛰고 있으니까 해치워 달라."

"옛날 게임 같은 얘기군."

뭐였더라. 내가 알고 있는 옛날 RPG 중에 그런 게임이 있었는데.

"그래. 그래서 리뷰나 공식 사이트에 실린 내용이나 회사 측 매뉴얼이랑은 다르구나, 하고 생각했지."

"그 뒤로 무슨 일이 있었지?"

"이런저런 모험을 하다가, 배를 타고 여행을 떠났어. 그 때 뭔가 불길한 바람과 함께 유령선이 나타났고…… 글래스랑 같이 그 유령선의 수수께끼를 풀었더니…… 배가 사라졌어. 거기까지는 좋았지만 곧 조난을 당해서 별로 관계가 좋지 않던 나라로 혼자 표류해 왔고……. 나 혼자 붙잡혀서, 결국 이 미궁에 내던져진 느낌이랄까? 들어오기 전부터 여기가 어떤 곳인지 알고 있었으니까, 처음 여기 내던져졌을 때는 나도 엄청나게 발악을 했어. 죽을 때까지 여기서 사는 거야? 라면서 말이지."

"우와아……."

뭐 이렇게 불운한 녀석이 다 있담.

비슷한 경험을 한 적이 있어서인지, 친근감 같은 게 들기 시작했다.

"그 후로는 계속 이 미궁에서 조난 생활을 하고 있다고 해야 하려나……. 벌써 며칠째…… 아니 몇 년째인지, 헤아리는 것도 그만뒀어."

그랬군. 그럼 세계에 관한 지식이 없는 것도 이해가 간다.

나와 비슷한 처지로 소환돼서, 밖으로 나갈 수도 없는 감옥에 갇히게 됐다는 거군.

"그나저나, 너 몇 살이야?"

몇 년을 여기에 갇혀 있었다는 모양이지만, 외모만 보면 중학생 같다.

외모 그대로의 나이라면, 초등학생 시절에 소환돼 왔다는 뜻이 되잖아.

뭐, 어린이용 애니메이션에서는 초등학생이 소환되는 경우도 흔하지만 말이지.

키즈나는 그런 케이스에 해당하는 걸까?

"응? 나는 열여덟 살인데?"

"헛! 로리 할망……."

나는 도중에 말을 끊는다.

더 이상 지껄이는 건 라프타리아에 대한 예의가 아니니까.

라프타리아는 외모는 내 또래처럼 보이지만, 실제 연령은 열 살 정도다.

라프타리아와 정반대 경우인 키즈나를 조롱했다가는, 라프타리아의 모양새가 비참해진다.

"왜 그러지? 로리 할망구라고 하려던 거 아니었어?"

"아무것도 아냐. 그나저나 로리 할망구란 말이 통할 줄이야."

"나도 내 발육이 부진하다는 자각 정도는 있어! 오타쿠인 게 뭐 잘못이냐?!"

아아, 역시 용사로서 소환된 녀석들은 다들 하나씩 특징이 있군.

아니, 잠깐.

혹시 용사의 무기에게 선택을 받으면 나이를 안 먹는 건가?

그건 나름대로 기쁜 일인 것 같기도 하지만, 원래 세계로 돌아간 후에 30년이 지나도 계속 이 외모라면, 사람들이 어떻게 생각할까?

박해나 당하는 결과밖에 상상이 안 되는데.

⋯⋯그런 건 일단 돌아가고 나서 생각해도 되겠지.

"아무튼, 그래서? 이제 어떻게 할 거지?"

"어떻게 하긴, 그야 물어볼 것도 없는 거 아냐? 여기서 우물쭈물하고 앉아 있을 생각은 없어."

"그렇겠지. 나도 여기 온 후로 여러모로 탈출 방법을 모색해 봤으니까."

"포기하라고 해 봤자, 난 포기할 생각 없어."

뭐, 파도에 참가하지 않아도 된다는 점에서는 이것도 나름 괜찮을지도 모르지만, 이런 곳에서 영원히 방황만 계속하는 삶은 죽어도 싫다.

"후에에에……. 나오후미 씨가 하시는 얘기를 하나도 못 알아듣겠어요."

"유식하고 머리도 좋으면서, 이 정도 대화도 못 따라오는 거냐?"

"게다가 완전히 얕잡아 보이고 있는 것 같은 기분까지 들어요오!"

리시아가 맥없는 목소리로 내 빈정거리는 말을 받는다.

아아, 라프타리아가 그립군.

왜 하필 이 녀석이람. 라프타리아 쪽이 얘기하기도 더 편하고 의논하기도 좋은데.

"후에에……."

아, 내 생각을 눈치채고 멀찍이 물러섰잖아.

귀찮아 죽겠다니까.

"포기하라는 소리는 할 생각 없어. 나도 아직 포기한 건 아니고."

그때 리시아 쪽에서 꼬르륵하는 소리가 들려왔다.

그러고 보면, 지금까지 우리는 싸움만 하느라 식사를 할 시간도 없었다.

그 소리를 들은 키즈나는 깔깔거리고 웃어대기 시작했다.

"그럼 밥이라도 먹으러 갈까?"

"이런 곳에 먹을거리가……. 뭐, 마물 고기겠지."

"생선도 있어. 여기는 바다가 있으니까 낚시라면 얼마든지 할 수 있지."

그리고 키즈나는 일단 미궁 쪽 거점으로 돌아가서 식료품을 가져온다.

말려서 보존한 고기와 생선이다. 그 외에 과일 같은 것도 몇 개 있다.

"회를 먹고 싶다면 잡아다 줄게."

"약초류는 없어? 나도 좀 갖고 있긴 하지만, 곁들여 먹을 수도 있고 향신료로 쓸 수도 있잖아."

"아아, 그런 것도 괜찮을지 모르지. 그럼 좀 찾아보러 갈까?"

"그건 상관없지만……. 아무래도 장비가 제대로 기능을 발휘하지 않는 것 같으니까, 강한 마물과 맞닥뜨리면 우리는 전력에 보탬이 못 돼."

그렇게 말하자, 키즈나가 무기 속에서 드롭 아이템으로 보이는 장비들을 꺼내기 시작했다.

"가공용으로 보관해 둔 예비품인데 괜찮겠지?"

"그래, 그거면 돼."

그리고 키즈나가 건네준 것은 목제 갑옷과, 움직이기 편해 보이는 옷.

무기는 짤막한 단검과 쌍검이었다.

"나는 무기는 필요 없어."

"역시 이세계의 사성용사도 자기 무기 말고는 못 쓰는 모양이지?"

"그래. 게다가 나는 적에게 대미지를 주려면 간접적인 방법을 사용해야 해. 방패니까 말이야."

키즈나가 준 무기를 리시아에게 넘겨주고, 채비를 갖춘다.

현재 레벨을 올릴 수 있는 건 리시아밖에 없으니까.

그 리시아도, 스테이터스를 살펴보면 거의 변화가 없는 상태지만 말이지.

레벨이라는 건 대체 뭐지?

그런 생각이 들 만큼, 리시아의 전투 능력은 상승 폭이 좁다.

그 대신, 기초 능력은 의외로 제법 괜찮은 편이다.

"간접적인 방법이라. 반사 같은 거 말이야?"

"정답. 너처럼 넓은 범위의 무기를 쓸 수 있는 게 아니니까."

수렵구라는 게 대체 뭔데?

얘기를 듣자 하니, 꽤 넓은 범위의 무기 분류 같은데.

"뭐, 여러 가지 무기로 변화시킬 수 있긴 해. 지금은 참치용 회칼 형태잖아? 이것 외에도 활이나 새총이나 창 같은 걸로도 바꿀 수 있어."

"굉장한데."

여러 종류의 무기로 바꿀 수 있을 거라는 건 짐작했지만, 이렇게까지 범위가 넓을 줄이야.

하긴, 모두 일단 수렵이라는 범위에 속해 있으니까, 따지고 보면 이상할 건 없지만.

"그래? 뭐, 글래스도 자기가 부채의 권속기라서 부채밖에 못 쓴다는 게 불편하다고 그러긴 했어. 나오후미도 그런 식이야?"

"그렇지 뭐. 방패 이외에 다른 게 나온 적은 없었으니까."

개중에는 유용한 공격 성능을 가진 방패도 없었던 건 아니지만, 그런 방패 역시 결국은 수동적인 기능만을 갖고 있었다.

예외에 해당하는 건 라스 실드와 영귀의 마음 방패 정도가 고작이었으니까.

하지만 라스 실드는 저주받은 방패라서 정신을 오염시키고, 거기 들어 있는 스킬을 썼다가는 저주를 받게 된다는 문제점을 안고 있다.

영귀의 마음 방패는 에너지 블러스트라는 강력한 공격을 쏠 수 있는 특별한 방패지만, 지금의 나는 그 둘 중 어느 것으로도 변화시킬 수 없는 상태다.

"난 너처럼 만능이 아냐. 방패 용사는 방어 전문이니까."

"나도 딱히 만능인 건 아냐. 내 무기에도 제한이 있으니까."

"무슨 제한인데? 난 내 약점을 얘기했으니까, 너도 얘기해."

"응? 사성무기 중 수렵구는 수렵…… 사냥이라는 성질을 갖고 있으니까, 그 능력은 사람에게는 적용이 안 돼. 나오후미랑 마찬가지로, 사람에게 부상을 입힐 수는 없단 얘기야. 그래서 적국에 붙잡힐 때도 싸우지 못했고, 중과부적이라서 도망도 못 친 거지."

다시 말해, 키즈나의 무기는 사람과는 싸울 수 없는 제한이 있다는…… 그런 얘긴가?

"못 믿겠다면 시범을 보여주지."

그러면서, 키즈나는 별안간 우리에게 참치용 회칼을 휘둘렀다.

재빨리 방패로 막아냈지만, 키즈나가 회칼을 거둬들이는 와중에 칼날이 뺨을 찢었다.

"후에?!"

리시아도 첫 번째 공격은 피했지만, 뒤이어 내지른 공격에 얻어맞고 말았다.

뭔가 미끄덩한 것이 뺨을 스치는 불쾌한 감각이 느껴졌다.

그렇지만…… 이건 뭐지? 가볍게 뭔가가 닿은 것 같은 감촉만이 들었을 뿐, 베인 줄만 알았던 뺨을 어루만져 봐도 피가 난 흔적이 없다.

리시아는 기절 직전인 듯 눈이 핑핑 돌고 있지만, 이렇다 할 외상은 없는 것 같다.

"이제 알겠지? 그러니까 내가 너희를 어떻게 할지도 모른다는 걱정은 안 해도 돼."

"나 참……. 그렇다고 이렇게 살벌한 짓을 할 건 없잖아."

그렇게 뇌까렸지만, 그러고 보면 나도 세 용사 놈들에게 비슷한 짓을 했었지.

맨손으로 있는 힘껏 후려친 적도 있었으니까, 남 말 할 처지는 아니다.

"그 대신, 마물을 상대로는 효과가 뛰어나지만 말이지."

모든 마물을 상대로 특화된 용사라……. 방향성은 다르지만, 나와 비슷한 부류인 셈이군.

공격 능력을 모조리 방어에 할당해 버린 것 같은 능력이, 방패 용사 본연의 모습일 테니까.

라스 실드나 영귀의 마음 방패는 어디까지나 예외이고, 카운터는 부산물에 불과하다.

그렇게 따져 보면, 키즈나의 무기에도 예외적으로 대인 공격 능력을 가진 무언가가 있으리라.

신용하지는 않는다.

하지만 적의는 없는 것 같으니, 일시적인 협력 관계 정도는 구축해 두는 게 좋을 것이다.

"그럼 가볍게 이 일대를 돌아볼까? 정기적으로 청소를 해두고 있으니 그렇게까지 강한 마물은 없을 테지만, 안쪽으로 가면 나올지도 모르니까 조심해."

"알았어."

청소해 뒀다고는 해도, 마물이란 야생동물 같은 거니까 그렇게 쉽게 제거하기는 힘들 거란 말이지.

키즈나의 뒤를 따라서, 밀림 쪽을 가볍게 한 바퀴 돈다.

마물의 발소리나 기척 같은 건 딱히 없다……. 그렇게 생각했지만, 얼마 후에 키즈나가 우리를 제지했다.

"……요 앞에 있어."

귀를 기울여 보니, 확실히 풀숲 너머에서 뭔가의 숨소리가 들려왔다.

레벨 보정이 낮아서 그런지, 감이 좀 둔해진 것 같은 기분이 든다.

"뭐, 그렇게까지 성가신 상대는 아닐 테니까 냉큼 해치우자."

"그러지."

키즈나가 풀숲으로 다가가자, 마물 무리가 뛰쳐나왔다.

상당히 거대한 녹색 쥐 같은 마물이다.

이름은…… 생긴 모습 그대로 대록서(大綠鼠)다. 숫자는…… 몇 마리쯤 되려나? 최소한 네 마리 이상은 있다.

"하압!"

키즈나가 칼을 휘둘러서 두 마리를 해치웠지만, 나머지 대록서들은 우리 쪽이 약하다는 걸 눈치챈 듯, 우리를 표적 삼아서 물어뜯으려고 달려든다.

"거기 서! 크윽……. 나오후미, 놓친 녀석들을 부탁할게!"

"그래! 알았어. 더 이상은 우리 쪽으로 못 오게 하라고."

"알았어!"

재빨리 첫 번째 쥐를 방패로 막아낸 것까지는 좋았지만, 두 마리째가 내 방패의 빈틈을 파고들어서 팔을 물고 늘어졌다.

"아악!"

이런 잡몹 같은 녀석에게 공격을 받고 대미지를 입다니, 이건 좀 꼴사납잖아. 갓파는…… 꽤 강한 녀석 같았으니 그러려니 하고 넘어갈 수 있어도, 쥐를 상대로 부상을 입었다는 건 은근히 자존심에 흠집이 나는 일이다.

원래는 내 방어를 뚫는 녀석이 얼마 되지 않았었던 것과 비교해 보면, 레벨이며 강화가 얼마나 중요한 건지를 통감할 수밖에 없었다.

"후에에에에!"

"후에에에에 하고 있을 때가 아니잖아! 빨리 해치우기나 해!"

키즈나 쪽도 쥐 무리를 제거하는 데 시간이 걸리고 있잖

아. 리시아, 네가 활약해야 할 때라고!

"아, 네!"

리시아가 혼신의 힘을 다해 검을 내질러서, 내가 붙들고 있던 쥐의 숨통을 끊어 나간다.

"저돌(猪突)!"

키즈나가 쥐들을 향해 힘차게 소리치며 척 하고 칼을 내지른다. 그러자 충격파가 뿜어져 나와서, 키즈나 주위에 있던 쥐들이 나가떨어지면서 절명했다.

찍 하는 소리를 내며 울고는 뻗어 버린다. 바람 칼날에 베인 건지, 일도양단되어 있다.

"비연(飛燕)!"

뒤이어 키즈나는 우리 쪽에서 날뛰고 있는 쥐를 향해서 빛의 칼날 같은 걸 날려서 해치웠다.

공격의 분류로 따지자면, 모토야스가 전에 사용했던 에어스트 자벨린이라는, 에너지화된 무기를 내쏘는 공격과 비슷한 것처럼 보인다.

"은근히 강한데, 이 마물."

"갓파보다는 약하지만. 내 세계의 모험가라면, 1대 1로 싸워서 이기려면 레벨 15정도가 필요하다나 봐."

끄응……. 나는 지금, 레벨 15짜리 일반 모험가가 상대할 수 있는 녀석을 상대로 이렇게 고전한 건가.

리시아야 뭐, 배짱이 없으니까 어쩔 수 없지.

"그럼 탐색을 재개할까?"

"용사들끼리의 반발이 은근히 버거운데⋯⋯."

"나 없이도 갈 수 있다면 혼자 가도 되는데."

"레벨업에 시간을 낭비할 순 없어. 지금은 식료품 조달이 목적이니까."

"그래, 그래. 그럼 가자."

탐색을 재개해서, 바나나처럼 생긴 나무 열매며, 향초 같은 풀을 손에 넣었다.

다행히 안력이며 기능계 스킬은 사라지지 않았고, 독약 등의 감정은 키즈나도 할 줄 알았다.

덕분에, 약초류는 어느 정도 모을 수 있었다.

그 과정에서 조우한 마물들도 키즈나의 말마따나 그렇게 강한 녀석들은 아니었기에, 키즈나가 손쉽게 해치워 주었다.

진짜 말 그대로 일격필살이었는데? 이 녀석, 꽤 강한 거 아냐?

리시아에게 약간의 경험치가 들어왔다.

고작 두 시간 정도 걸리는 코스였는데, 리시아 녀석의 레벨은 벌써 20까지 올라 있다.

성장이 빠른데.

나와 키즈나는 서로가 가진 용사 무기의 반발 때문에 경험치가 들어오지 않는 것 같지만.

리시아와 내 힘만으로도 어느 정도 싸울 수 있게 되면, 키즈나와 개별 행동을 하면서 레벨을 올리는 것도 한 방법이겠군.

"그럼, 이제 슬슬 조리를 시작할까?"

"그러지."

"이번에는 기다리고 있으면 내가 조리해서 가져다줄 수도 있는데?"

"그랬다가 이상한 독 같은 거라도 먹게 되면 우리만 완전히 바보 되는 거잖아?"

"의심 진짜 많네……."

그렇게 해서, 바다의 집 앞에서 모닥불을 피워 놓고 정체불명의 고기와 생선을 다듬어서 굽고, 향초로 버무린다.

나는 꼬치구이 같은 걸 만들고…….

"마실 수 있는 물은 있어? 수프를 만들까 하는데."

"아아, 저쪽에 지저호(地底湖)가 있으니까, 거기 있는 물을 쓰면 돼."

하긴, 바닷바람이 부는 곳이니까. 이 탁 트인 해안에 있는 물은 역시 소금물인가.

……뭔가 분위기가 남국의 섬을 연상케 하던 카르밀라 섬과 비슷하군.

키즈나가 물통을 가져오더니, 어디선가 꺼낸 중국 냄비에 물을 붓고 그 밑의 장작에 불을 붙였다.

나는 뼈며 생선 대가리를 거기에 넣고 부글부글 끓인다.

요리를 하는 동안, 키즈나는 심심했는지 바다에서 낚시를 시작했다.

낚은 물고기로 회를 뜰 거라는 모양이다.

그렇게 해서…….

"완성. 키즈나. 다 됐어."

나는 요리를 완성시키고, 키즈나를 불렀다.

"아, 벌써 다 됐어?"

"그래."

"나도 월척을 낚았지."

신이 난 키즈나가 물고기를 매달고 돌아왔다.

낚시 실력은 상당한 수준인 것 같군.

"그럼, 꾸물대지 말고 먹자."

"그래. 잘 먹겠습니다."

"잘 먹겠습니다아."

키즈나와 리시아가 내가 만든 요리를 먹기 시작한다.

그리고 키즈나는 음식을 입에 머금은 채로, 흡족한 듯 고개를 끄덕이며 말했다.

"무지하게 맛있어. 나오후미는 요리 실력이 대단한데?"

"이세계 생활을 하면서 몸에 밴 것뿐이야."

"꼭 그런 것만도 아닌 것 같은데……. 나도 이제 직접 음식을 만들어 먹지만, 이 정도로 맛있게 만들 자신은 없어. 이 물고기 소금구이 같은 거, 바닷물로 소금을 만들려면 성가시지 않아?"

"그 정도 수고를 귀찮아하면 못써. 다행히 쌀이 있기에 겸사겸사 빠에야도 만들어 봤는데, 맛은 좀 어때?"

"진짜 맛있어. 쌀은 기껏해야 밥을 지어서 주먹밥을 만드는 것밖에는 생각도 못했었는데, 이런 걸 먹으니까 완전 별미야."

쌀을 어디서 구한 건지는 모르겠지만, 키즈나의 식료품 중에 있는 걸 발견하고 빠에야를 만들어 본 것이었다.

뭐, 재료에 한계가 있으니, 그냥 빠에야 흉내만 낸 수준이지만 말이지.

"정말이지…… 이제야 좀 살 것 같다는 느낌이랄까?"

"후에에에!"

키즈나는 이미 다 먹어치웠건만, 리시아는 눈물이 그렁그렁한 채로 아직 식사를 계속하고 있다.

그렇게 배가 고팠던 건가?

"자……. 그럼 이제 어쩐다?"

키즈나가 저물어 가는 해를 바라보며 중얼거렸다.

"너희, 아직 움직일 기력 남아 있어?"

"없지는 않아. ……여기서 나갈 수 있는 계획이 있다면 들어 주지."

"아주 없는 건 아닌데……."

그러면서, 키즈나는 품속에서 뭔가 보따리 같은 걸 꺼내서 내보인다.

"아까 내가 설명한 얘기 기억나? 내가 얼마나 애썼는가 하는 얘기."

"꽤 깊은 곳까지 들어갔다고 그랬던 거?"

"그래, 그거. 나름대로 목숨을 걸고 들어간 거였어."

"여긴 그 미궁의 어디쯤이지?"

"거의 초입에 가까운 곳. 살아가기에 나쁘지 않아 보이는 곳에서 표류 생활 중이지."

키즈나는 쪼그리고 앉아서, 바다 너머로 저물어 가는 해를 바라보고 있었다.

왜일까. 그 뒷모습에 애수가 깃들어 있는 것처럼 보인다.

"그리고 이게, 내가 탐색해 들어간 곳에서 찾아낸 어떤 장치 앞으로 이동할 수 있게 해 주는 도구야."

그러면서 건네 온 것은, 음악 CD처럼 생긴 원반이었다.

이 원반은 어떻게 사용하는 거지?

마력도 저하된 상태였지만, 마력부여를 하는 요령으로 천천히 만져 본다. 하지만 반응은 없다.

"지금 바로 갈래?"

"살아서 돌아갈 수만 있다면."

"일단 한번 확인해 보고 올게."

키즈나가 자리에서 일어서서 원반을 옆으로 던진다.

그러자 원반은 지면에 부딪치기 직전에 빙글빙글 돌면서

빛을 내기 시작했다.

키즈나가 그 빛 속으로 들어갔다가…… 바로 고개를 내민다.

"응. 문제는 없을 것 같아. 이리로 와 볼래?"

"뭐, 뭔가 굉장해요."

"경악의 연속이군. 그나저나……."

저거 꽤 편리한 도구군.

포털 실드처럼 전이 기술을 쓸 수 있게 해 주는 도구인가?

나는 키즈나의 안내에 따라서, 빛 속으로 들어간다.

그렇게 들어간 빛 속의 바닥이 어째 묘한 것을 깨닫고…… 고개를 들어 보니, 그곳은 묵직한 분위기가 감도는 석조 광장 같은 공간이었다.

……뭔가 이집트의 무덤 같은 분위기가 느껴지는, 누르스름한 돌벽에 시선이 멎는다.

"이쪽이야, 이쪽."

키즈나가 그렇게 말하며 가리키는 곳을 보니, 계단식 길 끝에 다른 공간과 이어져 있는 것으로 보이는 빛의 아치가 보인다.

다만, 그 앞에 유성방패 같은 결계가 있는 것 같다.

"여기 있는 장치를 풀면 다음 공간으로 갈 수 있는 것 같은데 말이야……. 잠깐 이리로 와 줄래?"

키즈나는 계단을 올라가서 빛의 아치 앞에 있는 결계 쪽으로 나를 손짓해 부른다.

"뭔데?"

"아무래도 여기로 들어가면…… 이 미궁에서 나갈 수 있을 것 같단 말이야."

"그런 거야?"

그거 엄청난 발견이잖아.

조금만 더 노력하면 빠져나갈 수 있으련만, 혹시 머릿수가 부족해서 오도 가도 못하고 있었던 건가?

살펴보니 모래가 깔린 바닥 너머에 장치가 보인다.

좌우대칭으로 뻗어 나간 길이 있고, 그 너머에 버튼이 두 개.

저 장치…… 혹시 동시에 누르는 걸까?

"문제는 그게 아니라, 이쪽이야."

그렇게 말하면서 키즈나가 가리킨 것은, 아치 쪽이었다.

"거기에 뭐라도 있어?"

"결계 때문에 어차피 들어갈 수도 없지만 말이야, 이 이상 접근하면 무기가 반응한단 말이지. 다른 이세계로 가게 되니까 여길 지나는 건 금지라면서."

뭐야?

넋이 나가 버린 나를 보고, 키즈나는 연신 고개를 끄덕인다.

"예외 처리가 적용돼서 허가 자체는 나오는 것 같지만……

이 너머에 뭐가 있는지 알 수가 없잖아. 애초에 혼자서는 결계를 풀 수도 없는 것 같고 말이야."

나도 천천히 다가가 본다. 그러자 딱 하고 경고문이 나타난다.

——금칙사항
사성용사는 타세계로의 도항이 불가능합니다.
예외처리로부터 이탈.

……보아하니 아치 너머는 내 세계도 아닌 모양이군.

"그래도 말이야…… 여기서 움짝달싹 못하고 갇혀 지내는 것보다는 나을 거라는 생각도 하긴 했었어. 이세계로 가면 파도 때 소환되게 되어 있잖아? 그걸 이용하는 방식으로, 이 미궁에서 원래 이세계로 돌아갈 수 있지 않을까 하고 말이야."

"나도 통과 못하는 것 같은데……."

한 번 더 특례 허가를 내려 달라고, 방패!

리시아를 이용해서 수수께끼를 풀면 키즈나는 지나갈 수 있으려나?

하지만…….

"이 너머에도 여기랑 비슷한 미궁이 있을 가능성도 있겠군."

"그러니까 말이야……. 바로 그게 문제라는 거야."

"이걸 어쩐다……."

확실히 고민스러운 문제이긴 하군.

"일단 안전을 위해 돌아갈까?"

"그러지."

벽의 문자에 관심을 드러내며 분석하고 있는 것 같던 리시아가 우리의 대화에 끼어들었다.

"여기의 수수께끼를 풀면 나갈 수 있는 건가요?"

"아니, 다른 세계로 가는 것 같아."

"그, 그런가요?"

"일단은 돌아가자."

"아, 네."

키즈나의 전송 아이템을 이용해서, 우리는 다시 모래사장으로 돌아왔다.

날이 완전히 저물어서, 주위는 밤의 색으로 물들어 있다.

"밤이 되면 이 모래사장의 마물들이 강해지니까, 일단 거점으로 돌아가자."

키즈나의 안내에 따라 감옥이 있는 미궁으로 돌아간 우리는 일단 휴식을 취하기로 했다.

"으음……."

나와 키즈나, 리시아는 저마다 앞으로 할 일에 대한 고민에 잠겨 있었다.

팔짱을 끼고, 생각을 정리한다.

아까 그곳의 수수께끼를 풀면 다음 공간으로 이어지는 길이 생긴다.

무기의 반응으로 미루어 보아, 아마 다른 이세계로 이어져 있는 것 같다.

"아까부터 궁금했었는데, 이 미궁은 누가 만든 건가요?"

리시아가 키즈나에게 묻는다. 그건 나도 궁금하던 점이었다.

"으음……. 나도 글래스한테서 들은 역사 얘기를 통해서 알고 있는 게 전부지만, 과거의 마법사가 공간 조작 마법을 구사해서 만든 유물이라나 봐."

"호오……. 무슨 의도로 만든 거지?"

"원래는 성채로 삼을 생각이었다는 것 같지만, 공간과 마력의 폭주가 일어나는 바람에 한번 들어오면 나갈 수 없는 공간으로 변했다……라나 봐. 그 흔적으로, 안쪽으로 가면 풍화된 해골이나 서적 같은 것들이 꽤 있어."

"여기서 나가는 데 성공한 사람은 한 명도 없었나요?"

"응. 아주 드물게, 이 미궁 입구 부근에서, 미궁으로부터 거대한 마물이 나오곤 했다는 얘기는 있지만 말이야."

"잠깐 기다려 봐. 그 말은 곧, 나갈 수 있는 길이 있다는 얘기잖아."

"나도 잘 모르겠어. 용이나 특이한 대형 마물같이 생긴 것들이라서, 이 미궁의 마물이 아닐까 하고 생각하고 있는 것뿐인 것 같으니까."

응?

뭔가 찜찜한데.

그런 대형 마물이 미궁의 수수께끼를 풀고 출구를 찾아낸다는 게…… 있을 수 있는 일인가?

"어디선가 우연히 출구가 생겨나는 경우가 있을지도 모른다는 건가?"

"그럴지도 모르지만, 그걸 무슨 수로 찾아낼 수 있겠어?"

하긴 그렇지……. 우연에 기대하는 건 그저 어리석은 짓일 뿐이다.

그런데 대형 마물들만 빠져나오는 데에는 뭔가 이유가 있는 건가?

"그런데 너는 그 대형 마물과 조우한 적이 있는 거야?"

"그런 것 같은 마물이라면 본 적이 있긴 해."

흐음, 그렇다면 밖으로 나갈 수 있는 조건은 뭐지?

……잠깐만.

여기는 여러 공간이 이어져서 폭주한 미궁이라고 했지?

"혹시 그 마물은……."

"뭐 짐작 가는 거 있어?"

"이건 어디까지나 가정일 뿐이지만 말이야. 거대하게 성장할 수 있는 미궁 속의 마물이, 우연히 어떤 비좁고 작은 공간에 들어갔다고 치자고."

"그래."

"그 마물이 거기서 크게 성장하는 바람에, 그 공간이 감당할 수 있는 질량을 초과해 버렸다……. 그랬을 가능성도 있지 않을까?"

과거에 나는 어떤 게임을 플레이한 적이 있었다.

가구를 사서 장식하는 게임이었는데, 2층에 가구를 잔뜩 쌓아 두면 경고가 나타나게 되어 있었다.

바닥에 구멍이 난다고 말이다.

여기는 여러 개의 공간이 복잡하게 뒤얽혀 있어서, 출구가 없는 공간처럼 되어 버렸다.

그렇다면 작은 공간에서 거대한…… 공간이 감당할 수 없는 거대한 마물이 성장하면 어떻게 되겠는가?

공간에 동요가 발생하고, 우연히 미궁 밖으로 나갈 수 있는 길이 뚫리지 않을까?

"일리 있어 보이는 계획이긴 하지만, 크게 성장하는 마물을 데려다가 기르겠다는 거야?"

터무니없는 계획처럼 보이는 건 사실이다.

필로를 기르듯이 마물을 사역할 수 있다면 괜찮을지도 모르겠지만, 여기에 그렇게 마물을 길들일 수 있는 장비가 있을 거라는 확증은 없다.

키즈나의 되묻는 말이 곧 답이나 마찬가지다.

알 같은 걸 찾는다 해도, 성장시키는 데 시간이 얼마나 걸리게 될지…….

무엇보다 파티에 초대해서 키운다거나 할 수가 없으니까 말이지.

"안 되겠군."

"시험해 보려고 해도, 과정이 너무 번거로우니까 말이지……."

한번 해 본다고 쳐도, 그건 어디까지나 최후의 수단이 될 것 같군.

하아……. 이거 완전 사면초가잖아.

하지만, 나는 이런 곳에서 꾸물대다 죽을 생각 따위는 없다!

오스트가 몸을 바쳐서 우리에게 길을 열어주지 않았던가. 쿄에게 죗값을 치르게 해 주지 않으면 속이 풀리지 않는단 말이다!

……이거, 정말 키즈나가 찾아낸 공간으로 우회해서 가는 방법에 의지하는 게 현실적이려나?

그렇게 생각하면서, 야만인의 갑옷이며 필로 인형옷을 운반하기 쉽도록 개고, 분해할 수 있는 부분은 분해해서 포개 놓는다.

응? 야만인의 갑옷 안쪽에 있는 주머니에 뭔가 들어 있잖아.

넣어 둔 채로 잊어버렸던 것……이 아니라 혹시나 싶어서 넣어 둔 잡화다.

그중에서, 나는 어떤 물건을 발견했다.

더불어 방패 속에 있는…… 꺼낼 수 있는 드롭 항목을 살펴보았다.

"어이, 키즈나."

"왜 그래?"

나는 키즈나를 향해 히죽 웃어 보였다.

"해결 방법이 있을지도 모르겠는데?"

2화 탈출

"여기가 제일 작은 공간 맞지?"

키즈나의 안내에 따라, 우리는 미궁 내의 작은 방에 와 있었다.

도중에 여러 마물들과 조우했지만, 키즈나가 앞장서 준 덕분에 별문제 없이 나아갈 수 있었다.

그리고 키즈나가 우리를 안내해 온, 가장 작은 방으로 보이는 공간은, 교회 같은 분위기의 제단과 의자가 늘어서 있는 방이었다.

실내에는 리빙 아머처럼 철컥철컥 움직이는 갑옷이 활보하고 있는 것 같다.

"내가 아는 범위 안에선, 여기가 미궁에서 제일 좁은 곳이니까, 아마 틀림없을 거야."

"흐음."

교회 스테인드글라스는 깨져 나가 있고, 그 너머에는 새까만 어둠……. 밤이라서 그런지 바깥 모습을 알 수가 없다.

"저런 곳을 통해서 밖을 내다볼 수 있는 거 아냐?"

"검은 구름과 밀림 같은 다른 공간이 보였어. 공간이 이상하게 이어져 있어서 갈 수는 없는 것 같지만……. 벽이나 바닥의 모양으로 보아 지하 같은 곳 같은데 말이야."

갖가지 성가신 법칙들이 우리 앞길을 가로막고 있는 모양이군.

"어때? 정말로 네가 얘기한 대로 만져 봤는데, 이 정도면 됐어?"

레벨 1로 돌아와 버린 내 마력으로는 그걸 건드릴 수 없었으므로, 레벨이 높은 키즈나에게 대신 부탁했다.

성공한다는 보장이 없는 도박이었는데, 키즈나의 무기에 그걸 넣었더니 같은 기능이 나온 것은 행운이었다고 할 수 있겠군.

"그나저나…… 이거 재미있는 기능인걸. 식신 강화랑 비슷해."

"재미있다고 해서 함부로 남발하지는 마. 재고가 얼마 없으니까."

내가 주의를 주자, 키즈나는 그 도구를 몇 번 확인하고 나서 내게 건넨다.

"잘될지 어떨지는 모르겠지만, 해 봐서 안 될 건 없겠지."

공간을 연결하는 아치 밑으로, 나는 그것…… 바이오플랜트 씨앗을 집어 던졌다.

다행히 깨진 포석 틈새에 흙이 노출되어 있는 부분이 있었던 덕분에, 바이오플랜트 씨앗이 무사히 발아한 것을 확인할 수 있었다.

리빙 아머 계열의 마물들이 우리를 발견하고 철컥철컥 소리를 냈지만, 우리는 그들보다 빨리 아치로 들어가서 내뺐다.

키즈나의 얘기에 따르면, 마물은 아치를 통과할 수 없으니 충분히 따돌릴 수 있을 거라 했다.

"해낸 건가?"

"그래. 제대로 발아해서 엄청난 기세로 쑥쑥 뻗어 나가고 있는 것 같았어."

교회 같은 공간으로 이어지는 아치 쪽에서 빠직빠직하는 이상한 소리가 울려 퍼진다.

리빙 아머가 넝마 꼴이 돼서 나가떨어진 것 같군.

아, 벌써 변이해서 리빙 아머의 몸에 식물이 돋아서 움직이기 시작했네.

"우와……. 저거, 신종 마물로 변한 거 아냐?"

"변한 것 맞아."

녀석은 배회하기 시작했지만, 아직 융합이 완전히 끝난 건 아닌지, 움직임이 좀 어색하군.

그렇게 관찰하고 있으려니, 우르릉하는 소리가 들려오기 시작했다.

아치가 뒤흔들리면서 연신 스파크를 흩뿌리고 있는 것 같았다.

"저기로 들어가는 거야? 좀 위험한 거 아냐?"

"기분은 이해하지만, 지금까지 저게 저렇게 된 적이 있었어?"

"하긴, 없긴 하지."

키즈나의 표정이 들떠 보인다. 자극 없는 미궁 생활로부터 이탈할 수 있을 거라는 기대감에 가슴이 부풀어 있는 것이리라.

"후에에……."

"리시아, 너도 이제 그만 좀 떨어 대고 머리를 굴려."

"여, 열심히 해 볼게요오."

나 참……. 라프타리아나 믿음직한 동료가 없는 지금, 나한테 경험치를 벌어다 줄 수 있는 건 너밖에 없다고. 키즈나는 사성용사라서 같이 있으면 경험치가 안 들어오니까.

"호랑이를 잡으려면 호랑이굴에 들어가야지. 간다!"

"그럼 내가 앞장설 테니까 너희는 내 뒤를 따라와."

"알았어."

"그럼…… 고-!"

키즈나가 내달리고, 아치에서 뛰어나온 리빙 아머를 향해 낚싯대의 루어를 던진다.

그리고 그 직후, 참치용 회칼로 리빙 아머를 찢어발겼다.

쩌억 하는 시원시원한 소리와 함께, 리빙 아머는 그 자리에 고꾸라진다.

굉장한…… 건가? 어느 정도 강한 건지 감이 안 잡힌다.

우리는 스파크를 흩뿌리며 일렁이는 아치를 지났다. 그 랬더니 교회 같은 공간은 증식한 바이오플랜트로 뒤덮여 있고…… 공간에 왜곡이 발생해 있었다.

울렁울렁 소용돌이를 그리듯 공간이 왜곡되고, 바이오플랜트가 거기로 빨려 들어가고, 공간 자체도 지진이라도 일어난 것처럼 뒤흔들리고 있다. 검은 구름이 왈칵왈칵 벽을 빨아들이고 있어서, 바이오플랜트 주위 이외에는 거의 발 디딜 곳도 없는 상태인 것 같았다.

"저 구멍으로 들어가자!"

덮쳐 오는 바이오플랜트 덩굴을 찢어발기고 내달리며, 키즈나가 우리에게 지시한다.

"좋아!"

"와앗!"

"조심하라고."

리시아가 넘어지지 않도록 손을 붙잡고 힘껏 끌어당긴 후, 펄쩍펄쩍 연신 뜀뛰기를 하듯이 바이오플랜트를 타고 올라간다.

그리고 우리는, 굵직한 덩굴을 발판 삼아서 막무가내로 구멍 속에 들어갔다.

포털 실드를 사용했을 때처럼 시야가 순식간에 뒤바뀌는 감각이 느껴진다. 작은 방이 멀리서 폭삭 무너져 내리는 모습을 객관적으로 바라볼 수 있었다.

순식간에 내 시야에 파란 하늘이 펼쳐지고…… 자신이 낙하하고 있음을 깨달았다.

밑에는 신사 같은 건물과 담장이 있다……. 어느 정도 높이에서 낙하하고 있는 건지는 모르겠지만, 떨어지면 틀림없이 죽을 것 같은 높이에서 곤두박질치고 있는 것 같다.

"에어스트 실드!"

얼마 남지 않은 SP로 아래쪽에 에어스트 실드를 생성해서 발판으로 삼는다.

뭐, 에어스트 실드 자체는 큰 건 아니지만, 그대로 낙하하는 상황은 면할 수 있을 것 같다.

"후에에에!"

리시아가 필사적으로 에어스트 실드에 매달려 있다.

미안하지만 이 방패도 그렇게 오래 유지되는 건 아닌데

말이지.

문제는 잔여 SP의 양이 얼마 되지 않는다는 점.

"조금만 더 있으면 이 발판도 사라질 텐데……."

"나오후미."

비좁은 발판에서 키즈나가 손을 내민다.

"무슨 방법이라도 있어?"

키즈나가 꾸벅 고개를 끄덕였으므로, 나는 리시아를 안은 채 키즈나의 손을 잡는다.

그러자 키즈나는 자신이 갖고 있던 낚싯대를 휘둘러서, 신사 같은 건물 지붕에 루어를 건다.

끼익– 하고 키즈나의 낚싯대에 달린 릴에서 낚싯줄을 감는 소리가 들렸지만, 키즈나가 꽉 힘을 주자 뚝 멈춘다.

"이제 곧 방패가 사라질 거야."

"괜찮아. 이 정도 시간이면 충분해."

방패가 소실되고, 묵직한 중력이 느껴진다. 순식간에 지면이 가까워져 왔다. 그리고 덜컥하고 충격이 몰려온다.

우리는 약 2미터 정도 높이에 대롱대롱 매달려 있다.

"이 정도면 이제 괜찮겠지?"

"그래."

탓 하고 착지해서 주위를 확인한다.

담장으로 둘러싸인 신사 같은 건물. 그리고 그 주위로, 왕성하게 번식 중인 바이오플랜트가 시야에 들어온다.

저걸 어쩐다?

일단 미리 만들어 둔 제초제를 키즈나에게 건넨다.

"꽤 위험한 식물이니까 냉큼 제거해 두지 않으면 재앙이 벌어질 거야."

"그런 거 같네. 변이성과 번식 능력을 향상시킨 건가……. 냉큼 해치우고 가자고."

이쪽으로 다가오는 바이오플랜트에 제초제를 뿌려서 시간을 벌고, 키즈나가 팔짝팔짝 뛰어서 바이오플랜트의 본체에 제초제를 살포해 나갔다.

면역력을 낮게 설정해 두었던 덕분에 손쉽게 제거할 수 있었다.

그래도…… 흙만 있으면 엄청난 속도로 성장하는 녀석이니 조심해야겠지.

그렇게 생각하고 있으려니, 시든 바이오플랜트에서 내 쪽으로 씨앗이 툭툭 떨어져 내린다.

만전을 기하기 위해, 모두 주워서 모아 둔다.

"그나저나, 여기 바깥 맞아?"

내 질문에, 키즈나는 퍼뜩 정신을 차리고 주위를 확인했다.

그리고 엄청나게 들떠서 펄쩍펄쩍 뛰어다닌다.

"해냈어! 드디어, 드디어 밖으로 나왔어!! 확실해! 여기는 분명히 바깥세상이야!"

"그렇군."

"고마워! 고마워! 아아! 드디어! 나는 더 이상 외톨이가 아냐!"

하긴, 연 단위로 거기에 갇혀 있었다고 했으니까.

그렇게 오랜 세월 동안 그런 곳에 있었으니, 이런 반응을 보이는 것도 이상할 건 없다.

일단 나도 이것저것 여러모로 확인해 본다.

레벨은 여전히 낮다.

모래시계 아이콘을 체크해 보니, 다음 파도의 도래 시간이 또렷하게 기재되어 있고, 잔여 시간이 조금씩 줄어들고 있었다.

틀림없이 밖으로 나온 것 같다.

"그래서? 여기는 어디지?"

담장에 둘러싸인 신사 같은 곳인데, 신사 입구가 잠겨 있어서 안쪽을 들여다볼 수는 없다.

담장 쪽을 살펴보니, 뭔가 목재……인가? 어쩐지 나무치고는 튼튼해 보이는 재질로 만들어진 담장이 설치되어 있고, 문이 굳게 닫혀 있다.

약간 높아 보이지만, 조금만 애쓰면 넘는 데는 무리가 없을 것 같군.

그런 생각을 하고 있으려니, 키즈나가 낚싯대를 로프 대용으로 사용하려는 듯, 담장에 낚싯대를 걸치고 있었다.

"먼저 올라가."

"보초 같은 건 없을까?"

"여기는 탈출 불가능한 미궁의 입구잖아. 누가 여기에 접근하려고 들겠어?"

"정체불명의 마물이 출현한다거나 해서……."

"그런 일은 거의 없으니까 아마 안 올 거야. 오히려 여기서 가만히 있는 게 더 위험할 것 같지 않아?"

으음……. 하긴. 그렇지.

"리시아도 뒤처지지 말고 잘 따라와."

"아, 네. 저기…… 짐은 어떻게 할까요?"

맞아, 키즈나가 갖고 있던 짐이나, 나와 리시아의 장비 등 거치적거리는 물건들이 다소 있다.

그걸 들고 키즈나의 낚싯대로 걸친 로프를 오르는 건 좀 힘들 것 같군.

"내가 가져갈 테니까, 빨리 움직여."

"괜찮겠어?"

"나만 믿으라니까."

키즈나가 괜찮다고 연신 주장했으므로, 우리는 먼저 담장으로 올라가서 아래를 내려다본다.

은근히 높은데……. 대충 4미터쯤 될까.

뭐, 담벼락을 타고 내려가면 다칠 일은 없을 것 같지만.

"이번에는 키즈나 차례야."

"좋아. 그럼 갈 테니까 좀 비켜서 있어."

지시대로 그 자리에서 약간 비켜선다.

그러자 키즈나의 낚싯대에 달린 릴이 회전해서, 술술 키즈나를 끌어올렸다.

……편리한걸.

뭐, 로프 실드를 사용할 수 있는 상황이었다면, 나도 같은 식으로 올라왔을 테지만 말이지.

"됐어! 그럼 어서 빨리…… 도망치자!!"

"좋아. 혹시나 싶은 마음에 확인하러 오는 녀석들이 도착하기 전에."

"도, 도망치는 건가요오?!"

"당연한 걸 뭐 하러 물어보는 거야? 저기는…… 미궁인 동시에 감옥이기도 하다고!"

여기 녀석들 입장에서 보자면, 우리는 죄수인 셈일 테니까.

탈출 불가능한 형무소에서 탈출하는 상황 같은 거라고 볼 수 있으리라.

우리는 그런 생각을 하며 담장에서 내려와서, 주위를 경계하며 그곳을 떠났다.

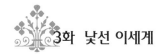 **3화 낯선 이세계**

경계를 늦추지 않은 채 숲을 가로지르니, 가도가 나타난다.

이 정도쯤 왔으니, 어느 정도는 경계를 풀어도 될 것 같다.

"그래서? 이제부터 어쩔 거지?"

"어쩌다니?"

앞서 가던 키즈나가 우리 쪽을 돌아보며 묻는다.

"같이 행동했던 건 긴급사태라서 그랬던 거잖아? 이제 갈라질 건지, 아니면 계속 같이 갈 건지를 묻는 거야."

"여기서 왜 갈라진다는 선택지가 나오는 건데?"

키즈나가 영문을 모르겠다는 듯 되묻는다.

"후에에에······. 나오후미 씨, 키즈나 씨랑 같이 가요. 안 그러면 위험하다구요."

······물론 문제는 없을지도 모른다.

어찌 됐건 키즈나는 일시적으로 우리와 동맹관계에 있는 글래스의 동료(자칭)라는 모양이니까.

하지만, 혹시 모르니 한번 확인해 볼 필요가 있는 것도 사실이리라.

"이런 건 확인을 해 둬야지, 안 그러면 중요한 상황에서 갈라서는 꼴이 될지도 모르잖아."

"정말 의심도 많네······. 너희가 글래스랑 같이 행동하던 사이라면 내가 거부할 이유가 없고, 무엇보다 이 나라는 나와 험악한 관계에 있으니까 단독행동은 위험하잖아. 될 수 있으면 협조해 줬으면 좋겠는데."

"흐음……."

아직 상황 파악이 완전히 된 상태는 아니지만, 보아하니 키즈나도 혼자 행동하기는 힘든 상황인 것 같다.

"국경을 넘는 건 어려울지도 모르고……."

"전이 스킬 같은 걸로 돌아갈 수는 없어?"

그렇다.

나도 포털 실드를 한번 확인해 보자.

영창해 봤지만…… 세이브해 둔 위치의 일람이 나타나지 않는다.

하긴, 여긴 이세계니까. 다시 지정해야 하는 건가? 포털 실드 자체는 사용할 수 있는 것 같은데…….

도움말을 살펴봐도, 거기에 대한 상세한 정보는 없는 것 같다.

원래 세계로 돌아가는 건, 파도 때 이외에는 힘들 것 같군.

"사용에는 제한 사항이 있으니까…… 결국은 내 발로 가야 한단 말이지."

"네 스킬은 내 스킬과는 차이가 있는 것 같군."

"그러게 말이야. 내가 가진 스킬의 이름은 『귀로의 사본』이라고 해. 같은 이름을 가진 도구가 매개체로 필요하고, 이 나라에서는 사용이 불가능하단 말이지."

"내 쪽은 포털 실드. 한 번이라도 간 적이 있었던 곳을 세 군데까지 기록할 수 있고, 이동할 수 있는 곳도 지정할 수 있지."

"오, 편리한데."

"다만, 현재는, 세이브해 둔 곳이…… 없어. 그리고 말이야, 어디로 갈 건가 하는 지침 같은 걸 제시해 줬으면 좋겠는데."

"그렇구나……. 편리해 보이지만, 지금은 사용할 수 없는 상황이라는 건 나랑 마찬가지라는 거네."

키즈나는 하오리에 묻은 먼지를 털면서 대꾸한다.

"갈 방향은 여러 가지 선택지가 있어. 우선은 국경을 넘는 코스. 이 나라에서 안전한 국가로 이동하기 위해서 국경을 넘는 거지."

국경을 넘는다……. 이세계에 온 후로, 그 방법을 써서 성공한 적이 없단 말이지.

메르로마르크에서 지명수배를 당했을 때, 국경 주위에는 엄청난 수의 군대와 세 용사 놈들이 도사리고 있었다.

"문제는 관문을 몇 번이나 넘어야 한다는 것. 뇌물을 쓴다고 해도, 여비가 충분치 않을 것 같아서 말이지."

"뇌물이 통하는 거야?"

"통행증을 구입하면 그럭저럭. 이것도 어디까지나 다른 사람한테 전해 들은 얘기긴 하지만, *에도 시대처럼 상경……

---

*에도 시대(江戶時代) : 도쿠가와 이에야스가 에도(도쿄)를 본거지로 창설한 에도 막부가 집권하던 시대. 1603~1867.

그러니까 국가의 수도 쪽으로 가는 건 비교적 간단하고, 반대로 수도에서 지방으로 나가는 건 까다롭다나 봐."

글래스의 복장이나 키즈나의 하오리 같은 것도 그렇고, 여긴 어쩐지 옛날 일본 같은 이세계 같다는 생각도 든다.

하지만 라르크나 테리스는 그렇게 분류하기에는 무리가 있으니, 그렇게 단순하게만 생각할 수는 없겠지.

그나저나 통행증이라.

나도 행상 일을 할 때 그런 걸 갖고 있었는데, 그것과는 다른 것이리라.

"그러니까 타국으로 도망치려면 꽤 고생을 해야 할 거야."

"이 나라, 그렇게까지 관리사회야?"

"그 정도는 아냐. 그냥 주민들이 자유롭게 이동하기 힘든 정도랄까? 수도로 가는 편이…… 그나마 싸게 먹힐 거야. 지금으로서는 난이도도 낮을 테고."

"그건 왜지?"

"이 나라 사람들은 내가 미궁에서 탈출했다는 걸 아직 모르고 있어. 그러니 용각의 모래시계에 접근하는 것도 아마 무리는 아닐 거야."

"용각의 모래시계로 가면 뭐가 있는데?"

"나오후미가 있던 세계에는 없었어? 거기서 사용할 수 있는 이동 스킬을 쓰면 안전한 나라로 단번에 날아갈 수 있어."

아아, 온라인 게임에 종종 나오는 시설이군.

포털은 전이 스킬이지만, 플레이어가 개인적으로 사용하는 스킬이라는 경향이 강하다.

긴급 탈출 수단으로 쓰거나, 마물 퇴치를 마치고 마을로 돌아가기 위한 수단으로 사용되곤 한다.

방금 키즈나가 얘기한 건 도시나 국가 단위에서 사용되는 이동 방법이다.

도시의 시설 중에 이동시설이 존재하고, 그 시설을 사용해서 다른 도시에 있는 같은 시설로 날아갈 수 있는 것이다.

포털 같은 개인 스킬과는 다른 의미에서 편리한 시설이다.

게임에 따라서는 포털 같은 것 없이 이런 시설이 더 주요하게 사용되는 경우도 있다.

굳이 말하자면 타운포털 같은 거라고 할까?

"그 외에 다른 방법이 있다면…… 파도라는 게 어디선가 일어나긴 하는 것 같고, 내 시야에도 모래시계 아이콘이 있으니까, 거기에 편승해서 날아가는 방법이 있겠지."

"흐음……."

여러 가지 수단을 제시해 오는군.

우선 키즈나를 감옥에 처넣은 나라에서 국경을 넘어서 도망치는 것.

문제점은 수많은 관문들을 돌파해야 하고, 그러려면 돈이 든다는 것. 그리고 국외로 나갈 때 한바탕 싸움이 벌어질 거라는 점이겠군.

다음은 이 나라에 있는 용각의 모래시계를 향해 이동하는 것.

이쪽은 비교적 돈이 덜 든다는 모양이다. 다만, 용각의 모래시계에 접근할 수 있다는 보장이 없다는 위험성이 따라붙는다.

마지막은 파도가 일어났을 때의 용사 소환에 편승해 도망치는 것이지만, 이 방법은 가능한 한 피하고 싶군.

"참고로 다음 파도는 언제쯤 오지?"

"으음……. 2주일 후야."

"꽤 오래 걸리는데……."

우리도 주야장천 글래스 일당의 세계에 눌러앉아 있을 수는 없는 것이다.

서둘러야 하는 상황이니, 그냥 가만히 앉아서 기다리고 있을 수는 없다.

라프타리아와 동료들도 찾아야 하는 것이다.

그러고 보니 라프타리아와 동료들은 어디 있지?

노예문과 마물문 항목을 불러내 보지만 여전히 반응이 신통치 않다.

어쩐지…… 제대로 작동하지 않고 있는 것 같은 느낌이다.

라프타리아와 다른 동료들이 이 세계에 있다는 것까지는 알 수 있지만…….

"어쨌거나 일단 너희의 레벨을 어느 정도 올려 두는 게 좋을지도 모르겠는데."

"그건 그래. 장비도 필요하니, 가능하다면 돈도 모으는 게 좋겠지."

주로 장비류를 갖추기 위한 돈 말이다.

빌려 쓰는 입장에서 할 소리는 아니지만, 키즈나가 빌려 준 장비는 그다지 질이 좋지 않은 물건들 같다.

저렙이라도 착용할 수 있는 장비를 골라 준 것일 테지만.

"도시 같은 곳에 들러서 조사를 해 보는 게 좋을 것 같아."

"알았어. 한동안은 동행하는 게 좋을 것 같군."

"그럼 다시 한 번, 앞으로 잘 부탁할게, 나오후미, 리시아 양."

"그래, 그래. 리시아, 라프타리아가 없는 지금, 내 대신 적을 공격…… 아니, 우리 중에서 사람을 상대로 싸울 때 적을 공격할 수 있는 건 너밖에 없으니까, 너만 믿는다."

"아, 네! 열심히 해 보겠습셉……."

여기서 또 말을 씹는 거냐!

나 참, 키즈나 녀석도 억지로 웃음을 참고 있잖아.

왜 넌 항상 그 모양으로 칠칠치 못한 거냐. 쿄를 상대로 퍼붓던 일갈이 말짱 도루묵이 됐잖아.

숲을 빠져나와서 한동안 나아가다 보니, 제법 번화한 도시에 다다를 수 있었다.

길거리 풍경은…… 뭐라고 표현해야 할까. 일본풍, 특히 *헤이안쿄 같은 분위기다.

에도 시대 같은 분위기일 줄 알았는데, 그 시대와는 느낌이 좀 다르다는 걸 알 수 있었다.

다만, 길거리를 오가는 사람들의 종족이 내가 아는 이세계 사람들과는 다른 것 같다.

귀가 미묘하게 길쭉하다. 피부도 하얗고, 하나같이 미남미녀들……. 금발에…… 어쩐지 풍경과 안 어울리는 것 같은 느낌이다.

엘프 같은 느낌이라고나 할까.

"저 사람들은 이 세계에서는 초인(草人)이라고 부르는데…… 나오후미가 있던 세계의 기준으로 따지면 아인에 해당되겠지."

"그래. 엘프라고 표현하는 게 제일 알아듣기 좋을 것 같지만."

그나저나…… 엘프들이 헤이안 시대의 옷을 입고 있으니까 위화감이…… 의외로 별로 없잖아.

왜지?

아아, 그 이유를 알 것 같다.

그냥 귀가 긴 외국인이 헐렁헐렁한 옷을 입고 있는 모습과 별 차이가 없기 때문이구나.

---

*헤이안쿄(平安京) : 헤이안 시대(794~1192) 일본의 수도, 현재의 교토.

상투를 틀어 올리고 있는 것도 아니라서 위화감이 없는 것이다.

엘프는 사냥꾼 같은 느낌이지만, 마법에도 재능이 있어서 마법사 복장을 입고 있는 이미지도 있다. 그건 개인차가 있는 것이려나?

그렇게 따지자면 라프타리아도 일본풍 옷이 잘 어울릴 것 같다.

그 외에도, 글래스처럼 어렴풋이 반투명하게 보이는 녀석도 돌아다니고 있다.

"이봐, 저 녀석은 뭐지? 글래스와 같은 종족인 것 같은데."

"나오후미는 모르고 있었어? 저 사람은 혼인(魂人). 다른 나라에서는 스피릿이라고 부르는 종족이야."

"스피릿?"

"이름 그대로 혼으로 이루어져 있다거나 하는 일화도 있지만 그건 사실이 아냐. 뭐, 스피릿용 무기에는 혼을 부수거나 베는 힘이 붙어 있다는 모양이지만 말이야. 더 알기 쉽게 설명하자면…… 스테이터스를 확인해 봐."

나는 키즈나가 시키는 대로 자신의 스테이터스를 재확인한다.

……HP가 생명력이라는 항목으로 변해 있다. MP는 혼력(魂力)으로 바뀌어 있고…….

헷갈리니까 머릿속으로 변환해 두자.

뭐야, 이건?

"스피릿은 생명력과 마력……. 권속기 소지자의 경우에는 혼력이 에너지로 통일되어 있는 종족이야."

"뭐라고? 그럼 마력을 사용하면 그만큼 생명력이 깎인다는 거야?"

"그런 모양이야. 그리고 다른 스테이터스도 에너지에 의존하고 있어서, 레벨이라는 게 없어. 에너지가 곧 생명인 셈이지."

"레벨도 없다고?"

"응. 하지만 그런 만큼, 에너지만 높으면 강해질 수 있어. 보통 사람들은 당해낼 수 없을 만큼 강력한 적의 공격을 받더라도 버틸 수 있는 걸로 유명한…… 높은 방어력을 가진 종족이지."

어쩐지 글래스가 괴물처럼 단단하다 싶더라니.

"문제는 동족의 힘 이외에는, 에너지 회복 수단이 자연 회복밖에 없다는 점이랄까."

"회복마법이나 도구로 회복시킬 수 없는 거야?"

"응. 인간이나 초인 같은 다른 종족처럼 회복마법의 수혜를 받기 힘든 종족이거든."

"그랬던 거군요."

리시아가 감회에 젖은 표정으로 고개를 끄덕인다.

하긴, 리시아도 일단은 글래스와 싸운 경험이 있으니까.

감회가 없을 수가 없지.

그건 나도 마찬가지다.

아이언메이든을 정면으로 얻어맞고도 멀쩡했고, 라스 실드로 불살랐는데도 버텨냈었지.

어라?

"그럼 에너지를 급속도로 회복시킬 수 있다면 엄청나게 강해진다는 얘기 아냐?"

"그렇게 되겠지."

나는 라르크가 글래스에게 혼유약을 주던 모습을 떠올렸다.

그때 글래스가 순간적으로 강력해진 것처럼 보였는데……혹시 이 세계에는 혼유약이 없는 건가?

으음…….

뭔가 석연치가 않은데.

아니, 지금은 그보다 조금이라도 레벨을 올려야 할 때다.

"알았어. 그건 그렇고, 여기에 머물러도 괜찮은 거야?"

"보기에는 문제가 없을 것 같은데……."

키즈나와 함께 도시 안을 걷다 보니, 약간 큼직한 저택 같은 곳이 나타났다.

뭐지? 사람들이 엄청나게 들락거리는 것 같은데.

저택 내부는…… 원래 내가 소환되어 온 이세계 쪽 기준으로 보자면, 모험가 길드 같은 느낌이다.

현상 수배범의 몽타주며 의뢰서 같은 게 붙어 있는 게시판 앞에 사람들이 드문드문 보인다.

키즈나는 그 자료들을 열람해 보고 돌아온다.

"보아하니 우리가 도망쳤다는 건 아직 안 들킨 것 같아."

"그렇군. 그나저나 마음에 걸리는 게 있는데……."

나는 모험가 길드 같은 저택 안쪽에 있는, 수정이 끼워져 있는 기계로 눈길을 돌렸다.

모양을 설명하자면, 빙수 만드는 도구 같은 모양이라고나 할까?

뭔가 그 큼직한 기계 앞에 사람들이 늘어서 있는데, 그들은 펜던트 같은 액세서리를 기계에 세팅하고는 컴퓨터 단말기를 조작하듯이 뭔가를 조작하고 있다.

그러자 잠시 후, 갈린 얼음이 나오는 자리에 연기와 함께 물품이 나오는 게 아닌가.

"저거? 저건 우리한테는 필요 없는 거야."

"뭐 하는 물건이지?"

"사성무기나 권속기의 드롭 기능을 복제한 거라나 봐. 테리스 언니 같은 정인(晶人)…… 주얼이라는, 원래는 보석이었다가 힘을 얻어서 사람이 된 종족 사람들이 만든 거라나 봐."

오늘은 정말 여러 가지 사실들이 밝혀지는군.

예전에 카르밀라 섬에서 라르크 일행과 함께 사냥을 했을 때, 용사의 무기에만 존재하는 드롭 기능을 당연한 것처럼 여기던 걸 떠올린다.

다시 말해 글래스 일행의 세계에서는, 드롭 자체는 그리 희귀한 기능이 아니라는 것이리라.

"뭐, 환원율은 용사의 무기에 비하면 좋은 편이 아니고, 좋은 드롭 아이템을 선정해서 실체화시키는 정도가 고작이라고는 하지만 말이야. 잘만 하면, 마법을 이용해서 그 자리에서 꺼낼 수도 있고."

"그런 거였군……."

기술면으로만 따지면 확실히 이쪽 세계가 더 뛰어난 것 같군.

다시 말해, 물리친 마물을 저 펜던트에 흡수시키고, 저 기계를 이용해서 드롭 아이템을 확인하고 꺼내는 식인가 보군.

원래 세계로 돌아갈 때 펜던트를 좀 얻을 수 없으려나?

제조 방법만 알 수 있으면 꽤 짭짤한 장사가 될 텐데.

"굉장하네요. 마물을 물리쳤을 때, 저걸로 이런저런 아이템들을 얻을 수 있다니."

"저건 이츠키도 할 줄 아는 거라고."

나를 소환한 세계에서는 왜 저게 안 퍼졌는가 하는 게 오히려 더 이상할 지경이다.

재현할 수 있는 거였다면 해야 할 거 아냐.

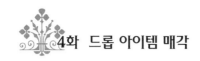# 4화 드롭 아이템 매각

"그리고 보니까, 이 세계에는 매입 상인 같은 건 없어?"

"아마 있을 것 같은데…… 응? 그건 뭐지?"

나는 미리 보따리에 넣어 두었었던 담볼 시체를 키즈나에게 보여준다.

그러자 키즈나는 고개를 갸웃거렸다.

뭘 그렇게 어리둥절해하는 거야?

"아……. 담볼은 상자를 만들 때 쓰긴 하지만, 돈은 안 될 걸? 팔 거라면 차라리 드롭 아이템을 파는 게 나아."

그렇군. 드롭이 일상적으로 존재하는 세계이니만큼, 정체가 판명된 드롭 아이템을 매입하는 게 일반적인가 보다.

뭐, 재료 쪽이 더 비싸게 팔리는 경우도 있긴 할 테지만.

우리는 길드 안에서 정보를 얻는 데 정신을 집중한다.

"어디 보자……. 역시 많은 사건들이 일어난 모양이네. 이웃 나라에서 탈옥 사건이 일어났다는 속보가 나와 있어."

"우리랑 비슷한 놈들이 있었나 보군."

"그러게 말이야. 우리는 그래도 감시가 없었으니까 그나마 형편이 나았던 건지도 모르지. 아, 몽타주가 나와 있네."

"그림이 너무 독창적이라 알아볼 수가 없잖아."

목격 증언을 기초로 그려진 것 같군.

얼굴 그림은 요괴 같은 느낌이라 알아볼 수가 없다. 가부키 화장을 한 것 같다고나 할까?

"저 나라 감옥은 레벨 보정을 없애는 설비 같은 것까지 있을 만큼 성가시고 엄중한 곳으로 알고 있는데, 무슨 수로 탈출한 거지?"

"이 탈옥범이 혹시 라프타리아나 글래스라면 일이 장난 아니게 커지겠는데?"

만약에 그 예감이 적중한다면, 또 성가신 일에 휘말리게 되잖아.

"아니, 아니, 그렇게 일이 딱딱 들어맞을 리가 없잖아. 그냥 동료들이 무사하기나 빌자고."

"그게 좋겠지. 그렇게 아귀가 들어맞을 리가 없으니까. 키즈나가 갓파에게서 우리를 구해줬을 때처럼 말이지."

"하하하."

"후후후."

나와 키즈나가 메마른 웃음을 머금는다.

"후에에에……."

이런, 우리가 웃는 걸 본 리시아가 늘 그렇듯 얼빠진 목소리를 내는군.

"뭐, 글래스 패거리는 이 세계에서도 유명 인사일 거 아냐? 탈옥을 했다면 쉽게 알 수 있겠지."

"실은 그게 그렇게 간단하지가 않단 말이야……. 뭔가 정보가 뒤얽혀 있는 모양이야. 적국의 고관이라느니, 정체불명의 기술로 능력을 끌어올렸다느니, 실은 우락부락한 전사라느니……."

"별로 참고가 될 것 같지는 않군."

그들이 정말로 글래스 일당이라면, 우리 목적지는 이웃 나라가 될 텐데.

하지만, 우리는 근거 없는 낭설에 휘둘릴 만큼 한가한 몸이 아니다.

"그리고 이웃 나라에서 신병기 개발 의혹이 있다나 봐. 흉악한 마물을 제조했다나 뭐라나, 분위기가 심상치 않은 것 같아."

"어디서나 가십은 민중의 오락 아니겠어?"

"뭐, 그건 그렇지. 나나 나오후미가 알고 있는 오락 같은 건 별로 없으니까."

"게임 같은 이세계도, 그게 일상이 되면 딱히 재미도 없을 테니까."

"그야 그렇지. 그 외에는 전송기술 연구가 진행 중인 모양이야. 사성이나 권속기의 전송 기능을 재현한다나……? 귀로의 사본이 이미 있는데, 그 외에 다른 걸 더 만든다는 건……."

"일반인도 전송 기술을 사용할 수 있게 한다니, 내가 있던 쪽 이세계에서는 상상도 못할 정도의 기술 발전이군."

내가 있던 이세계에서는 전송 스킬을 재현하려 한다는 식의 얘기는 들어 본 적도 없었다.

아니, 내가 모르고 있었던 것뿐이고, 실제로는 있는 건지도 모르지만.

그런 얘기를 나누다 보니, 어느덧 해가 저물기 시작한 것을 깨달았다.

"나오후미 씨, 이 나라 문자는 어떻게 해야 읽을 수 있어요?"

리시아가 책장에 놓여 있던 서적을 펼친 채 끙끙대고 있다.

뭐, 언어가 다른 만큼, 리시아는 이 세계 사람들과 말이 통하지 않는 건 물론이고, 문자도 이해하지 못하는 것 같으니까.

"나도 못 읽어. 대화는 방패가 번역해 주지만 말이지."

"나도 마찬가지야. 리시아 양이 하는 말은 무기가 번역해 주고 있지만."

"그, 그러셨군요. 그냥 키즈나 씨가 우리가 하는 말을 이해하시는 줄 알았어요."

"키즈나 넌 이 세계 문자를 읽고 쓸 줄 알아?"

"간단한 문자 정도라면 읽을 수 있어. 글래스가 워낙 들볶아 대는 바람에."

"호오……. 그거 대단한데."

그리고 나는 리시아가 읽고 있던 책을 집어 들고 펼쳐 본다.

고전문학 시간에 본 것 같은 문자들의 나열이다. 가끔 한자 같은 게 섞여 있어서…… 그럭저럭 읽을 수는 있을 것 같기도 하다.

이 문자라면 빨리 습득할 수 있을 것 같군.

메르로마르크의 문자는 일본어나 영어와는 근본적으로 달랐기에, 번역하기가 힘들었다.

그나저나 솔직히 이제 슬슬 피곤해지기 시작하는데. 어깨가 결린다.

"이제 날도 많이 저물었는데…… 어떻게 하지?"

"숙소에 묵는 것 정도는 괜찮을 거야. 현재까지는 지명수배 같은 게 걸리지는 않은 것 같으니까. 나를 보고 단번에 얼굴을 알아보는 녀석도 없었고 말이야. 어차피 이 나라에서 내 얼굴을 아는 건 높은 사람들뿐이지만."

"미궁에서 탈출했다는 건 안 들킨 것 같아?"

"으음……. 미궁에서 뭔가가 쏟아져 나왔지만 금방 사라졌다는 소문이 돌고 있는 것 같았어. 경계해서 나쁠 건 없겠지만, 아마 괜찮을 것 같아."

불안 요소가 사라진 건 아니지만, 야숙하는 것보다는 낫겠지.

"돈은 있어?"

"필요 없는 드롭 아이템을 팔았으니까 세 사람분 숙박비 정도는 있어."

"나도 필요 없는 걸 팔아 볼까?"

"담보?"

"아니. 내 세계 마물에게서 나온 드롭 아이템인데."

생각해 보면 이세계의 마물이 떨어트린 거라면 레어아이템으로 취급받는 것 아닐까?

미지의 도구라든가 하는 식으로……. 문제는 그걸 팔았다가 꼬리가 잡힐 우려가 있다는 거지만…….

그리고 갑옷처럼 스테이터스의 글자가 깨져 버린 것도 있는 것 같다.

"아아, 그거 괜찮을 것도 같은데. 나오후미가 있던 세계에서는 흔해 빠진 물건이 여기에서는 고가에 팔릴지도 모르니까."

"단, 상대방의 이해도에 따라서 가치가 정해진다는 게 난점이긴 하지만."

물건의 가격은 그 물건에 어떤 효과가 있는지, 얼마나 희귀한 건지에 따라서 판단되는 거잖아? 알려진 물건이라면 괜찮겠지만 미지의 물건이라면 아무래도 경계를 사게 마련이다.

키즈나가 알고 있는지 어떤지로 판단하는 게 제일 좋겠지만…….

"뭐, 오늘은 피곤하니까 돈 마련하는 건 내일 생각하는게 좋을 것 같아."

"조금 더 가면 이 도시보다 더 큰 도시가 있는 것 같으니까. 거기 가서 팔아 보는 게 좋을 거야."

"피곤해요오."

리시아가 기진맥진한 얼굴로 뇌까린다.

그럴 만도 하지. 낯선 곳을 모험한다는 건 상당히 피곤한 일이니까.

게다가 레벨이 낮아서 위험도도 더 높고 말이지.

내 입장에서는 냉큼 돈을 모아서 장비를 사고, 더불어 방패도 어느 정도는 강화하고, 레벨을 올려서 레벨업에 나서고 싶다.

그러자면 돈이 제법 필요하다.

일단은 레벨도 약간이나마 오르긴 했으니, 리시아와 같이 레벨업에 나서게 될 것 같다.

리시아의 저조한 스테이터스 성장률이 당면 과제가 되겠군…….

키즈나의 말에 따르면 여기는 적지라는 것 같으니까, 가다가 동료를 모아서 레벨업을 하기는 힘들 것 같고 말이지.

그래도 모험가 행색을 한 자들이 길거리를 돌아다니고 있었으니까, 아주 못 구할 것도 없긴 할 테지만.

키즈나의 안내를 받아 따라간 숙소 방에서, 우리는 비싼 값에 팔릴 법한 드롭 아이템을 품평한다.

문화 형태 같은 걸 모르면 여러모로 위험할 수 있으니까.

모르는 점도 많지만, 키즈나가 어느 정도는 알고 있는 것 같으니 그건 나중에 익혀도 되겠지.

"이것저것 물건들을 꺼내 놓을 테니까, 비싸게 팔릴 법한 물건을 골라 줘."

"알았어."

나는 방패에서 지금까지 꺼내지 않고 있었던 드롭 아이템을 몇 개 꺼내고, 조합해 두었던 물건들을 키즈나에게 보여 준다.

어떤 기준으로 판단되는 건지는 모르지만, 스테이터스 설명이 깨지지 않은 드롭 아이템도 그럭저럭 있어서 그나마 다행이었다.

"이것저것 많이도 모아 두고 있었네……."

"그렇지 뭐."

"병에 들어 있는 이건 뭐야?"

"마력수야. 마시면 마력이 회복되지. 이 세계에는 없어?"

"난 본 적이 없었는데……. 그거랑 비슷한 기능을 가진 거라면, 대지의 결정이라는 게 마력 회복에 쓰이고 있어."

그러면서, 키즈나가 무기에서 빨간 결정을 꺼내서 내게 보여준다.

"이걸 움켜쥐면 마력이 회복되게 돼 있어."

"그래? 별난 물건이군."

"나오후미 쪽 세계에서는 마셔서 마력을 회복할 수 있는 게 있다니, 이쪽 세계에도 있을 법하지만 없는 물건이 존재하나 보네."

시험 삼아, 키즈나가 건네준 대지의 결정을 움켜쥐어 본다.

그러자 대지의 결정은 뽀각 하는 소리와 함께, 녹아서 기화되듯이 사라져 버렸다.

용맥(龍脈) 해방! EXP 3000 획득!

마물을 처치했을 때 나오는 경험치 표시 같은 게 시야에 나타났다.

3000……. 꽤 무시할 수 없는 경험치가 들어오잖아.

"경험치가 꽤 많이 들어왔는데……."

"뭐?"

키즈나도 시험 삼아 마력수를 복용한다.

"으헥……. 나는 마력이 회복되는 동시에, 무기 강화에 필요한 경험치가 들어왔어."

"강화에 필요한 경험치?"

"응. 내 무기는 레벨과는 별개로, 그 무기를 사용할 때 무기에 경험치가 들어가게 돼 있어. 그렇게 되면 그 무기가 성장해서 강해지지. 나무 낚싯대라면 '중급 나무 낚싯대'로 성장하는 식으로."

"그런 게 있었군."

키즈나 쪽의 무기에도 나름의 강화 방법이 있는 것 같다.

그럼 혹시, 대화를 통해 서로의 강화 방법을 공유하면 더 강해지는 거 아닐까?

그렇게 생각하고 있으려니, 땡 하는 소리와 함께 방패에서 조합을 마친 힐링 환약이 생성되었다.

나는 방패에서 힐링 환약을 꺼내서, 내일 판매할 물품 사이에 나열한다.

"이건 뭐야?"

"회복 아이템인 힐링 환약. 상처에 바르면 상처가 아물어."

"치료환(治療丸) 같은 건가?"

키즈나도 비슷하게 생긴 유사 아이템을 꺼낸다.

"이쪽은 먹으면 상처가 아무는 식인데 말이야. 그러고 보니 갓파랑 싸웠을 때도 그걸 발랐었지?"

"여러모로 차이가 있나 보군. 역시 이세계라는 건가?"

"오히려 효과가 다르거나 할 경우가 더 위험하겠지."

보아하니 키즈나 쪽에서 사용했을 때와 우리 쪽에서 사용했을 때의 효과가 서로 다른 경우도 있는 것 같고 말이지.

마력수를 마시면 무기에 경험치가 들어가다니, 별 해괴한 효과도 다 있군.

하긴, 그 점은 나도 피차일반이지만.

그때 퍼뜩 생각난 게 있었다.

나는 혼유약을 꺼내서 키즈나에게 내민다.

"이건?"

"혼유약이라는 아이템이야. SP를 회복시켜 주지."

"SP……. 혼력인가? 그런 도구가 있었어? 내가 아는 한, 혼력은 무기의 효과에 의한 흡수나 자연 회복으로밖에는 회복할 수 없을 텐데."

호오……. 이 세계에서는 SP의 긴급 회복 수단이 빈곤한 모양이군.

그렇다면 조심해야 하는지도 모르겠다.

SP를 몽땅 쏟아붓는 아이언메이든 같은 걸 사용했다가는 한동안은 스킬을 사용하지 못하게 될 수도 있으니까.

"예전에 글래스와 싸웠을 때 라르크가 그걸 글래스한테 끼얹은 적이 있었는데, 그 순간에 글래스의 파워가 엄청나게 치솟더군."

내 말을 들은 키즈나의 표정이 경악으로 물든다.

그렇다. 이 상황을 통해 도출할 수 있는 결론은 하나.

글래스의 종족인 스피릿은 레벨도 에너지에 의해 관리되고 있다.

에너지를 대량으로 보유하고 있다면, 모든 능력이 향상된다는 특징을 갖고 있는 것이다.

하지만 키즈나의 말에 따르면, 에너지 회복 수단이 얼마 없기에 자연 회복에 의존하는 경향이 강하다고 한다.

그런데 문제점인 에너지 급속 회복을 가능하게 해 주는 아이템이 있다면 어떻게 되겠는가?

"뭐야?! 스피릿의 에너지까지 회복시켜 주는 효과가 있다는 거야?!"

"그런 모양이더군."

"이거, 엄청나게 진귀한 물건이 될 거야. 스피릿이라면 누구나 군침을 흘릴 테니까."

"그럼 이걸 팔면 되겠네."

"진귀한 미지의 아이템인데? 그걸 팔려고 해도 전례가 없고, 그것 때문에 무슨 일이 벌어질지 알 수도 없는데, 괜찮겠어?"

"문제없어. 나를 우습게 보지 말라고. 내일 팔 물건은 정해진 셈이군."

이래 봬도 저쪽 세계에서는 행상 일을 하며 돈을 벌어 온 몸이란 말이다.

이렇게 순조롭게 술술 풀리는 상황이라면, 팔 방법은 얼마든지 있다.

"그리고 넌 마력수로 파워업을 할 수 있단 말이지? 그럼 나도 대지의 결정을 대량으로 구하고 싶은데."

"내 강화 방법을 중시하겠다는 거야? 그럼 서로의 강화 방법을 공유해 볼까?"

"그게 좋겠군."

더 많은 강화 방법을 알 수 있다면, 더 강해질 수 있다.

이 기회를 놓칠 이유는 없으니까.

"내가 알고 있는 건, 우선 아까 얘기한 무기에 있는 경험

치…… 그리고 부적을 무기에 붙여서 능력을 부여하는 방법
도 있고…….”

“내 쪽은 여러 가지 방법이 있어. 우선은…….”

키즈나에게서 들은 강화 방법을 방패에 시험해 보았지만,
아무리 해 봐도 효과가 나올 기색이 없다.

마찬가지로, 키즈나도 내가 얘기한 강화 방법이 효과를
발휘하는 것 같지는 않았다.

듣자 하니, 글래스에게서 들은 강화 방법은 사용에 문제
가 없다는데 말이지.

“글래스가 얘기한 방법은 물리친 상대의 마력…… 그러
니까 상대방에게서 흘러나와서 주위에 떠다니는 힘을 흡수
해서 강화하는 거였어. 그게 효과를 발휘했었으니까, 나오
후미가 한 얘기를 의심하는 건 아니라는 것만은 믿어줘.”

“하아……. 그건 피차일반이지 뭐.”

딱히 키즈나의 말을 의심하는 건 아니다.

세 용사 놈들의 강화 방법도, 믿지 않으면 효과를 볼 수
없었다.

내 마음 한구석에서 키즈나의 강화 방법을 부정하고 있는
것 아닌가 하는 생각도 들지만.

“의심만 해서는 아무 발전도 없다는 건 알고 있어. 그런
데도 효과가 없다는 건, 세계가 다르기 때문……인가?”

“그럴 수도 있지. 근본적으로 계통이 달라서 못 받아들이

는 걸지도 몰라."

"공유할 수 있었다면 더 강한 힘을 얻을 수 있었을 텐데 말이지."

"그러게 말이야."

키즈나도 동의하며 고개를 끄덕인다.

단적으로 말해서, 얼마나 안정적으로 싸울 수 있는가 하는 건, 오로지 강화에 달려 있다.

결론을 짓기에는 아직 이른 건지도 모르지만, 안 된다고 해서 끙끙대고만 있는 건 아무 도움도 안 된다.

그렇다면 내가 해야 할 일은 오직 하나. 손쉽게 경험치를 벌 수 있는 대지의 결정을 얻기 위해 돈을 벌어들이는 것이다.

5화 제품 설명

이튿날, 어제 묵은 도시를 떠난 우리는, 다리 건너에 있는 가도를 따라가면 나오는 커다란 도시의 상점가 구석에서 호객행위를 하고 있었다.

일단 이곳이 가게임을 어필할 수 있도록 바닥에는 멍석을 깔았다.

그리고 만약에 대비해서 근처 가게에서 팔고 있던 가면을 착용해서 얼굴을 가려 둔다.

키즈나는 얼굴을 보고 알아보는 사람이 있을지도 모르니까.

"자, 오늘 우리가 소개해 드릴 상품은 바로 이것! 혼인 모험가라면 놓치지 마시라!"

나는 목청을 높여 가며 손님을 불러 모은다.

"이번에 여러분께 선보일 약은 저 바다 건너 머나먼 나라에서 입수해 온 명품, 이름 하여 혼유약!"

길거리를 오가던 모험가들이며 구경꾼들이 호기심에 이끌려 어리둥절한 표정으로 몰려들었다.

키즈나와 리시아가 약간 움츠러든 채, 내 뒤에서 지시에 따라 맞장구를 치고 있다.

아, 리시아는 어차피 말도 안 통하고 의심만 살 것 같아서 말을 하지 말도록 지시해 뒀다.

"그건 무슨 효과가 있는 건가요?"

키즈나가 국어책 읽는 말투로, 미리 맞춰 둔 대본대로 질문을 던진다.

"궁금하신가요? 가르쳐 드리고 싶은 생각은 굴뚝같지만 당신은 효과를 체감할 수 없으니까, 오가는 사람 중에…… 거기 당신!"

나는 구경꾼 중에 섞여 있던 스피릿 세 사람을 가리키고 손짓해 부른다.

"이 약이 갖고 있는 효과를 선보일 수 있는 사람은 여러분밖에 없으니, 속는 셈 치고 한번 드셔 보시죠."

"그, 그러지……."

내가 지목한 스피릿 세 사람이 이쪽으로 온다.

"자, 자, 독약 같은 건 아니고, 굳이 마시지 않더라도, 피부에 바르기만 해도 효과가 있으니 시험해 보세요."

나는 혼유약을 다른 그릇에 따르고, 키즈나가 갖고 있던 붓으로 스피릿의 팔에 몇 번 바른다.

세 명의 스피릿들은 처음에는 의심 섞인 눈초리로 보고 있었지만, 그 얼굴은 점점 경악의 빛으로 물든다.

"이…… 이럴 수가!"

"말도 안 돼! 이런 약이 진짜 있는 거야?!"

"이건…… 세기의 대발명이야!"

주위의 구경꾼들이 사태를 파악하지 못한 채 술렁술렁 서로의 얼굴을 쳐다보고만 있다.

세 스피릿들은 자신들의 몸에 일어난 현상을, 소리 높여 떠벌렸다.

"에너지가 회복되는 약이야! 진짜라고!"

술렁거림이 한층 더 커진다.

"그렇습니다. 이 약은 스피릿 전용으로, 에너지를 회복시켜주는 경이적인 신의 약입지요!"

"후에에……. 나오후미 씨의 말투가 평소랑은 완전히 달라졌어요오."

"장사할 때면 캐릭터가 달라진다든가 하는 타입인가?"

리시아와 키즈나가 속닥거리고 있다.

시끄러워. 사람들의 이목을 끌어모으려면 이렇게라도 하는 수밖에 없잖아.

만약에 매입상이나 약국에 혼유약을 팔았더라면 괜히 의심을 사거나, 트집을 잡히거나…… 나아가서는 제조법을 토해 내라거나 하는 식의 협박만 들었을지도 모른다.

게다가 수요가 확실히 존재하는 혼유약을 그들이 되파는 걸 피할 수 없게 된다.

그렇다면 방법은 하나밖에 없잖아. 이렇게, 직접 팔아 치우는 수밖에.

"이번에 판매할 혼유약은 다섯 병……. 여러분, 한번 시험해 보시지 않겠습니까?"

"에…… 이번 판매 가격은, 개당 1옥은(玉銀)입니다."

우선은 실험체가 되었다가 경악했던 스피릿들이 자기들 지갑을 뒤지더니, 은 막대기 같은 걸 꺼낸다.

옥은이라니……. 이 세계의 금전 단위는 완전 에도 시대 같잖아?!

혹시 금화는 타원형으로 생겼다거나 하는 거 아냐?

"더 있으면 더 팔아 줘!"

스피릿 세 사람이 물어뜯을 듯한 기세로, 여러 개를 사려고 덤벼들다가 눈싸움을 벌인다.

"싸우시면 안 됩니다."

"1인당 한 개씩만 판매합니다! 좀 진정하세요!"

긴급사태 때 복용하면 궁지에서 벗어나게 만들어 줄 수도 있는 약이 눈앞에 있는 것이다.

그야 탐이 날 만도 하지.

그리고 세 스피릿들은 혼유약을 한 병씩 구입해서 물러갔다.

"이제 두 병 남았습니다. 여러분, 어떻게 하시겠습니까?"

바람잡이라고 의심하는 것 같은데, 잘못 짚은 거라고.

"워낙 갑작스러운 얘기니까 말이죠……. 그럼 이번에는 이 자리에서 효과를 실감하실 수 있도록 나머지 두 병도 스피릿 여러분께 체험시켜 드리겠습니다. 어서들 오시죠!"

다시 두 병의 혼유약을 다른 용기에 따르고, 혼유약이 다 떨어질 때까지, 실험을 위해 줄을 선 스피릿들에게 살짝 발라 주는 작업을 되풀이했다.

이쯤 되니 줄은 엄청나게 길어지고, 저마다 효과를 실감하고 내 말을 믿게 된다.

"이, 이 약은 도대체 어떻게 만든 거요?!"

그렇게 물어 오는 녀석들이 어찌나 많은지.

방패로 만든 거라고. 직접 만들 수도 있지만 여러모로 복잡하지.

그렇게 곧이곧대로 얘기할 수도 없는 노릇이니, 나는 '비밀이에요.'라고 대답하고 쫓아냈다.

지나치게 주목을 받는 건 위험하긴 하지만 이렇게 하지 않으면 무기 강화에 필요한 소재를 모을 수가 없다.

통행증이라는 값비싼 물건도 사야 하니까.

그리고 용기에 따른 혼유약이 다 떨어진 것을 확인하고, 나는 손뼉을 쳐서 이목을 모았다.

"자, 이제 스피릿 여러분은 모두 실감하셨겠죠. 어떻습니까? 우리가 거짓말이나 조작, 바람잡이 따위를 쓰지 않았다는 걸 믿으시겠습니까?"

길게 줄을 지어 늘어선 스피릿들이 끄덕끄덕 수긍하는 반응을 보고, 그들의 인식이 의혹에서 확신으로 변한 것을 확인한다.

지금쯤이 좋겠군…….

"아무래도, 혼유약은 제조하기가 어려운 물건이라, 그렇게 많이 마련할 수는 없으니…… 모든 분께 제공해 드리기는 아무래도 힘듭니다. 그러니까 내일 이 자리에서, 다시 경매 방식으로 판매하고자 합니다."

우렁찬 박수 소리가 울려 퍼진다.

뭐, 예상했던 대로군.

구입자가 다른 사람에게 되파는 것까지 염두에 두고, 손을 들며 말한다.

"다음에 제공해 드릴 분량은, 오늘 마련한 양과 같은 다섯 병의 혼유약. 여러분의 적극적인 참여를 기대하겠습니다."

그렇게 말하고, 우리는 일찌감치 그 자리를 떴다.

"정말 괜찮은 거야? 괜히 주목만 받고 돈벌이는 시원찮으면 어쩌지?"

"대체 옥은이 뭐야? 화폐 단위를 듣고 웃을 뻔했잖아."

"나오후미 씨는 뭔가 알고 계신가요?"

하긴, 여기 있는 사람들 중에 일본에 대해 모르는 건 리시뿐이니까.

"이 나라의 통화가 그거니까 어쩔 수 없잖아. 참고로 단위의 이름은 각각 *동문(銅文), 옥은(玉銀), 금판(金判)이라고 해. 동문 100닢이 1옥은, 옥은 100닢이 1금판이지."

느낌 자체는 내 쪽 이세계의 화폐와 비슷하군.

그나저나 이름이 좀 너무한데. 웃음을 참느라 죽는 줄 알았다고.

에도 시대와 비슷하지만 조금 다른 느낌이랄까?

"그리고 아까 하던 얘기 말인데, 이건 내 계획대로 된 거야. 이 도시 귀족을 끌어내서 비싼 값에 팔아 치울 생각이니까. 입소문 때문에 사람들은 얼마든지 모여들 테고."

---

*일본 에도 시대의 화폐 : 에도 시대에는 금화, 은화, 동화가 사용되었는데, 금화는 소판(小判, 코반), 은화는 소옥은 (小玉銀, 코다마긴)이라 불렸다. 동화를 셀 때는 '~문(文, 몬)'의 단위로 헤아렸다.

"정말 그렇게 수월하게 풀릴까?"

"사람들의 소문이라는 건 의외로 무시할 수 없으니까. 그 정도로 사람들을 끌어들이고, 가짜가 아니라는 걸 설명했잖아. 뭐, 기대하면서 기다리라고."

후후후후후……. 한동안 안 하던 장사를 하려니까 어째 좀 신이 나는데.

어찌 됐건 물건을 팔아서 돈을 번다는 건 싫지 않은 일이다.

아니, 오히려 좋아하는 편이다 보니 기대감에 좀이 쑤실 지경이다.

"우와……. 나, 어쩐지 엄청난 사기꾼이랑 인연을 맺게 된 것 같은 기분이 드는데."

"후에에……."

"리시아는 이제 다른 세계의 모습에 놀라는 것 좀 그만하고 살아남기 위한 꾀를 짜내 달라고. 그리고 뭘 하든지 돈은 필요할 거 아냐? 키즈나가 처음부터 여비를 갖고 있었다면 이 고생을 할 일도 없었을 텐데."

"그야……. 물론 그렇긴 하지만…… 뭐라고 해야 하려나, 나도 장사를 좋아하긴 하지만, 나오후미만큼은 아니거든."

그런 얘기를 나누면서, 우리는 이튿날까지 시간을 죽이기로 했다.

일단, 인근에 있는 마물들을 잡아서 레벨업을 도모해 봐야겠다.

우선 리시아의 레벨을 올려야겠다는 생각에, 나는 숙소에 남고, 키즈나와 리시아는 인근에 서식하는 마물들을 사냥하러 보냈다. 그런데 키즈나가 돌아오자마자 고개를 갸웃거리며 말했다.

"내가 기억하는 것보다는 마물이 많은데……. 무슨 일이라도 있었나?"

"활성화라도 일어난 거 아냐?"

"그게 뭔데?"

"내가 있던 세계에 있던, 기간 한정 이벤트 같은 현상이야. 평상시보다 경험치가 많이 들어온다고 설명하면 알아듣겠어?"

"아—……. 대충은 알 것 같아. 정말 그런 건가? 적들 자체도 은근히 강해진 것 같던데."

그 후, 나도 리시아를 데리고 담볼을 사냥해 봤는데, 무한 미궁에 있던 담볼보다 강하고 경험치도 많이 들어왔다.

흐음……. 이걸로 담볼이 벌룬보다는 강하다는 게 판명됐군.

도대체 왜 글래스 쪽 세계의 마물이 더 강한 건지는 잘 모르겠지만, 만약에 나를 소환한 세계가 종합적으로 약한 세계라면, 글래스가 그렇게 강한 것도 납득이 간다……고 할 수 있으려나?

이튿날, 우리는 어제 노점 판매를 했던 곳으로 돌아간다.

물론, 가면을 쓴 채로 말이다.

그 시간쯤 되니, 애타게 기다렸다는 듯 인파가 생겨나 있었다.

스피릿이 아닌 녀석들도 보이는데?

하긴, 그럴 만도 하겠지.

에너지 회복 수단이 별로 없는 이 세계에서, 그 에너지를 회복시켜줄 수 있는 약이 판매되는 거니까.

연구자며 되팔려는 상인, 단순한 욕심 때문에 사려는 모험가들, 약을 탐내는 자들을 찾자면 끝이 없다.

그중에서 특히, 인파 뒤쪽에서 눈을 번뜩이고 있는 고위직 같은 녀석이 거슬리는군.

아마, 감시하러 온 귀족쯤 되겠지.

상업허가증 같은 게 따로 존재하지 않는다는 건, 키즈나의 얘기를 통해 확인해 둔 상태다.

그런 게 있었다면 암거래로 팔아 치웠을 테지만.

권력을 이용해서 이 경매를 짓밟으려고 들 가능성은 있지만, 그랬다가는 그야말로…… 민중들의 불만이 폭발하리라.

어떤 의미에서는 오늘의 주목할 만한 카드 같은 분위기가 주위를 지배하고 있다.

"이것 참, 모두 바쁘신 와중에 이렇게 찾아와 주셔서 감사합니다."

나는 혼유약을 키즈나에게 건네줘서 진열시킨다.

"자, 그럼…… 여러분, 효과 실험은 끝난 상황이니, 길게 서론을 늘어놓는 것보다는 곧바로 경매를 시작하죠!"

"""오오-!"""

환호성이 일대를 지배한다.

하나같이 당근을 앞에 둔 말 같은 표정을 하고 있군.

황금 알을 낳는 거위가 눈앞에 어른거리고 있는 상황이니 까.

욕망에 충실한 눈을 가진 자들을 상대로 분위기를 지배하는 것쯤은 식은 죽 먹기다.

온라인 게임 경험이 이럴 때 도움이 되는군.

MMORPG를 하다 보면 발생하는, 집단 사냥을 하다가 레어 아이템이 나왔을 경우 말이다.

뭐, 게임의 종류에 따라 다르긴 하지만, 기계적으로 배분되지 않는 게임이라면 사냥에 참가한 사람들이 자신이 원하는 레어 아이템을 두고 경매를 진행해서 낙찰자를 정하게 된다.

그리고 나는 그 경매를 통해서 사람들에게 레어 아이템을 낙찰시키는 일을 일상적으로 했었다.

그러니까, 말하자면 이 분위기는 내 안방이나 다름없으니 주위에 있는 녀석들이 호시탐탐 노리고 있는 물건을 비싼 값에 팔아 치우는 것쯤은 누워서 떡 먹기다.

"그럼…… 처음에 판매했을 때와 마찬가지로 1옥은부터 시작하도록 하겠습니다!"

"1옥은 50동문!"

"2옥은!"

"3옥은 30동문!"

즉석에서 일제히 목청을 높여서 가격을 부르기 시작했다.

분위기 괜찮군.

이제 가격을 얼마나 끌어올릴지 조작해 나가기만 하면 된다.

어찌 됐건, 1회용에 불과한 약 하나를 거금에 구입하는 사태는, 정상적인 상황이라면 일어날 수 없는 일이다.

감시의 눈길도 있고 말이지.

하지만, 우리는 빨리 돈을 손에 넣고 내빼고 싶다.

"30옥은!"

사람들이 일제히 술렁거린다.

흐음……. 약 한 병에, 내 감각으로 환산하면 은화 서른 닢 정도인가.

"자! 30옥은, 더 없습니까?!"

짝 하고 손뼉을 쳐서 유도한다.

그 후로는 동문 단위 수준에서 조금씩 가격이 올라가는 분위기로 변했다.

최종적으로는 30옥은 83동문에서 모두가 손을 뗐다.

"더 없습니까?"

일대가 잠잠한 정적에 휩싸인다.

"그럼 첫 번째 혼유약은 30옥은 83동문에 낙찰됐습니다!"

나는 돈을 받는 동시에, 낙찰된 사람에게 혼유약을 건넨다.

이번 낙찰자는 평범한 상인 같군. 귀족은 안 걸려들었다.

묵직한 지갑의 내용물을 확인하고, 매상을 합산한다.

이 정도 돈이 있으면 통행증은 살 수 있으려나?

눈짓으로 키즈나에게 물어보니, 손을 수평으로 한 채 옆으로 흔든다.

부족하다, 혹은 대충 딱 맞는 정도라는 건가.

이 정도로는 안 되겠군.

좋아! 이제 비장의 패를 꺼내 보자.

이 도시에 너무 오랜 시간 머무르는 건 위험하고, 사람이 너무 많이 모여들어도 혼란스러울 수 있으니까.

내가 신호를 보내자, 키즈나가 고개를 끄덕이고…… 혼유약을 갖고 있던 리시아의 다리를 건다.

"와앗!"

리시아는 혼유약 대신 물을 넣어 둔 병을 떨어뜨렸고, 병은 쨍그랑 깨져 나간다.

"우왓! 그 아까운 걸……."

"후에에……. 죄송합니다죄송합니다!"

"상품을 깨트려 버리면 어떡해?!"

어디까지나 사전에 짜 둔 연기다.

뭐, 이츠키의 정의병에 잠식당해 있는 리시아는 이래도 되는 거냐면서 곤혹스러워했지만, 이게 내 방식이니 어쩔 수 없는 일이다.

그래도 미안해하며 연신 사과하는 리시아에게 가볍게 욕지거리를 퍼부어주고 나서, 주위의 관중들에게 통보한다.

"죄송합니다. 제 못난 부하가 힘들게 마련한 혼유약을 깨 버리는 바람에, 이제 팔 수 있는 혼유약이 한 병밖에 안 남았습니다. 말도 할 줄 모르는 얼빠진 것 같으니! 기껏 보살펴 줬더니 은혜를 원수로 갚는 거냐!"

"후에에에에에에에!"

야유 소리가 리시아에게로 쇄도하고, 리시아를 향해 잡동사니가 날아든다.

이쯤 하면 되겠지. 더 몰아붙이면 리시아가 불쌍하니까.

"정말 죄송합니다. 마지막 한 병입니다. 여러분, 면목이 없습니다만, 모쪼록 넓은 마음으로 이해해 주시기 바랍니다."

나는 한껏 숨을 들이쉬었다가, 주위의 관객들 전부에게 울려 퍼지도록 목청껏 외쳤다.

"그럼 마지막 혼유약에 대한 경매를 개시하겠습니다!"

"3옥은 30동문!"

"8옥은!"

"15옥은!"

"30옥은!"

걸려들었군……. 그렇다. 지금까지는, 물건이 더 남아 있다는 생각에 다들 여유를 갖고 있었던 것이다.

하지만 불의의 사고 때문에 마음의 여유가 사라지는 상태에 내몰리게 되면, 초조함 때문에 가격 폭등이 일어나게 된다. 희소한…… 지금껏 본 적이 없었던 약이, 이제 지금 눈앞에 있는 한 병밖에 남지 않은 것이다.

이제 두 번 다시 세상에 나타나지 않을지도 모른다.

그런 정신 상태에 내몰리면, 다급한 마음에 금액이 점점 올라가게 되어 있다.

이윽고…….

"3금판!"

"3금판 50옥은!"

도시의 귀족으로 보이는 자가 끼어들고, 도시의 상인으로 보이는 자와 말다툼이라도 벌이듯이 가격을 끌어올리는 지경에 이르렀다.

이쯤 되니, 관중들은 그저 가격이 어디까지 올라가는지 구경이나 하고 있을 뿐이다.

"4금판!"

"큭……."

"더 없습니까?"

나는 그렇게 말하고, 아무도 입을 여는 사람이 없음을 확인한다.

"그럼 4금판으로 낙찰됐습니다! 여러분, 낙찰자에게 열화와 같은 박수를!"

탁 하고 손뼉을 쳐서 낙찰을 확정 짓는다.

귀족이 내 쪽으로 다가와서 4금판을 건넸기에, 나는 그것을 받아 들었다.

뭐, 대충 금화 네 닢과 은화 서른 닢 정도를 번 건가. 이 정도면 타당한 수준이군.

귀족에게 4금판 정도면 딱히 큰 금액은 아니겠지만, 눈매가 마음에 걸린다.

제조법 같은 걸 캐내려고 들거나 자객을 보내거나 할 가능성도 부정할 수 없을 것 같다.

하긴, 혼유약 하나로 이만큼이나 돈을 벌어들였으니 그 정도 대가라면 헐값이나 다름없다.

내가 있던 세계에서는 일반적으로 집중력 향상에만 쓰이던 약이라, 약간 고가인 약 정도로만 여겨지던 약이었으니까.

용사에게는 다른 효과도 있지만 말이지.

앞으로 조심해야 할 건, 주위로부터의 습격이 되겠군.

"그럼 여러분, 열화와 같은 성원, 진심으로 감사드립니다—!"

박수 소리가 이는 가운데, 우리는 종종걸음으로 그 자리를 떠났다.

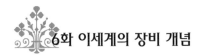

6화 이세계의 장비 개념

"후에에……. 시선이 너무 따가웠어요오."

"미안하게 됐어. 키즈나한테 시켜도 됐겠지만, 굳이 따지자면 리시아가 더 적임자일 거 같아서 말이야."

"그야 뭐……."

키즈나가 말끝을 얼버무리면서 리시아를 쳐다본다.

가면을 쓰고 있어도 움직임이 어리바리한 리시아라면, 그야말로 안성맞춤이라 할 수 있단 말씀이지.

실제로도, 연기였음에도 부자연스러운 구석은 전혀 없었다.

어떻게 보면 이 돈은 리시아 덕분에 손에 넣은 거라고도 할 수 있다.

"그나저나……. 나오후미는 진짜 대단하던데. 그런 식으로 가격을 끌어올리는 방법도 있을 줄이야."

"이렇게 하면 적은 상품으로 최대한의 이득을 얻을 수 있단 말이지."

"세 병째에서 그 수를 썼더라도 결국은 같은 결과가 나왔던 거 아냐?"

"장사꾼의 장삿속이라는 건 그렇게 만만하게 보면 안 돼. 그 녀석들을 초조하게 만들어 놓고, 우리 쪽에서 앞장서서 가격을 끌어올리는 게 중요하다는 거지."

다섯 병을 팔았더라면, 이건 어디까지나 추정치지만, 두 병째는 35옥은에 팔리고, 아마 세 병째부터는 상인들 사이에서 시세가 결정되고 말았을 것이다.

약간 오차가 있긴 하겠지만, 아무리 획기적인 약이 눈앞에서 어른거리고 있는 상황이더라도, 물러날 때를 파악해야 한다는 의식이 작용해서, 이 정도 가격 상승까지는 기대하기 힘들었으리라.

황금 알을 낳는 거위라고 확신한 장사꾼이 있다면 얘기가 달라졌겠지만, 여기에 그런 상인은 없었다.

그런 장사꾼이 있었다면 첫 번째 병부터 더 고액에 팔려 나갔을 것이다.

"그 방법으로 팔면, 다섯 병을 팔아도 1금판 80옥은 정도밖에 안 돼. 입소문이 더 퍼지면 대박을 노려 볼 수도 있고, 높은 사람들에게 직접 팔아 치우면 더더욱 값이 오르겠지만, 우리한테는 시간이 없어."

그렇다. 우리에게는 목적이 있단 말이다.

키즈나의 말에 따르면 여기는 적국이라는 것 같으니, 우선 안전한 나라로 도망치는 데 필요한 돈을 벌어야만 한다.

황금 알을 낳는 거위라는 낙인이 찍히기 전에 내빼야만 하는 것이다.

"그래서? 통행증은 살 수 있을 것 같아?"

"사고도 남아."

"그렇군. 그럼 냉큼 사고, 남은 돈으로 무기 강화용 광석이나 무기 같은 걸 사자."

"굉장한데……. 내 친구들 중에도 돈벌이를 좋아하는 상인이 있었지만, 나오후미 정도의 수완이 있었는지 의문이야."

키즈나가 감탄하면서 우리 뒤를 따라온다.

뭐, 이제 우리는 노점 판매자 신분을 떠나서, 이번에는 손님이 되어 이 도시에서 물건을 사는 입장이 된 셈이다.

어디 보자……. 우선은 무기상에나 들러 볼까.

그렇게 들어간 가게에서 전시 상품을 확인한다.

우오……. 일본도나 *나가마키 같은 걸 팔고 있잖아.

그 외에도 부채며 낫, 창 등등, 내가 아는 무기상 아저씨의 가게와는 취급하는 무기가 상당히 다른 것 같다.

다만, 역시 무기상은 무기밖에 팔지 않는군.

리시아의 검을 여기서 바꿔 주는 게 좋을 것 같다. 적당해 보이는 단도를 사 준다.

"그럼…… 방패는 어디서 팔려나?"

"방어구 상점에서 팔겠지."

---

*나가마키(長巻) : 칼자루가 긴 일본의 칼.

하긴, 그렇겠지.

무기상에서 방패나 갑옷까지 취급하던 우리 세계 쪽이 오히려 이상한 건지도 모르겠군.

무기상 아저씨가 그리운데.

그래서 방어구 상점에 갔는데 방패는…… 별로 없었다.

방패의 종류가 별로 없네.

그렇게 생각하다가, 투구게처럼 생긴 마물을 가공한 방패를 발견.

게임에서 본 적이 있는 물건이잖아. 이런 것도 있나 보군.

그 외에는 무기상 아저씨의 가게에서도 본 것 같은 방패들이 진열되어 있다.

아니 뭐…… 이런 방패라면 굳이 복제하지 않더라도 레벨만 올리면 변화시킬 수 있을 것 같다.

그나저나 이건 종류가 적어도 너무 적다.

일본풍 국가인 만큼, 방패의 다양성은 기대하기 힘든가 보군. 전국 시대에 방패가 사용됐다는 얘기는 들은 적이 없으니까. 이유가 뭔지는 모르지만 이 나라는 애초에 방패의 종류가 다양하지 못한 것이리라.

……메르로마르크에 있을 때도 아저씨의 가게 이외의 무기점에서는 방패가 희귀한 무기에 속했었다는 게 떠오른다.

종교상의 적이 사용하는 무기라서 사람들이 사용을 꺼렸다는 모양이다.

"갑옷도 새로 살래?"

"그게 좋겠군……."

"그럼 예산도 있으니까, 괜찮아 보이는 갑옷을 사자. 그 속에 사슬갑옷을 입으면 안전할 거야."

"펫!"

내가 침이라도 뱉듯이 대꾸하자, 키즈나의 표정이 놀란 빛으로 물들었다.

"어, 어째서 그렇게 불쾌하다는 듯한 대답을 들어야 하는 건데?"

당연한 반응이지만, 사슬갑옷은 내게 혐오의 대상이다.

내 눈앞에서 그런 거지 같은 장비를 언급하지 마!

"나는 사슬갑옷을 안 좋아해."

"아…… 그래……? 엉뚱한 곳에 역린이 있네."

"그나저나 여기가 방어구 상점이라는 건 알겠는데, 왜 여기서 기모노나 하오리를 팔고 있는 거지?"

화사해서 보기에는 좋을지도 모르지만, 키즈나가 입고 있는 넝마 같은 하오리를 보면, 방어구로서의 구실을 하긴 하는 건지 의문이 들 수밖에 없다.

뭐, 마법이나 특수한 가공 같은 게 걸려 있는 건지도 모르지만, 방어구로서 팔 필요는 없을 텐데 말이다.

"그런 생각이 든다면, 효과를 한번 보는 게 어때?"

그 말대로, 기모노와 하오리 쪽으로 다가가서 확인해 본다.

으…… 뭐야 이거? 은근히 방어력이 높은데.

생김새와 효과가 완전히 딴판이잖아.

키즈나가 하오리를 애용하는 데에는 이런 이유가 있었군.

"내 건 글래스가 준 거지만 말이지……."

"아련한 눈으로 말하지 마."

어째 좀 허름하다 싶더라니, 몇 년이나 전에 받은 물건이었나. 오랜 싸움을 거친 끝에 넝마 꼴이 다 된 거겠지.

……아무리 그래도 나는 기모노나 하오리 같은 건 입고 싶지 않다고.

게다가 은근히 비싸잖아.

일단 괜찮아 보이는 소재로 만들어진 갑옷을 사는 걸로 만족하기로 하자.

다만…… 어째 무사 갑옷 같다.

양질의 나무와 금속에 옻칠을 해서 만들어진 갑옷이라는 모양이다.

뭐, 이번에는 이 정도로 만족하자.

리시아 쪽은 흉갑 같은 게 어울릴 것 같군.

적당한 게 있어 보였기에, 사서 입힌다.

"다 갈아입었어?"

"아, 네."

"인형옷이 완전히 과거의 유산처럼 느껴지는군……."

리시아=인형옷이었는데, 이렇게 흉갑을 입으니 제법 모

험가다운 풍모가 느껴지는군.

허리에 단도를 차고 있으니 마치 여자 닌자 같다.

리시아가 여자 닌자처럼 움직일 수 있을 것 같지는 않지만.

아니, 어쩌면 언젠가 변환무쌍류 할망구처럼 움직일 수 있게 되려나?

그럴 리가…….

"그럼 갈까."

갑옷이 철커덕철커덕 소리를 내서 시끄럽다. 사이즈가 안 맞아서 느낌이 어색하다.

역시 무기상 아저씨가 만들어 준 갑옷이 제일이란 말이야.

야만인의 갑옷도 철커덕철커덕 소리를 낼 때가 있었지만, 불쾌하지는 않았었다.

어찌 됐건, 방어 능력은 어느 정도 향상됐다.

그걸 확인하고, 이번에는 시장을 돌아다니면서 강화에 필요한 소재를 사다가 방패에 흡수시킨다.

실전에서 마음 편히 싸울 수 있을 정도까지 단련해 두지 않으면, 앞으로 살아남기 위한 길이 험난할 것 같으니까.

아직 레벨이 낮으니 단정할 수는 없지만, 강해지기 위한 중간 과정에서 임시로 사용할 방패도 허투루 볼 수는 없다.

"통행증은 어디서 살 수 있는 거지?"

"예전에 들렀던 길드에서."

"아아, 거기 말이지?"

길드에 관청 같은 측면이 있는 건 여기도 마찬가지인 모양이군.

그런 생각을 하는 와중에도, 가격을 흥정해 가며 대지의 결정들을 구입한다.

대지의 결정은 마력을 회복시켜 주는 광석으로, 나를 소환한 이세계에 있는 마력수와 가격도 비슷하다.

하지만 나와 리시아에게는, 카르밀라 섬의 보스보다도 약간 많은 정도의 경험치를 주는 경이적인 소재로 변한다.

순도나 크기에 따라서 들어오는 경험치의 양에 차이가 나는 것 같지만, 경험치를 돈으로 살 수 있다고 생각하면 그 방법을 쓰지 않을 이유가 없다. 세상엔 참 편리한 도구도 다 있군.

뭐, 어디까지 통할지는 모르지만 말이지.

"그럼, 통행증을 사서 곧장 목적지로 가자."

"그러자. 너무 오래 눌러앉아 있다가는……."

키즈나가 흘깃 뒤쪽으로 시선을 돌린다.

거기에는, 척 보기에도 우리를 추적하고 있음을 알 수 있는 녀석들이 보였다.

아마도 우리를 붙잡아서, 황금 알을 낳는 거위나 다름없는 혼유약의 제조 방법을 캐낼 꿍꿍이속 아닐까?

"겸사겸사 리시아 양이 쓸 부적이라도 사 갈까?"

"부적?"

"마법도구의 일종이야. 상위 능력자쯤 되면 직접 마력을

담아서 구현시키는 매개체가 되지만, 마법에 소양이 없는 사람이라도 일회용으로 쓸 수 있어."

흐음⋯⋯. 나쁘지는 않을 것 같군.

"그럼 내가 지녀도 되는 거 아냐?"

"내가 사람에게 공격용 부적을 던졌을 땐 아무런 효과도 없었으니까, 나오후미도 마찬가지인 거 아냐?"

⋯⋯충분히 가능성이 있는 얘기군.

내 방패는 상대방에게 부상을 입히는 것에 대해서는, 상당히 엄격하니까 말이지.

폭탄을 자작하는 데도 제한이 걸리는 걸 보면 아마도 쓸 수 없겠지.

나와 키즈나는 대인 전투 능력 면에서 결점을 갖고 있다.

리시아는 무슨 일에 있어서나 평범한 게 단점이지만 사람을 공격할 수 있다. 현 상황에는 주요 전력으로서 의존할 수밖에 없는 요소를 갖고 있다.

위력은 실제 써 보기 전에는 알 수 없지만 본인의 공격 능력과는 별개로 취급될 테니까 도움이 될 것 같군.

"저, 저는 쓸 줄 모르는걸요오."

"던지거나 상대에게 붙이거나 하기만 하면 되니까 걱정 안 해도 돼."

"그런가요?"

키즈나가 안내해 준 가게에 가니 다양한 부적들이 진열되어 있었다.

목제 부적, 종이 부적…… 돌로 된 부적은 얼핏 보면 그냥 표찰 같은 걸로만 보인다.

어떤 것도 소재부터 디자인까지 이런저런 고집이 담긴 것 같다.

"일단 간단한 화염 부적 같은 거라도 지니고 있어. 캠핑을 할 때 불을 피울 수도 있으니까."

그렇게 말한 키즈나가 종이 부적 다발을 계산대로 가져가서 계산하고 리시아에게 건넸다.

"리시아 양 세계의 마법이 어떤 건지는 잘 모르겠지만, 마력을 불어넣는 식으로 사용하면 위력도 올라가니까, 만약의 사태가 발생하면 써."

"아, 네!"

뭐, 만약의 사태에 대비해 둬서 나쁠 건 없지.

그럼…… 이번에는 사람들의 이목을 피해 가면서, 대지의 결정에서 경험치를 얻어 볼까.

최종적으로 내 레벨은 35까지 상승했다. 리시아는 고작몇 개만 썼는데도 나와 비슷한 정도까지 레벨이 올랐다.

나와 리시아는 같은 레벨에 도달하기까지 필요한 경험치가 서로 다른 건가?

이쯤 되니 가게에서 팔고 있던 방패들은 어느 정도 사용할 수 있게 되었고, 내 세계 방패 중 일부의 변화 조건도 해방되었다.

그 후, 우리는 그날이 지나기 전에 도망치듯 도시를 빠져나와서 수도로 향했다.

그럼, 그 여정에서 알아낸 것들을 한번 정리해 봐야겠다. 키즈나에 대한 것이다.

요 며칠 동안, 역시 키즈나는 상당히 강한 용사라는 걸 실감했다.

조우하는 마물들 중 태반을 손쉽게 해치웠다. 사용하는 스킬이 독특해서, 나로서도 여태껏 제대로 파악하지 못하고 있을 정도다.

우선, 키즈나가 마물을 상대로 자주 사용하는 스킬을 분석해 보자.

첫 번째는 『1식 · 함정 구덩이』이다.

키즈나의 눈앞에 함정 구덩이를 출현시키는 스킬로, 마물이 돌격해 왔을 경우에 자주 이걸 이용해서 대처하곤 한다.

깊이는 내 허리 높이 정도. 그렇게까지 깊은 건 아니다.

물론, 단순히 구멍을 만들어내는 스킬이라서 효과 자체는 기대할 게 없지만, 상대에게 결정적인 빈틈이 생겨난다.

키즈나는 그 빈틈을 찔러서 일격에 마물을 해치우곤 한다.

때로는 낚싯대로, 때로는 활로, 때로는 참치용 회칼로, 다양하게 무기를 바꿔 가며 마물을 해치우는 그 움직임은 제법 볼 만했다.

악어 같은 비늘을 가진 강해 보이는 마물…… 대악피(大顎被)라는 마물을 상대할 때, 내가 발을 묶고 있는 동안 눈 깜짝할 사이에 가죽을 벗겨 버리는 모습을 봤을 때는 정말 놀랐다.

처치하는 동시에 말끔하게 가죽을 벗겨 버렸으니 말이지.

두 번째 스킬은 『외줄낚시』.

마물의 입에 낚싯대를 걸쳐서 낚아 올린다.

낚여 올라온 마물은 등 쪽으로 낙하하기에 빈틈투성이가 된다.

그 외에도 여러 가지 스킬을 갖고 있는 모양이지만, 요 며칠 동안은 이 두 가지 스킬만 가지고도 충분히 대처하고 있다.

그리고 마지막이, 정체불명의 루어를 던지는 스킬.

보아하니 상대방의 방어력을 낮추는…… 걸까?

리시아의 공격이 깊이 박혀 들어가는 걸로 보아, 방어력 저하 계열 스킬인 것 같다.

물어볼 수도 있지만, 몇 번쯤 보다 보니 대충 알 것 같아서 굳이 물어보지는 않았다.

어찌 됐건 글래스나 라르크에 못지않게 강력한 녀석인 게 분명하다.

여기에 대인 전투까지 가능했다면 그야말로 만능전사일 텐데 말이지.

어째선지 손에 들어오는 경험치 자체가 유난히 많은 상황이라…… 리시아의 레벨은 어느덧 42까지 상승했다.

마물들이 약간 강해서 그런지, 레벨 상승 속도가 상당하다.

그렇게 우리는 그 나라의 수도에 도착했는데…….

"경비가 삼엄하군."

"저기만 돌파하면 어떻게든 될 것 같은데 말이야."

지금까지 있던 도시는 *무로마치 시대 같은 분위기였는데, 이제 완전히 에도 시대와 같은 도시로 온 것이다.

척 보기에도 일본풍임을 알 수 있는 성은, 멀리서도 관찰할 수 있을 만큼 거대했다.

다만 역시 상투를 튼 주민은 아무도 없었다.

현재 우리는, 용각의 모래시계가 있는 모험가 길드 같은 시설을 멀리서 바라보고 있었다.

적들도 바보는 아니다.

뭐, 사실 적이 누군지는 모르지만, 국가의 높으신 양반들 중에 똑똑한 놈이 섞여 있는 거겠지.

만일의 사태에 대비해서인지, 용각의 모래시계에도 엄중한 경비가 배치되어 있는 것 같군.

"이걸 어쩐다……."

사성용사가 도망쳤을 경우를 상정하고 대비해 두다니, 메

---

*무로마치 시대(室町時代) : 아시카가 씨가 집권한 무로마치 막부가 지배하던 시대. 1336년~1573년.

르로마르크 녀석들보다는 확실히 똑똑한 녀석들이 모여 있는 모양이군.

힘으로 밀고 들어가서 돌파하고 싶어도, 대인 공격이 가능한 게 리시아뿐인 상태에서 강행하기에는 아무래도 불안하다.

아니, 리시아의 실력을 부정해서 이러는 게 아니다.

"이쯤에서 가까운 산에라도 들어가서 레벨업을 한 후에 물리적으로 돌파하는 건 어떨까?"

"좀 지나치게 게임적인 발상 아냐?"

확실히 옳은 지적이었다.

레벨을 올려서 물리적 돌파라니, 웃기는 소리 하네. 스스로에게 태클을 날린다.

"그리고 어찌 됐건, 레벨업을 하다 보면 결국 파도의 주기가 코앞에 닥쳐오게 될 거야."

"끄응……. 하긴, 그렇지."

키즈나가 어디에 있는 시계에 등록돼 있는지는 모르지만, 키즈나가 그렇게 얘기하는 한, 기다리는 편이 나을 것이다.

여행을 한 지도 닷새가 경과했다.

앞으로 1주일하고 이틀만 더 지나면 파도가 일어나서 국외로 탈출할 수 있지만, 그건 본말전도가 될 가능성이 있다.

애초에 우리가 해야 할 일이 뭐였던가?

영귀를 조종해서 우리 쪽 이세계를 멋대로 유린한 쿄를

숙청하는 것 아닌가.

그런데 자칫하면 그 여정이 엄청나게 길어질 것 같다.

그런 사태만은 피해야 한다.

시간이 아깝기도 하고 산속에 틀어박혀서 시간을 보낸다는 건 지나치게 소극적인 전략이다.

게다가 남들의 표적이 된 입장이기도 하니 1주일이나 잠복한다는 건 솔직히 버겁다.

그나저나 나는 왜 어딜 가든지 지명수배를 당하는 입장이 되는 거람.

"그렇다고 해서, 무슨 스파이 영화처럼 저 경비들에게 들키지 않고 통과한다는 건 너무 험난한 작전이야."

"그야 뭐……. 그렇게 할 수 있다면야, 이 고생을 할 이유도 없겠지."

"후에에……. 어떻게 하실 건가요?"

"애초에 키즈나, 용각의 모래시계에 가면 정말 탈출할 수 있는 거 맞아?"

"이제 와서 무슨 소릴 하는 거야? 내가 모래시계까지 다다르기만 하면 확실히 성공할 테니까 안심해도 돼."

그게 불안하다는 거야, 하고 말하고 싶지만 그 기분을 애써 되삼킨다.

"너무 빤히 쳐다보고 있으면 의심을 살 테니까 조금 멀리 떨어져서 얘기하자."

"응."

길드 건물에서 벗어난 우리는, 강가에서 대화를 재개한다.

"아까 그 건물은 어디에 쓰이는 거지? 역시 클래스업 같은 거?"

"전직 말이야? 그것도 있긴 하지만 더 많이 쓰이는 건 드롭 아이템 확인이야. 용각의 모래시계에서 드롭 아이템을 확인하면, 지방에 있는 유사 장치에서 확인하는 것보다 많은 양이 손에 들어오니까."

"용사한테는 필요 없는 기능이군."

"그건 그래. 용사는 마음대로 드롭 아이템을 끄집어낼 수 있으니까, 그 기능은 쓸 일이 없지."

"그럼, 일반 모험가인 척하고 접근해 보는 건 어때?"

"안 될 거야. 저기까지 가려면 엄정한 심사를 거쳐야 한다나 봐. 확실한 신분증명서를 제시해야만 한대. 국가의 중요시설이니까."

흐음……. 위조는 불가능하겠군.

어디 연줄 같은 거라도 있으면 좋겠지만, 일이 그렇게 순탄하게 풀릴 것 같지는 않다.

"그리고 이 나라 권속기 소지자가 덮쳐 올 가능성도 있어……. 워낙 사이가 나쁜 나라니까."

"잠깐, 그 권속기라는 거, 혹시 책이야?"

"책의 권속기? 아냐. 이 나라는…… 거울의 권속기였을걸?"

"거울이라. 그걸로 뭘 할 수 있지?"

"글쎄⋯⋯. 나도 그렇게까지 자세하게 아는 건 아니라서."

왜일까? 내 뇌리에 동화 속의 백설 공주가 떠오른다.

백설 공주의 거울은 '세상에서 제일 아름다운 게 누구니?'라는 질문에 대답하지 않았던가. 만약에 누군가가 '무한미궁에서 나온 사람은 어디 있니?'라고 질문해서 우리의 위치를 알아내기라도 한다면, 정말 못 해 먹을 노릇이다.

오래 머무르는 건 너무 위험할 것 같군.

"이걸 어쩐다⋯⋯. 아니, 그러고 보면 우리는 저 경비망을 돌파하려면 어느 정도 힘이 필요한지도 모르고 있잖아."

사실 정면으로 밀고 들어가도 충분히 돌파할 수 있을 정도의 수준이라면 우스운 얘기 아닌가.

"나는 대인 공격이 불가능하지만, 그렇다고 맥없이 붙잡히는 일은 없을 거야. 미궁에 처박혔던 건 움직일 수 없는 상황에서 당해서 그렇게 된 거고⋯⋯."

키즈나 본인의 역량을 의심하는 건 아니다.

지금까지 함께 여행해 온 덕분에 키즈나가 상당히 강하다는 건 웬만큼 이해하고 있고, 대인 전투의 경우에도 공격은 불가능할지언정 상대의 발을 묶어 두는 정도는 가능할 거라고 짐작할 수 있을 정도다.

"다만⋯⋯ 국가의 중요시설인 만큼, 상당한 강자가 경비하고 있을 거라는 건 쉽게 상상할 수 있겠지."

"그렇다 해도 말이지……."

이제 슬슬 라스 실드도 쓸 수 있을 것 같으니, 덤벼온 적을 불살라 버리는 것도 불가능한 건 아니다. 그대로 정면 돌파하는 것도 한 방법이리라.

"나나 나오후미는 괜찮겠지만 리시아 양이 제일 문제가 될 거야."

"왜지?"

"그야, 일제공격을 당하면 보호하기 힘들 거 아냐?"

……응? 뭔가 걸리는데.

내가 보호하지 못할 거라고 한 건가? 방패 용사인 나한테?

기본적으로 방어밖에 할 수 없다고 해서, 키즈나가 나를 과소평가하고 있는 것 같은데.

혹시 나를 요리와 장사 담당이라고 생각하고 있는 건가?

"키즈나, 내 입으로 얘기하긴 좀 그렇지만, 나한테도 범위방어 스킬 정도는 있으니까 보호하지 못할 거라는 걱정은 안 해도 돼."

"아, 그렇구나."

"그래, 리시아 한 명쯤은 거뜬히 지켜줄 수 있어. 리시아 정도라면."

"후에에에……."

"왜 그러지? 내 얘기 때문에 기분 상했어?"

"지켜내지 못할 리가 없다고 한 것뿐이야."

"하긴, 그게 전문 분야니까. 그럼 한번 들이쳐 볼까? 지금은 굳이 전력을 다해서 싸울 필요도 없고, 큰 대가를 치를 각오만 한다면, 나도 대인 공격이 아주 불가능한 건 아니니까."

"커스 시리즈 말이야?"

"비슷한 거라고 보면 돼."

내 방패와 유사한 시스템으로 작동되는 키즈나의 무기에, 내 방패에 탑재되어 있는 것 같은 커스 시리즈가 없을 리는 없다.

내가 갖고 있는 라스 실드에 있는 공격 스킬이나 영귀의 마음 방패처럼, 전용효과를 이용해서 예외적으로 대인 공격을 가능하게 만들어 주는 무기가 있는 것이리라.

단, 커스 시리즈처럼 큰 대가를 필요로 하는 것 같지만.

"가능하면 피하고 싶지만, 시간도 아깝고 하니, 여기서 우물쭈물하고 있는 것보다는 낫겠지. 최악의 경우 나오후미의 전송 스킬을 이용해서 도망치면 그만이고."

포털 실드의 사용 가능 여부는 미리 시험을 마친 상태다.

일단 쓸 수는 있는 것 같지만, 나를 소환한 세계에서 저장해 두었던 포털 지점은 사라져 있었다.

그렇기에 현재 전이해 갈 수 있는 곳은, 이 세계에서 지금까지 가 본 적이 있는, 등록해 놓은 지점뿐이다.

"용각의 모래시계 근처에서 전이할 수 있다는 보장은 없어."

전송 불가능한 지점이 아주 없는 건 아니니까 말이지.

용각의 모래시계 앞까지 돌파해 들어갔다가 오도 가도 못하는 신세가 될 가능성도 아주 없는 건 아닌 것이다.

경계해 둬서 나쁠 건 없겠지.

"그러면, 최악의 경우, 전이할 수 있는 곳까지 도망치면…… 되려나?"

"그냥 될 대로 되라는 식이네."

"아무것도 안 하고 잠자코 있는 것보다는 낫잖아?"

"그야 그렇지."

강행 돌파는 오히려 내 스타일인 것 같지만, 생각해 보면…… 지금까지 그걸 실행해 본 적은 없었군.

지명수배를 당했을 때도, 국경에 있는 요새를 돌파할까 하는 생각을 하기는 했었지만 실행하지는 않았었다.

원래는 할 예정이었지만 흑막인 삼용교 교황이 등장하는 바람에 미수에 그쳤다.

"후에에에……. 저 사이를 돌파하는 거예요오?"

"뭘 겁먹고 있는 거야? 당연히 가야지."

"후에에에……."

"이 계획이 잘 풀리면 느긋하게 낚시라도 하고 싶은데."

"사망 플래그 세우지 마. 실행하기 전부터 불길하잖아."

"아하하. 하긴, 그렇지. 나오후미, 만약에 일이 잘못되면 글래스에게……. 아니, 농담이야."

"이봐……. 하아, 그럼 가 볼까."

이렇게 해서 우리는 태연한 얼굴로, 용각의 모래시계가 있는 시청 같은 건물로 다가간다.

응? 뭔가 좀 소란스러워 보이는데. 건물 입구에 인파가 몰려 있다.

이 혼란을 틈타서 접근할 수 있으려나?

인파 속에 들어갈까 망설이면서 키즈나 쪽으로 의식을 돌린다.

키즈나도 미간을 찌푸리고 고개를 끄덕였다.

"무슨 소란이지?"

자연스럽게 주민에게 묻는다.

"너 모르고 있었어? 이웃 나라의 천재 술사가 사성과 권속기만이 할 수 있었던, 용각의 모래시계 간의 이동 기술을 발견했대. 그 실험 때문에 우리 나라에 와 있다나 봐."

"호오……. 어떤 녀석이지?"

이건 절호의 찬스로군. 아니, 시간을 좀 둘 필요가 있을 것 같다.

은근슬쩍 건물 입구를 통해 안쪽을 들여다본다.

천재 술사라……. 자연스럽게 쿄가 생각났지만, 다른 사람이었다.

외모는, 무슨 만화 같은 것에 나올 법한 학생복에 무사 갑옷을 걸친 것 같은 차림이라고 해야 할까?

이 세계에는 학교 같은 게 있는 건가? 뭔가 괴상한 차림이군.

머리는 뒤쪽으로 동여맨 남성풍 포니테일.

모토야스처럼 위쪽이 아닌, 아래쪽에서 묶고 있는 것 같다.

그 뒤쪽에는 여자들이 몇 명 있군.

예전에 키즈나와 함께 이 나라에 대한 정보를 조사할 때 들은 적이 있었다. 전송 스킬의 재현에 대한 얘기.

그건 헛소문이나 사기가 아니었나 보다.

"잘된 것 같군."

"역시 대단하세요!"

"잘될 거라고 믿고 있었어요!"

여자들이 뭔가 천재 술사라는 녀석에게 칭찬 세례를 퍼붓고 있잖아.

그리고 국가의 대표 같은 녀석과 악수를 나누고 있다.

하필이면 경비가 가장 삼엄할 때 온 것 같다는 느낌을 지울 수가 없군.

시간을 좀 두고 돌파를 강행해야 할 것 같다.

그렇게 돌아서서 인파 사이를 빠져나오려던, 바로 그 순간.

"아아아아아————!"

건물 안에서…… 대표 같은 녀석이 키즈나를 삿대질하며 고함을 질렀다.

"네가 왜 여기에 있는 거냐! 도망칠 수 없는 감옥에——."

"쳇!"

키즈나가 발걸음을 내디뎌서 용각의 모래시계를 향해 내달렸다.

하긴, 일단 들켜 버린 이상 지금 여기서 무사히 후퇴한다 해도 경비가 한층 더 삼엄해질 뿐이다.

그렇다면 모 아니면 도 식으로 나가 보는 것도 나쁘지 않겠지.

리시아를 보니 쭈뼛쭈뼛 안절부절못하며 주위를 둘러보고 있다.

이건 뭐, 따돌림을 당하기 싫은 마음에 패거리의 명령대로 물건 훔치러 온 여중생도 아니고!

리시아의 손을 움켜쥐고, 나는 가만히 스킬명을 읊조렸다.

"유성방패!"

팟 하고 내 주위의 반경 2미터 범위에 결계가 생성돼서 구경꾼과 보초를 내동댕이친다.

"큭, 웬 놈이냐!"

보초의 목소리에 경비병들이 순식간에 전투태세에 들어가고, 용각의 모래시계 주위에 늘어서 있던 모험가들과 천재 술사 패거리가 일제히 이쪽을 돌아본다.

내가 보초를 내동댕이치는 동시에 키즈나가 용각의 모래시계를 향해 내달린다.

하지만 중요 시설의 경비를 맡은 자들답게 경비병들의 움직임은 재빨랐고, 게다가 내부가 관청과 같은 구조라서 책상 등의 장해물도 많았다.

하지만 그럼 점들에 개의치 않고, 키즈나는 책상을 발판 삼아서 크게 도약하며 전진한다.

실내에 있던 경비병들이 재빨리 화살을 날리지만 하오리로 쳐내고 내달린다.

우리도 그 뒤를 쫓아, 유성방패를 사용하며 돌진한다.

유성방패는 방어 능력도 높지만, 동료를 제외한 다른 사람들을 튕겨내는 효과도 갖고 있다.

칼이나 창으로 찔러 오는 자들도 있었지만, 아직까지는 깨질 기색이 없다.

그렇게 생각하고 있으려니, 천재 술사 주위의 잔챙이 같은 자들이 나를 향해 다가왔다.

대표의 눈매가 험악하군. 뭔가 사람의 부아를 돋우는, 쿄와 비슷한 눈을 가진 녀석이다.

"소동을 일으킨 녀석을 해치운다! 가자!"

"네!!"

"받아라!"

그런 소리를 내지르면서, 천재 술사를 둘러싸고 있던 여자들이 유성방패를 향해 공격을 퍼부었다.

버텨낼 수 있으려나? 그렇게 생각하자마자, 쩨질 듯한 소리와 함께 유성방패가 파괴됐다.

"후에에에에!"

"시끄럽게 굴지 말고 물러서 있어."

리시아쯤은 보호할 수 있다고 호언장담했었지만, 의외로 버거울지도 모르겠다.

라프타리아였더라면 천재 술사를 둘러싸고 있는 여자들에게 일격을 날렸을 텐데.

이 세계에 대해서 아직 충분히 파악된 건 아니지만, 어지간한 녀석들은 다 강하다고 봐야 할 것 같다.

여기 오는 길에 만난 마물들의 경험치도 높은 편이었다. 다시 말해, 그에 비례해서 무술에 소양이 있는 자나 모험가들의 레벨도 원래 내가 있던 세계의 모험가들보다 높다고 예측된다.

키즈나는 전직이니 클래스업이니 하는 얘기를 했었지만, 내가 있던 세계처럼 일반적인 레벨의 상한선이 40이라는 보장은 없다. 상한선이 상당히 헐거운 편이라서 고렙들이 우글거리고 있다면, 내 유성방패를 돌파할 수 있는 강자들도 얼마든지 있을 수 있는 것이다.

아직 강화가 불충분한 면이 있으니까 말이지.

"받아라!"

여자들이 천재 술사의 목소리에 반응해서 물러선다.

뭘 하려는 거지?

뭐, 우리의 승리 조건은 키즈나가 용각의 모래시계와 접

촉하는 것이니, 나에게 의식이 집중되는 건 딱히 문제 될 게
없다.

천재 술사는 뭔가 정신을 집중하는가 싶더니, 거대한 화
염 덩어리를 만들어서 나를 향해 내던졌다.

응? 어째 잘하면 되받아칠 수 있을 것 같은 느낌이 드는데?

"으랏차아!!"

날아온 화염 덩어리를 방패로 있는 힘껏 후려쳐서 천재
술사님에게 되돌려 보낸다.

"뭐야?! 크아아아아아아아아!"

천재 술사는 의표를 찔려서 화염 덩어리에 얻어맞고, 불
덩이가 되어 나뒹굴었다.

제법 기세 좋게 타오르고 있군.

"꺄아아아아아아ー!"

그 주위에서 째질 듯한 비명 소리가 터져 나온다. 그 목소
리 중에 그 천재 술사의 이름은 하나도 안 들렸다.

"크윽……. 아직 끝난 게 아니다아아아!"

천재 술사는 검게 그을린 채로 일어서서, 나를 쏘아보았다.

의외로 튼튼한데?

이윽고 천재 술사는 칼을 꺼내서 나를 향해 휘둘렀다.

재빨리 방패로 막아낸다.

"흥, 어리석은 놈. 내 레벨이 얼마나 높은지도 모르고 막
으려고 들다니, 방패까지 통째로 찢어발겨――."

쩌억 하는 충격이 느껴졌다.

뭐…… 그럭저럭 강하기는 한 것 같군.

애석하게도 내 방어력을 돌파할 정도는 아닌 것 같지만.

"자신 있게 휘두른 것 같지만, 막아내지 못할 정도는 아닌데?"

칼부림을 막아낸 방패에 힘을 담아서 천재 술사를 홱 떠민다.

그러자 한 박자 후에, 천재 술사가 나가떨어졌다.

그쯤 되었을 때, 키즈나 쪽으로 눈길을 돌려 본다.

아, 키즈나가 경비병들에 의해 궁지에 내몰리려 하고 있다.

경비병들이 조금씩, 야금야금 키즈나를 포위해 간다.

"에어스트 실드! 세컨드 실드! 드리트 실드!!"

펑펑하고 키즈나 앞에 발판이 될 방패를 출현시킨다.

"나오후미, 고마워!"

키즈나가 윙크로 이쪽에 감사를 표하고, 방패를 발판 삼아 도약해 나간다.

이제 용각의 모래시계가 코앞이다.

"어림없다!"

천재 술사가 키즈나를 향해 다가간다.

뭘 하려는 꿍꿍이인지 알 수 없다. 일단 녀석을 방해해야…….

"1식 · 함정 구덩이!"

그렇게 생각했을 때, 키즈나가 천재 술사의 발밑에 함정 구덩이를 소환한다.

천재 술사는 푹 하고 허리 깊이의 구멍에 빠져서, 풀썩 고꾸라졌다.

"크윽……. 하지만, 이 정도쯤은!"

"──님! 너 이놈, 방해하지 마!"

천재 술사는 재빨리 일어서려 했지만, 때는 이미 늦었다.

여자들이 격노해서 뭔가 공격을 퍼부으려 하고 있다.

하지만 그보다 앞서서 키즈나가 용각의 모래시계에 접촉하고, 이쪽을 돌아보았다.

"그럼 간다! 귀로의 용맥!"

두둥실 하고, 포털과는 다른 부드러운 빛이 내 시야를 가득 메운다.

"감히 이런 짓을……. 절대 용서 못 해!"

천재 술사라는 녀석이 우리를 향해 원한 섞인 악다구니를 토해낸다.

"알 게 뭐야. 우리는 네놈들이랑 놀아줄 시간이 없다고."

뭔가 엄청 험악한 눈길로 노려보고 있다. 혹시 난생 처음 당해 보는 패배이기라도 한 건가?

기분은 이해하지만, 우리도 이렇게 험한 수단을 쓸 수밖에 없는 이유가 있고, 네가 사는 나라의 상식이 어디에서나 다 통하는 건 아니란 말이다.

키즈나와 나를 이상한 공간에 처넣은 나라의 규칙 따위를 지켜야 할 이유는 전혀 없다.

"두고 봐라! 기필코 이 굴욕을 되갚아 주고 말 테니까!"

여기서 또 이상한 원한 관계가 생겨난 것 같은 기분도 들지만, 나는 용건만 끝나면 원래 세계로 돌아갈 거니까, 될수 있으면 두 번 다시 안 만났으면 좋겠다.

천재 술사라는 녀석이 키즈나를 쫓으려고 내달렸을 때, 키즈나의 전송 스킬이 우리에게 적용되었다.

주위의 광경이 완전히 뒤바뀐다.

뭐라고 해야 할까. 이 세계에 오는 도중에 지났던 구멍 속에서 본 빛을 연상케 하지만, 그보다 조금 부드러운 느낌이다.

내가 입을 열기도 전에…… 시야가 뒤바뀌어서, 우리는 서양풍 차림을 입은 접수원들이 사무를 보고 있는 관청에 나타났다.

조금 전까지 있던 곳에서 색조만 바뀐 것 같은 느낌이다.

성공인가?

그렇게 생각하고 있으려니, 그 자리에 있던 자들이 일제히 우리 쪽을 돌아본다.

"아……."

그리고 시선이 키즈나 쪽으로 집중되었다.

"키즈나 님!"

"나 왔어."

"잘 돌아오셨습니다!!"

나는 주위 상황을 확인했다.

그 자리에 있던 이들의 대표 같은 녀석이 눈시울이 뜨거워지도록 흥분한 채, 키즈나와 친근한 악수를 나누고 있다. 보아하니 안전한 나라로 이동하는 데 성공한 모양이군.

"아까 그 녀석이 쫓아올 것 같아?"

"귀로의 용맥을 재현한 거라면 아마 힘들 거야. 한 번이라도 간 적이 있는 용맥의 시계탑이 아니면 성공할 수 없으니까."

그렇군. 그렇다면 녀석이 여기까지 쫓아오는 건 불가능하단 말이지?

만전에 만전을 기해서 뚫어지게 관찰했지만, 변화는 없었다.

"아마 문제는 없는 것 같군."

그제야 나는 한숨 돌릴 수 있었다.

# 7화 파도의 전승

키즈나의 전송을 통해 도착한 나라는 서양에 가까운 분위기를 가진, 나로서는 상당히 익숙한 느낌을 가진 나라였다.

중세의 성 같은 걸 친근하게 느낀다는 것도 좀 이상한 것 같긴 하지만.

다만, 중세라고는 해도, 내가 알던 곳과는 다른 나라처럼 느껴지는 건 기분 탓인가……?

내가 있던 메르로마르크가 영국 같은 중세라면, 여기는 독일 같은 느낌이다.

키즈나 덕분에 우리를 환영해 주는 것 같다.

국가의 중진, 아니 임금님 같은 녀석이 맞이해 주었다.

"키즈나 님, 무사히 귀환하셔서 얼마나 반가운지 모릅니다. 부하의 얘기로는, 그 나라의 무한미궁에 갇혀 계셨다더군요……. 이제 진실이 밝혀졌으니, 정식으로 항의하도록 하겠습니다."

알현실로 간 우리는 키즈나와 함께 얘기를 나누는 신세가 되었다.

성가시기는 하지만, 키즈나의 얘기를 듣자 하니, 이 나라에서도 라프타리아 찾는 일을 도와주기로 했다고 한다.

"그래. 여기 있는 이계의 사성용사 나오후미 덕분에, 탈출 불가라고 여겨지던 무한미궁에서 빠져나올 수 있었어."

키즈나가 이계의 사성용사라는 단어를 입에 담은 순간, 주위 녀석들의 표정이 심각해진 것 같은데?

"어……."

"왜 그러지? 이 사람들은 나를 구해준 사람들이니까, 혹시라도 함부로 대하면 용서하지 않을 줄 알아."

심상치 않은 분위기를 감지하고, 키즈나가 미간을 찌푸리며 불쾌한 듯 엄포를 놓는다.

이렇게 말해서 알아들으면 다행이겠지만 내 세계 녀석들이라면 아마 알아들을 리가 없을 것 같다.

이쪽에서는 어떨까?

"아, 알겠습니다!"

"그래서? 왜 그런 태도를 취했는지…… 좀 가르쳐줄래?"

키즈나가 고개를 갸웃거리며 묻자, 임금님 같은 녀석의 시선이 어쩔 줄 모르고 방황한다.

키즈나는 묵묵히 그에게 다가가서 으름장을 놓듯이 다그쳤다.

보기와는 달리 키즈나도 제법 심문에 능한 모양인데.

"말해 봐. 응?"

"아, 알겠습니다. 우리 연합의 권속기 소지자들도 알고 있는 일이니, 사성용사이신 키즈나 님도 아셔야겠지요."

임금님 같은 녀석은 그렇게 말하고, 헛기침을 한 번 한 후에, 얘기를 시작했다.

"우선 배경 지식으로 아셔야 할 건, 사성에게는 세계에 위기가 발생했을 때 사람들을 구하는 역할과는 다른, 본래의 역할이 있다는 것입니다."

"그런 얘기가 있었던가?"

"이건 어디까지나 전승 속에서 살짝 언급되는 일이니까요."

내 쪽 세계에서 피트리아도 비슷한 얘기를 했었던 것 같다.

파도가 오기 전에 사성용사 가운데 한 명이라도 빠지면 파도가 더 거세어진다는 얘기.

"이 세계는 파도라는 현상에 의해 위협받고 있습니다. 그 점은 아마 키즈나 님도 알고 계시겠지요."

"시야에 잔여 시간이 나와 있으니까. 이게 파도 맞지? 그럼 파도라는 건…… 뭐지?"

"옛 문헌 속의 기록에 의하면, 타세계와의 충돌 융합 현상이라고 합니다."

흐음……. 어렴풋이 느끼고 있었던 것이, 글래스의 세계를 두 눈으로 보니 확신으로 바뀌었다.

하지만, 진짜 중요한 건 그게 아니다.

"그럼 다음 질문. 글래스나 라르크 오빠는 왜 나오후미의 목숨을 노린 거지?"

그렇다. 지금까지 여정을 함께하는 동안, 나는 지금까지 겪은 일들을 키즈나에게 얘기했다. 글래스 일당과 싸운 것까지.

"세계가 더 이상 융합되면 멸망하고 말 거라는 전승이 있기 때문입니다."

"응? 세계가 왜 멸망하는데?"

"그건 모릅니다. 하지만, 전승에는 분명 그렇게 나와 있습니다."

"으음······. 그래서? 나오후미의 목숨을 노린 이유는?"

"사성이란 그 세계의 요석이 되는 존재입니다. 파도가 일어났을 때 그 세계의 사성이 모두 제거되면, 패배한 세계는 멸망하고, 승리한 세계는 목숨을 이어갈 수 있다고 적혀 있습니다."

"흐응······."

키즈나의 목소리가 싸늘하게 식어 간다.

나로서도 놀라운 일이다.

파도가 일어났을 때 다른 세계의 사성용사를 죽이면 세계가 목숨을 이어갈 수 있다는 것······. 전혀 모르고 있었다고.

그렇군. 글래스 일당의 의도가 그거였단 말이지.

타세계의 사성용사를 죽여서 자기 세계가 살아남을 수 있게 만드는 것.

그러고 보면 라르크도 비슷한 얘기를 하는 걸 들은 기억이 있군.

우리 세계를 위해서 죽어 달라고 했던가······. 쿄도 비슷한 얘기를 했다.

영귀를 조종하던 때, 어차피 멸망시킬 세계니까 이용해도 되는 것 아니냐면서······.

그 말에는 이런 의미도 있었던 건가.

그리고 영귀 위에 있던 사원 벽면에 적혀 있던, 케이이치라는 과거 용사의 글도 이걸 전하려던 것 아니었을까.

결과론적인 얘기지만, 이 정보를 얻은 것만으로도 다른 이세계까지 온 의미는 있었던 셈이군.

"나오후미, 상황이 난처하게 됐네."

"그러게 말이야. 만약에 너와 내가 싸우게 되면 승부가 안 날 테니까 말이지."

"그 얘기가 아니잖아?!"

키즈나가 태클을 날리고, 나는 리시아를 보호하듯이 막아서서 방패를 내민다.

지금까지 한 얘기로 미루어 보아 키즈나가 우리에게 적대할 것 같지는 않지만, 그 동료들도 같은 생각일 거라는 보장은 없다.

나의 그런 생각이 전해졌는지 키즈나는 곧바로 임금님 같은 녀석에게 말했다.

"다른 세계를 희생시켜서 자신들이 살아남는다……. 방법이 그것뿐이야? 다른 방법을 시험해 본 적은 있고?"

"그, 그건…….”

임금님 같은 녀석은 말문이 막혀서 키즈나로부터 시선을 외면한다.

"하아……. 그런 짓을 하고 있었던 거구나. 나 참……. 내가 그런 짓을 권할 거라고 생각했어?"

"아뇨…….”

"전승만 믿다니 한심한 일이야. 그게 어떤 현상인지 찬찬히 조사부터 해 보는 게 순서 아냐?"

우와, 완전히 착한 놈 같은 대사잖아. 오한이 이는군.

"상대방의 세계를 멸망시키는 건 어디까지나 최후의 수단이고, 추천할 만한 수단은 아냐. 그리고 나는 사람과 싸울 수 없는 용사라는 걸 알잖아?"

"아뇨, 사성은 세계를 지키는 요석이고, 타세계의 사성을 죽이는 역할을 갖고 있는 건 권속기입니다."

하긴, 다른 세계에서도 사성용사가 타세계를 침략하는 건 금지돼 있는 것 같았으니까.

내가 이 세계에 있는 것도 예외 처리 덕분인 것 같고.

생각해 보면, 지휘관이 최전선에서 싸우다가 전사라도 해버리면 전 부대가 완전히 붕괴되지 않겠는가.

창작물이라면 주인공이 그렇게 싸우면 폼이 나긴 하겠지만, 현실은 비정하니까.

그리고 글래스 일당은 자신들이 권속기의 소지자라고 했었던 것 같았다.

그래, 일단 아귀가 들어맞긴 하는 것 같군.

"그래도 결국은 달라질 게 없잖아. 나오후미나 나나, 기본적으로 대인 공격 능력이 약하니까."

"혼자서는 제대로 싸울 수도 없다는 점에서는 마찬가지지."

대인전이 불가능한 건 아니다. 어찌 됐건 방어력이 높은 내가 앞장서서 동료들을 보호해 가면서 적을 물리칠 수는 있으니까.

……키즈나도 이런 결론에 다다랐다고 생각해도 되겠지.

그 점에서 보자면, 나에게 부상을 입힐 수 없는 키즈나 쪽이 더 치명적인 것 같기도 하다.

PvP 요소가 있는 온라인 게임을 하다 보면, 사냥 전문이라는, 몬스터를 사냥하는 것에만 집중하는 플레이어가 있다.

그 플레이어는 마물을 상대로 싸울 때는 상당히 강하지만, 유저를 상대로 한 전투에서는 전혀 도움이 되지 못한다. 내 온라인 친구 중에도 그런 녀석들이 꽤 있고, 길드전 같은 곳에는 아예 얼굴도 비추지 않는 녀석들도 있다.

키즈나는 그런 경향이 아주 짙은 녀석인 셈이다.

내가 있는 세계의 권속기 소지자…… 아마 칠성용사가 아닌가 싶은데, 그 녀석들을 상대로 싸우게 되면, 키즈나는 싸움은 고사하고 그들을 상대로 시간도 끌 수 없을 것이다.

사성용사인 키즈나가 대인전 능력에 문제를 안고 있음에도 불구하고, 타세계의 자객을 물리치는 것만 모색하고 있는 건가?

게임적으로 말하자면, 나는 몰라도 키즈나에게는 치명적이다.

내 라스 실드 같은 예외적인 무기가 있는 것 같지만, 그렇다 해도 힘들 것이다.

"어찌 됐건, 세계를 위한 일이라는 명목으로 다른 세계를 멸망시킨다는 건 너무 섣부른 생각이라고 봐. 내가 글래스 일행한테 얘기할 테니까, 글래스 일행이 어디 있는지 알고 있다면 가르쳐줘."

"그게……. 글래스 님을 경이적으로 강화할 수 있는 획기적인 방법이 있다면서, 파도가 발생했을 때 도련님과 함께 타세계로 가신 후로 연락이 닿질 않아서……."

도련님? 도련님이 누구지?

분위기로 보아 라르크인가? 만약 그렇다면 나도 앞으로 도련님이라고 불러야겠다.

그 녀석은 항상 나를 꼬마라고 불러 대니까.

"하아……. 그렇다면 그길로 나오후미 일행이랑 합류해서 이 세계로 돌아온 건가……? 일단은 글래스 일행을 찾는 것부터 시작해야 할 것 같은데."

"네. 그러나 키즈나 님, 최대한 안전이 확보된 곳에서 상황을 지켜보아 주시는 게 어떠실지……. 거기 그 사성용사가 목숨을 노리고 들 위험성이 있으니까요."

"나오후미가 그런 짓을 할 리가 없잖아."

"너를 죽여서 일본으로 돌아갈 수 있다면 그것도 생각해볼 건데."

"후에에에에! 무, 무슨 말씀을 하시는 거예요오?"

내 말에 리시아가 괴성을 지른다.

거참 시끄럽네. 어느 정도 협박을 해 두지 않으면 얕보일 거 아냐.

키즈나는 지금은 완전히 관광 가이드 노릇을 하고 있지만, 언제 무슨 짓을 저지를지 어떻게 알아?

"진짜로 죽일 생각도 없으면서. 나오후미는 정말 못돼 먹었다니까……."

"멋대로 지껄이라지."

"내가 글래스 일행을 설득할 테니까, 일시 휴전을 맺어 줬으면 좋겠어. 보아하니 이 세계의 권속기 소지자들이 벌인 사건 같으니까……. 글래스 일행도 거기에 협조했다는 건 용서하기 힘든 일이겠지?"

"뭐, 너희와 싸우고 있을 시간은 없긴 해."

"그렇지? 같은 편은 많으면 많을수록 좋잖아."

여기에도 이런저런 사정이 있는 모양이지만…… 방금 알게 된 사실들에 큰 문제가 있는 것도 사실이다.

그건 아마 키즈나도 깨달았을 것이다.

그렇기에 이…… 세계와 세계가 서로의 사성용사를 죽이기 위해 싸운다는 얘기를 믿지 않는 것이리라.

"알았어. 그래서? 앞으로 어쩔 거지?"

솔직히 말하면 라프타리아와 동료들에 대한 수색을 최우선으로 삼고 싶다.

라프타리아나 필로가 없으면 뭘 어떻게 해 볼 수가 없다.

"일단 우선은…… 사람들에 대한 수색을 제일 먼저 시작하자. 책의 권속기 소지자가 있는 나라에 외교적으로 투덜거리기도 해야 하고."

"표현이 너무 싸구려잖아. 차라리 유감의 뜻을 표한다고 해."

"어렵게 말한다고 좋은 게 아니잖아. 어찌 됐건 나라 사람들의 협조를 얻어서 세계 각지를 조사해 달라고 할게."

"우리처럼 도망 중인지도 모르는 거 아냐?"

귀로의 사본이라는 스킬도 쓸 수 없는 나라에 떨어졌다면, 안전한 나라로 도망치는 것만 해도 엄청난 고생을 요할 것이다.

우리도 상당히 고된 처지에 놓여 있지 않았던가.

만약에 우리가 갇혀 있었던 무한미궁 같은 감옥이 거기 말고도 더 있다면 라프타리아나 글래스 일행이 갇혀 있다고 해도 이상할 게 없다.

그렇다면 우리가 구하러 가야만 하겠지.

"요전에 사람 찾는 데 일가견이 있는 사람이 있다고 얘기했던 거 기억나? 그 사람을 불러야겠어. 누군지 알지? 에스노바르트를 불러 줘."

그렇게, 키즈나는 임금님 같은 녀석에게 누군가 사람을 소집해 달라고 부탁하는 것 같았다.

……일단은 대충 얘기가 정리됐다고 봐도 되는 건가?

"응. 그럼 부탁할게."

"내일이면 오실 것입니다."

"들었지? 그럼 이제 어떻게 할 거야, 나오후미?"

"라프타리아와 글래스에 대한 소식을 알 수 있다면 기다리는 수밖에 없지만——."

나는 키즈나 쪽을 쳐다보며 대답한다.

"될 수 있으면 언제든지 행동할 수 있도록 준비해 두고 싶어."

"그렇게 너무 조급하게 생각하는 것도 안 좋아. 지금 할 수 있는 일을 하겠다는 의견에는 찬성이지만."

끄응……. 안내자가 있는 만큼, 원래 내가 있던 세계보다 낫긴 하지만, 아무래도 알 수 없는 점이 너무 많아서 찜찜하군. 낯선 도시나 국가의 모습에 움츠러들거나 한 적은 없었는데…….

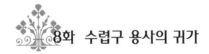

8화 수렵구 용사의 귀가

국가에서 그 사람 찾기의 달인이라는 녀석을 불러온다고 했으므로, 우리는 다음 날까지 대기하게 되었다.

"이제 어떻게 할 거야?"

"글쎄. 여기서라면 귀로의 사본도 쓸 수 있으니까 금방 돌아올 수 있어. 따라와."

"무슨 일 있나요?"

리시아가 불안한 표정으로 묻는다.

"이상한 곳으로 데려가지 마. 때와 장소에 따라서는 포털을 타고 도망칠 줄 알아."

"걱정 말라니까 그러네. 나 참, 이렇게 오래 같이 있어 놓고도 의심하다니……."

흐음……. 하긴, 스스로 생각하기에도 인간 불신이 좀 도를 넘은 것 같은 느낌이 들긴 한다.

라프타리아가 있었더라면 이럴 때 태클을 걸어 주었을 텐데.

아아, 라프타리아는 대체 어디 있는 건지.

불안해서 견딜 수가 없군.

"일단 한번 따라와 보기나 하라니까."

"그래, 그래. 어디든 가지."

우리는 키즈나 뒤를 따라간다.

성 밑 도시를 지나, 가도를 따라 걸어간다.

이 일대의 풍경은 메르로마르크를 연상케 하는군.

그렇게 생각하면서 걷다가, 나타나는 마물들을 대충 해치우며 나아간다. 발걸음이 빠르다.

그리고 성 밑 도시를 빠져나가서 약간 더 나아가다 보니,

큰 도시가 나타났다.

대충 살펴보니, 상점은 많지 않고 주택이 대부분을 차지하고 있는 것 같다.

뒤를 돌아보니 성 밑 도시가 보인다. 여기는 위성도시인 셈이군.

여기서 성 쪽으로 통근하는 주민도 있을 것 같다. 어업항도 있는 것 같다.

그렇게 도시 안을 잠시 걷다 보니, 그럭저럭 큼직한 석조 맨션 같은 집 앞에서 키즈나가 걸음을 멈추었다.

"여긴 말이야…… 다 같이 살려고 내가 지어달라고 부탁해서 지어진 집이야."

"호오……."

집은 잠겨 있다.

키즈나는 품속에서 열쇠를 꺼내서 문을 딴다.

끼이익…… 하고 소리를 내며 문이 열리고, 키즈나는 안으로 들어간다.

내부는 평범한 석조 가옥……으로 보이지만, 살짝 문화적인 건물 같기도 하다.

1층은 응접실인 듯 테이블이 놓여 있다. 주방도 있는 것 같다.

"나 왔어~."

……대답은 없다.

건물 안으로 들어간 키즈나는, 실내를 연신 확인한다.

그대로 2층으로 올라갔다.

나는 1층에서 쉬고 있으면 되는 건가?

적당해 보이는 의자에 걸터앉아서, 키즈나가 돌아오기를 기다린다.

리시아도 여행의 피로 때문인지 그 자리에 주저앉아서 꾸벅꾸벅 졸기 시작한다.

한동안 시간이 더 지나자 키즈나가 내려왔다.

"알아서 쉬고 있었는데, 괜찮겠지?"

"응."

"그래서? 뭘 하고 있었던 거지?"

"아무도 없으리라는 건…… 오기 전부터 짐작하고 있었지만 말이지. 오랜만에 내 집에 돌아와서…… 아무런 변화도 없다는 것에 놀랐어."

"그래?"

내 집이라……. 이세계에서 내 집 같은 걸 가져 본 적이 없어서 좀처럼 실감이 나질 않는다.

하지만 키즈나에게는 이 집이 자기 집인 것이리라.

"먼지가 거의 안 쌓였어……. 오랜 세월 동안 무한미궁에 수감돼 있었으니까 여기도 없어졌을 거라고만 생각했었는데."

"남아 있어서 다행이네. 누군가가 청소해준 거 아냐?"

"아마…… 그렇겠지. 글래스가 해 줬을까?"

"하긴, 착실해 보이는 녀석이니까."

"응……."

지금 발견한 건데, 응접실 구석에 있는 선반에 사진이 장식되어 있다.

거기에는 키즈나와 글래스, 그리고 라르크와 테리스……. 그 외에 낯모르는 여러 사람들이 찍혀 있었다.

모두 쾌활하고 즐거워 보이는…… 성취감에 찬 표정을 짓고 있다.

모두가 우정 같은 것으로 맺어져 있음을 한눈에 알 수 있는 사진이다.

이 중에서 키즈나와의 인연이 얼마나 남아 있을지……. 집의 상태로 미루어 보아 걱정할 필요는 없을 것 같군.

……뭐랄까. 정직히 말하면…… 조금 부럽군.

나는 이렇게 행복하게 집합 사진을 찍을 수 있을 만큼 친한 친구가 별로 없다.

신뢰할 수 있는 친구라면 기껏해야 라프타리아와 필로…… 메르티 정도가 고작이니까.

리시아는 솔직히 말해서 갈 곳이 없고 목적이 있어서 나와 함께하고 있는 것뿐이고, 에클레르나 변환무쌍류 할망구도 아직 신뢰 관계를 맺을 정도의 사이는 아니다.

라프타리아와 동향 출신인 키르도 아마 아직 나를 신뢰하고 있지 않을 것이다.

언젠가 나도 키즈나처럼 신뢰할 수 있는 동료들과 이런 사진을 찍을 수 있는 날이…… 오기는 할까?

……그런 날은 영원히 찾아오지 않을 것 같다.

내게는 이렇게 즐겁게 함께할 수 있는 동료 따위는 없다.

……알고는 있었지만 조금 괴롭군.

이세계 녀석들 따위 절대 믿을 수 없다.

그렇게 마음먹고, 믿는 것을 포기하며 살아온 것이다.

세계의 평화를 되찾고 원래 세계로 돌아갈 날이 오더라도, 나는 믿음직한 동료들과 함께 이렇게 행복한 집합 사진 같은 걸 찍지는 못할 것이다. 그런 예감이 든다.

"이것저것 좀 물어봐도 돼?"

"뭘?"

"여기에 오는 동안 어느 정도는 들었지만, 구체적으로 글래스 일행과는 어떤 경위로 알게 됐고, 어떻게 여기서 살게 된 거지? 얘기하기 싫으면 안 해도 돼."

"딱히 얘기하기 싫은 건 아냐. 나와 글래스가 만난 건, 이미 한참 전의 얘기야."

내 물음에 키즈나는 좋은 추억을 돌이켜 보듯이 얘기하기 시작한다.

아직 게임 세계에 들어온 거라는 생각에서 벗어나지 못하던 시절의 키즈나는, 마음대로 낚시 따위를 하면서 조금씩 강해지려 하고 있었다……라고 한다.

국가의 원조도 시원치 않았고, 이 나라 자체의 국력도 지금보다 못하던 시절이었던 데다 후계권 쟁탈전 등 여러 성가신 일들이 벌어졌다는 모양이다.

그리고…… 키즈나가 글래스와 조우한 건 이웃 나라에서의 일이었다고 한다.

키즈나는 어떤 유파의 문하생이 부채의 권속기로부터 선택을 받았다는 소식을 들었다.

부채의 권속기에게 선택받은 자가 용 퇴치에 나서게 된다는 소식이 키즈나의 귀에 들어왔다.

그 전까지도, 유파의 다른 문하생들이 상급자부터 하나씩 권속기에 도전했으나 선택받지 못하던 상황이었다.

그런데 거기서 출신 때문에 업신여김을 받던 글래스가 부채의 선택을 받아 권속기의 소지자가 되었다는 것이다.

"출생? 왜 업신여김을 받았던 거지?"

외모 면에서나 전력 면에서나 상당히 상급에 속하는 데다 착실해 보이기까지 하는 글래스를 업신여기다니, 그 녀석들 바보 아닌가? 이상한 집안 출신이라는 이유로 배척당한 건가?

……하긴, 생각해 보면 나도 세상이 위기에 처한 상황임에도 아랑곳하지 않고 오직 종교적 이유 때문에 죄책감도 없이 차별을 해대던 곳에 소환되어 있었지만.

"그건 글래스 지신의 문제라서 내가 멋대로 얘기할 수는 없으니까, 그냥 넘어가 줬으면 좋겠는데."

"아……. 알았어."

"그 뒤에 벌어진 일들을 간략하게 설명하자면, 권속기에게 선택받지 못한 사형들이 남몰래 불만을 토로하다가 길을 떠나는 동시에 글래스를 문하에서 쫓아내게 된 거였어."

"어느 세계에나 쓰레기는 있는 법이군."

자기들이 선택받지 못했다는 이유로 선택받은 동료를 따돌리다니……. 보나 마나 구제불능의 쓰레기들이겠지.

"뭐, 글래스가 죽으면 자기들이 다음 권속기 소지자가 될 거라는 식의 망상들을 했었다나 봐. 결국 나중에 싸우기도 했고."

"그 얘기는 그만 됐어. 글래스와는 어떻게 만나게 된 거지?"

"글래스가 이웃 나라 초원에서 마물과 싸우고 있을 때 내가 마침 그곳을 지나갔고……. 서로 의기투합해서, 쉽게 물리칠 수 있는 마물을 함께 찾아 나섰고……. 그게 시작이었지."

나와는 상당히 다른 첫 만남이군.

내 경우는, 내가 공격이 불가능하기 때문에 공격 수단을 찾아야겠다는 생각에 라프타리아를 구입해서…….

그 시점에서부터 관계의 차이가 생긴 셈이다.

역시 나는…… 다른 누군가와 평등하게 대화하는 건 불

가능하다. 나는 나와 라프타리아와의 관계를 키즈나와 글래스의 관계처럼 만들 자신이 없다.

"그 후로는 순조롭게 동료들이 늘어나서, 떠들썩하고도 시끄러운 여행이 되었다고나 할까."

그렇게 말하고 키즈나는 사진 속 인물들을 가리키면서 이것저것 설명해 주었다.

역시 나와는 다르다고 깨닫게 되기에 충분한 사건이었다.

여기는 키즈나에게 있어서 그 무엇과도 바꿀 수 없는 소중한 공간이리라.

나에게는 그런 공간이 없다는 것이 약간 억울하게 느껴졌다. 하지만…… 나는 원래 세계로 돌아가기 위해서 싸우고 있는 것이다. 키즈나를 부러워하는 건 사리에 맞지 않다.

그렇게…… 생각해 두기로 했다.

그날은 키즈나가 마련한 집에서 쉬기로 했다.

다행히 빈방이 몇 칸 있었기에, 오랜만에 비교적 편안하게 휴식을 취할 수 있었다.

그리고 그날 밤.

키즈나의 집 테라스에서 도시의 풍경을 바라보고 있으려니, 외출하는 키즈나의 모습이 눈에 들어왔다.

어딜 가는 거지?

문득 뒤를 돌아본다. 방 안에서는 리시아가 묵묵히 뭔가를 쓰고 있다.

……뭐, 상황이 위험해지면 포털 실드로 도망치면 되겠지.

나는 소리를 내지 않도록 살금살금 방에서 나와서 키즈나의 뒤를 밟는다.

낯선 거리를 걷다 보니, 어느덧 밤의 모래사장이 눈에 들어온다.

키즈나는 한 손에 램프를 들고 바다 쪽으로 걸어가서, 무기이기도 한 낚싯대에 루어를 달고 바다에 던진다.

……또 낚시냐.

키즈나는 낚시가 취미인지, 틈만 나면 낚시를 하곤 했다.

"응? 아아, 나오후미잖아."

"여기가 물고기가 잘 낚이는 포인트라도 되냐?"

"으음……. 여기는 청어 정도밖에 안 낚여."

"청어라……. 일본에 있는 물고기도 낚이는 거야?"

빗치에게 누명을 뒤집어쓰고 무일푼 신세로 쫓겨났던 시절에는, 나도 낚시를 하곤 했었다.

낯선 이세계의 물고기였기에 이름은 알 수 없었지만.

"일단은 말이야. 안력 스킬로 살펴보면 그렇게 나오니까."

"호오…….."

키즈나가 낚싯대의 릴을 감고, 다시 한 번 바다로 던진다.

"여기서 낚시를 하면 내 집에 돌아왔구나! 라는 실감이 들거든."

"그런 거야?"

"나오후미도 원래 있던 이세계로 돌아가면 그런 생각이 들지도 모르잖아."

"그쪽 세계에서는 정처 없는 나그네 같은 신세였으니까 말이지……."

굳이 따지자면 메르로마르크 성이 거점이라고 해야 할까?

솔직히 편안하기보다는…… 포털을 타고 돌아갈 수 있는 곳이라 편리했을 뿐이었다.

키즈나 같은 자택은 없다.

굳이 따지자면 필로가 끄는 마차 안이 자택이라면 자택이라고 할 수 있겠지.

으……. 어째 키즈나에게 패배한 것 같은 느낌이 드는군.

"오?! 낚였다!"

키즈나가 펄떡펄떡 뛰는 청어를 낚아 올려서 득의양양해하고 있다.

아, 그래그래, 참 대단하셔.

"좋아…… 전초전은 이쯤 해 둘까. 그럼 이제부터 비장의 패를……."

키즈나가 뭔가 부스럭거리더니, 빛나는 녹색 보석이 달린 루어를 꺼내서 낚싯대에 장착한다.

"이게 잘만 되면 재미있는 걸 낚을 수 있으니까, 구경 한 번 해 봐."

"청어밖에 안 낚인다고 하지 않았어?"

"이것도 성무기의 힘이라고나 할까? 뭐, 일단 보기나 해."

그렇게 말하면서 키즈나가 몇 번인가 루어 던지기를 반복하자, 낚싯대가 묵직하게 휜다.

"걸렸다!"

키즈나가 흥분한 얼굴로 릴을 감았고…… 물고기가 수면으로 끌려 올라온다.

"엄청 크잖아?!"

거기서 너무나도 거대한…… 청어가 모습을 드러냈다.

키즈나가 그대로 거대 청어를 낚아 올린다.

"어때? 역시 이세계구나 하는 실감이 나지?"

"이건 아예 마물 수준이잖아."

"그건 나도 부정은 안 해."

이건 내일 아침 식탁에 오르게 될까.

너무 큰 물고기는 맛이 밋밋하니까 별로 추천하고 싶지는 않지만.

조림으로 만들면 나쁘지는 않으려나……?

회는…… 청어를 회로 먹는다는 얘기는 별로 못 들어 본 것 같다.

"루어를 바꾸면 이런 걸 낚을 수 있는 거야?"

"일단은."

"일종의 스킬 같은 건가?"

"아니. 액세서리인데? 나오후미도 무기에 다는 거 아냐?"

"안 다는데."

"액세서리의 위력도 무시할 수 없는 수준일 텐데?"

"강화 방법이야?"

키즈나의 강화 방법은 내 방패와 구조가 달라서 사용할 수 없었다.

그러니 그게 강화 방법의 일종이라면, 내 방패에 액세서리를 달아 봤자 의미가 없다.

"큰 틀로 따지자면 그렇게 되려나? 이 루어를 달지 않으면 큰 청어는 못 낚고, 이걸 달고 나서 스테이터스를 체크해 보면 낚시 변동이라는 게 작동하게 돼."

잠깐. 비슷한 걸 본 적이 있는데.

예전에, 무기상 아저씨가 방패에 장착하는 액세서리를 준 적이 있었다.

최종적으로 유성방패와 비슷한 결계를 생성하고 부서져 버리긴 했지만, 어쩌면 방패에 액세서리를 달아서 원래는 얻을 수 없었던 가호를 얻을 수 있을 것도 같다.

이건 한번 시험해 보는 것도 괜찮을 것 같군.

"참고로 이 루어는 전투에도 사용할 수 있고 해서 꽤 마음에 드는 녀석이야."

"그럼 나도 한번 부탁해 볼까? 내가 직접 만드는 것도 나쁘지 않고."

무기상 아저씨가 준 그 액세서리를 생각하면 내 힘으론 어떻게 해볼 수 없을 것처럼 여겨졌지만, 키즈나가 얘기하는 걸 보면 일단 만들어 보는 것도 괜찮을 것 같다.

나중에 아저씨와 재회했을 때 다시 물어보는 게 좋을 것도 같지만, 일단은 키즈나에게 물어볼까.

"마력부여 같은 걸 심어 두는 거야?"

"아……. 그런 건 부여사…… 세공사와는 다른, 섬세한 마력을 부여하는 장인한테 맡겨야 하는데, 부여사는 토대가 되는 물건이 없으면 아무것도 못 한다나 봐."

흐음……. 그럼 세공사가 중간에 끼어 있다는 거잖아.

그렇게 생각하면 내가 할 수 있는 일도 아주 없는 것 같지는 않군.

"다만, 성무기나 권속기에 달면 전혀 예상하지 못했던 부여 효과가 나타나서 부여사를 울게 만드는 경우도 있다나 봐."

으음……. 만약에 내가 다룰 수 있는 액세서리를 손에 넣는다고 해도, 원래의 이세계로 돌아갔을 때 대용품을 찾을 수 없어서 난처해질 것 같은 느낌도 든다.

더 좋은 소재를 손에 넣었지만 뜻대로 마법부여를 할 수 없는…… 그런 패턴 말이다.

그렇다고는 해도, 지금은 이용해 보지 않을 이유가 없겠지.

"그럼 시간이 있을 때 직접 한번 만들어 볼까?"

"나오후미가 만든다고? 그럼 내 루어도 만들어줄래?"

"왜 내가 너한테 만들어 줘야 하는데?"

"그야…… 지금까지 여정을 함께해 온 사이잖아."

"뭐……. 연습 삼아 만들어 볼 수도 있지만, 루어라면 프라모델 같은 차원인 거 아냐?"

"목제나 금속제 같은 것도 있잖아."

그 외에, 형태도 여러모로 고안해 볼 수 있겠지.

번쩍번쩍 빛나는 장비나, 눈 부분을 졸부처럼 보석으로 장식한, 아주 요란한 느낌으로 만들어 봐야겠다.

물고기는 빛나는 것에 모여든다는 얘기도 들은 적이 있고……. 그런 식으로, 키즈나에게 만들어 줄 적당한 루어를 고안해 본다.

나는 어떻게 하지?

아저씨가 만들어 주었던 걸 따라 해 보면 되려나?

방패의 보석 부분에 덮는 커버 같은 식으로……. 흐음, 한번 만들어 볼까?

지금은 조합 같은 걸 할 일도 별로 없어서 한가하던 참이니까.

충동에 따라서 만들어 보는 것도 나쁘지 않다.

그런 생각을 하면서, 나는 낚시에 몰두하는 키즈나의 모습을 보고 있었다.

 **9화 식신(式神)**

이튿날 오후.

간밤에 키즈나가 낚아 올린 거대 청어를 조리해서 아침 식사를 해결한 우리는, 일단 성으로 돌아가서 사람 찾는 일에 일가견이 있다는 녀석을 기다리고 있었다.

"이제 좀만 더 있으면 온대."

"정말 오는 것 맞아?"

리시아는 종이에 적혀 있는 글자를 쳐다보면서 뭔가 중얼중얼 뇌까리고 있다. 기다리는 것도 이제 슬슬 지쳐 가는군.

그런 생각을 하고 있으려니, 성에 있는 녀석들이 키즈나에게 뭔가 말을 걸었다.

"아, 이제 온 모양이야. 그럼 가 볼까."

"이제야 온 건가. 자, 리시아도 가자."

"아, 네."

공부에 몰두하는 건 좋지만, 넌 대체 뭘 공부하고 있는 거야?

뭔가 '안녕하세요. 안녕하세요.' 하고 같은 단어를 복습하고 있는 것처럼 보이던데.

리시아를 거느리고, 키즈나와 함께 옥좌의 방 같은 곳으로 가 보았더니…… 머리에 서클릿을 낀 마도사 같은 복장……이라고 해야 할까?

정성스러운 세공이 들어간 로브 차림의 소년 같은 녀석이, 그에 못지않게 정교한 *석장을 들고 성 사람들과 함께 기다리고 있었다.

머리색은 은색이라고 해야 할까. 피부도 곱고, 길쭉하게 찢어진 눈이 인상적이다.

눈 색깔은 불그스름한 것 같기도 하지만, 검은색인가? 뭔가 신비로운 색조다.

꽤 미소년인데? 자칫하면 키 큰 여자아이로 착각할 것 같다.

그런 녀석이, 둥실둥실 뜬 채 기다리고 있었다.

키즈나가 보여주었던 집합 사진 중에 비슷한 녀석이 있었던 것 같다. 아마 동일 인물이리라.

"오랜만이네요, 키즈나. 정기적으로 행방을 찾고 있긴 했는데…… 알아채는 게 너무 늦었네요."

"지금까지 내가 갇혀 있던 곳이 하필 무한미궁이었으니까. 그건 어쩔 수 없는 일이라고 생각하고 있었어."

"이 아이도 얼마나 쓸쓸해했는지 몰라요. 받으세요."

"고마워. 에스노바르트가 갖고 있었구나."

"네. 처음에는 글래스가 돌봐줬지만, 글래스도 워낙 바쁜 몸이니……. 게다가 위험한 장소에는 데려갈 수 없다면서 저에게 맡기고 가셨죠."

---

*석장(錫杖) : 승려나 수행자가 들고 다니는 지팡이.

키즈나는 그렇게 잡담을 나눈 후, 나무 부적? 을 받아 들고…… 가볍게 흔든다.

그러자…… 부적에서 연기가 뿜어져 나오고, 펭귄이 모습을 드러낸다.

키는 내 무릎 정도일까.

뭐랄까…… 펭귄이라고 표현하는 게 제일 잘 들어맞긴 하지만, 표정이 풍부하고, 온몸을 이용해서 반가움을 표현하고 있다.

굳이 말하자면…… 새끼 상태에서 살짝 성장한 시절의, 말을 하기 전의 필로 같은 녀석이다.

뭐지, 저건?

"펭!"

"오랜만이야. 다시 만나게 돼서 나도 기뻐."

"펭!"

펭귄은 키즈나에게 달려들어서 뺨을 비비고 있다. 그 동작은 필로의 예전 모습을 빼다 박은 것 같다.

"그러고 보니, 그 아이가 소란을 피우기 시작한 게 아마 엿새쯤 전이었지요. 그때 눈치를 챘더라면 좀 더 빨리 행동할 수 있었으련만……."

"그땐 아직 적지에 있었으니까, 에스노바르트한테 부탁하기에는 너무 위험한 상황이었잖아. 아마 에스노바르트가 움직였더라도 결과는 달라지지 않았을 거야."

"옛정을 돌이켜 보는 것도 좋지만, 설명부터 좀 해 주는 게 어때?"

동료들끼리만 아는 얘기를 하면 나는 전혀 대화에 끼어들 수가 없잖아.

"아아, 미안, 미안. 이 사람 이름은 에스노바르트. 그리고 이 아이는 내 식신인 크리스."

"그러고 보니까 예전에 식신 운운하는 얘기를 한 적이 있었지. 마물과는 어떻게 다르지?"

"식신이라는 건 사람이나 물건에 따라서 얻을 수 있는…… 마물과는 다른 존재라고 하는 게 좋으려나. 얘는 내 보디가드 역할을 하는 아이야. 사람을 상대로는 공격할 수 없는 나를 대신해서 말이야."

"무슨 차이인지 잘 모르겠지만…… 계속 얘기해 봐."

내 인식에 대입해 보자.

온라인 게임 중에는 마물을 사역해서 전투에 활용할 수 있는 게임이 존재한다.

이 경우는 단순히 손에 넣은 마물을 전투에 내보내는 것으로, 그 마물은 플레이어를 보조하게 된다.

내 경우에 대입하자면, 필로가 그 역할을 맡고 있다.

그 외에 사역하는 거라면, 소환물이나, 플레이어가 간섭해서 불러내는 유사 전력쯤 되려나?

게임에 따라 차이가 있으니 경계선이 애매하군. 서로 비숫하면서도 다른 거라고 생각해 두는 편이 좋을 것 같다.

"만나서 반가워요…… 이계의 성무기 소지자님. 배의 권속기 소지자인 에스노바르트라고 합니다. 앞으로 잘 부탁드려요."

"방패 용사 이와타니 나오후미야. 내 뒤에 있는 녀석은 리시아고."

어느 정도는 자기소개를 해 두는 게 좋으……려나?

얼굴만 봐서는 모든 걸 다 꿰뚫어 볼 것 같은 분위기지만……. 뭐, 이런 것까지 귀찮아해서는 아무것도 못한다.

"그렇다면 글래스와 마찬가지로 권속기라는 무기를 갖고 있는 녀석이라는 건가? 배는 어디 있지?"

"여기 있습니다."

그렇게 말하고, 에스노바르트는 로브 자락을 들어 올려서 발치를 보여주었다.

발밑에 원반 같은 게 있고, 그것이 에스노바르트를 태운 채 떠 있었다.

UFO? 정말이지 괴상한 녀석이다.

"잘 부탁드립니다."

아인이라고 해야 할까? 이 세계에 있는 독자적인 인종인가?

"이 녀석, 뭔가 위화감이 느껴지는 것 같은데, 그냥 내 기분 탓인가?"

여기까지 오면서 이 세계 녀석들도 여럿 봤지만, 이 에스노바르트라는 녀석은 뭔가가 다르다.

"역시 눈치챘구나. 그래, 에스노바르트는 대를 이어 가며 이 세계를 지키고 있는 마물의 후예야."

"네⋯⋯."

나는 그렇게 대답하는 에스노바르트의 분위기가, 은근히 누군가와 비슷하다고 느꼈다.

피트리아다.

뭐랄까⋯⋯ 어디가 비슷하냐고 묻는다면 대답하기가 난감하지만, 감도는 공기 같은 게 닮았다고 해야 할까?

그렇다면, 마법에 능해 보이는 외모와는 달리, 실은 싸움꾼이라든가 하는 건가?

펭귄을 키즈나에게 건넨 걸 보면⋯⋯ 혹시 진짜 정체는 펭귄인가?

조류가 세계를 지키는 건 어느 세계에서나 마찬가지인가⋯⋯. 그런 생각을 하고 있으려니.

"원래 모습은 귀여운 토끼야."

"키즈나, 남의 외모를 보고 귀엽다느니 하는 말씀을 하시면 어떡합니까."

"토끼? 펭귄이 아니라?"

"왜 펭귄이지?"

"아니, 키즈나의 식신이 펭귄이었다고 했으니까⋯⋯."

"펭?"

뭐지, 이 펭귄은?

카르밀라 섬에 존재하는 전설 속 마물 페클이 연상된다.

머리 위에 살짝 빨간 산타 모자를 씌워 주고 싶어진다.

"아아, 그리고 이 아이는…… 나랑 글래스가 식신을 생성했더니 어째선지 이런 형태로 나온 것뿐이야."

"흐음……."

뭐, 진짜 모습을 보고 싶다는 생각은 딱히 없으니까, 상관없지.

그때 에스노바르트가 잠시 생각에 잠기듯 손으로 턱을 어루만지는가 싶더니, 펑 하고 모습을 바꾼다.

토끼가 두 발로 서 있다.

카르마 래빗 파밀리아를 보고 있는 것 같은 위화감이 느껴지는군.

석장과 지적인 눈매가 없으면 마물로 착각할 수도 있을 것 같다.

하지만 이 녀석은 분명히 이 세계에서 피트리아의 역할을 담당하는 존재이리라.

그런 녀석이 있어도 이상할 건 없겠지.

"이쪽 모습으로 있는 편이 대화하기 편하시겠습니까?"

"별일이네. 에스노바르트가 그 모습으로 얘기를 하다니."

"나오후미 님의 인격 때문일까요……. 이상하게 싫은 느낌이 안 들어서 말이죠."

"헤에……. 나오후미는 동물들한테 인기가 많은 편이
야?"

필로가 나한테 안기던 때의 일을 떠올린다. 아니, 아니,
그 녀석은 각인 효과 때문에 나를 따르고 있는 것뿐일 거다.

"……그래서? 사람 찾기에 일가견이 있다는 녀석이 너
맞아?"

"무한미궁에 갇혀 있던 키즈나도 찾아내지 못하는 수준
입니다만……."

"겸허한 건 좋지만, 그것도 정도껏 해. 지금까지 너만 믿
고 기다렸던 거니까."

여기서 못 한다고 하면 우리 심정이 어떨 것 같냐. 아니,
혹시 이 녀석도 피트리아처럼 실은 만능이라거나 한 것 아
닐까?

애초에 방금 한 말을 뒤집어 생각해 보면, 키즈나가 이 세
계에 없다는 걸 점칠 수 있을 정도의 능력은 있다는 뜻이 된
다.

실제로 키즈나는 이세계나 다름없는 무한미궁이라는 공
간에 있었던 거니까.

뭐, 어찌 됐건 의지하기에는 좀 불안한 녀석이다.

피트리아 같은 녀석인 줄 알았는데, 뭔가 좀 다른 것 같고.

"여러 가지 방법이 있습니다만, 어느 게 좋을지요?"

에스노바르트가 짤랑거리며 로브 속에서 무언가를 꺼내며 말한다.

점술사가 갖고 있을 법한 봉 다발이며 수정구슬……. 그 외에는 부적? 트럼프 같은 것도 있고, 타로카드라고 하던가? 그런 것도 있는 것 같다.

수상한 토끼군. 아까보다 위압감이 없다.

배의 권속기를 가진 용사라고 하지만…… 순식간에 신뢰도가 곤두박질쳤다.

"에스노바르트, 나오후미한테라면 식신을 줘도 될 것 같은데."

"그렇군요. 사람을 찾는 일이라면 식신이 좋을지도 모르죠."

"식신에 그런 기능까지 있는 거야?"

"그 이외에도, 용사라면 꽤 재미있는 일도 할 수 있게 되고 호위에도 안성맞춤일 거야."

"펭?"

나는 키즈나가 안고 있는 펭귄을 가리키며 묻는다.

펭귄이 고개를 갸웃거린다.

그래, 너 말이야.

너…… 정말 키즈나의 호위 맞아? 엄청나게 약해 보이는 건 기분 탓인가?

"그래 봤자 식신을 떨어트리고 다니면 말짱 도루묵이잖아."

"우······."

호위와 떨어져 있으면 의미가 없으니까.

······대충 감이 잡힌다. 내가 있던 이세계의 감각으로 말하자면, 식신이란 사역마 같은 존재인 모양이다.

마법서에서 읽었던 것 같다.

그 사역마를 불러내는 데 필요한 도구가 없었기에 불러낼수 없었던 것이다.

애석하게도 나는 사역마 같은 걸 사역해 본 적이 없었지만······ 확실히 자기 몸을 지키는 데에는 사역마가 좋을 것같기도 하다.

나에게는 라프타리아나 필로가 있었기에 필요성을 느끼지 않았었지만.

"이 아이가 있으면 금방 찾을 수 있을 거라고 생각했습니다만······."

"무한미궁에 갇힌 상태에서는 그것도 소용없다는 거구나."

키즈나는 어깨를 으쓱하고 말했다.

"애는 글래스와 같이 만든 애니까, 글래스가 있는 곳을 가르쳐줄 거야. 하지만 나오후미의 동료들까지는 커버하기 힘들어. 글래스와 같이 있다면 다행이겠지만, 그렇다는 보장은 없잖아?"

"그야 그렇지."

라프타리아가 어디에 있는지, 나로서는 파악할 수 없다.

노예문도 상당히 가까이 있지 않으면 반응하지 않는 것 같으니, 이대로 가면 라프타리아를 찾는 것만 해도 한 고생일 것 같다.

"그럼, 식신 생성 의식을 거행하도록 할까요……. 의식에 용이하도록 용각의 시계탑으로 가시지요."

에스노바르트가 토끼에서 인간의 모습으로 변신해서 둥실둥실 이동을 시작했다.

다 함께 용각의 모래시계가 있는 길드 같은 곳으로 간다.

용각의 모래시계에 도착하자 에스노바르트는 선장에서 짤랑 소리를 울리고는, 통 하고 바닥을 친다.

그러자 마법진 같은 기하학적 무늬가 바닥에 번져 나갔다.

어렴풋이 빛나는 그 문양은 제법 환상적인 광경이었다.

마법을 사용하는 커다란 토끼라는 점까지 합쳐져서, 나를 소환한 이세계에 있는 용각의 모래시계에서 클래스업을 했을 때보다 더 이세계에 왔다는 게 실감이 난다.

"우선 매개체가 될 물건과 당사자의 피를……."

"매개체? 부적이나 보석 같은 거?"

"그것도 필요하지만, 이 경우에는 사역마의 형태를 이루는 데에 필요한 것……이라고 해야 할까? 내가 크리스를 만들 때는 다양한 마물들에게서 얻은 소재를 썼었어. 강한 호위가 필요하다는 생각에, 글래스와 같이 고민해서 결정했지."

흐음……. 말이야 쉽지만 고민되는데.

이런 새로운 무언가를 만드는 건, 이렇게 말하긴 좀 그렇지만, 완벽주의자인 나로서는 망설임이 생길 수밖에 없는 것이다.

캐릭터를 만들 때 랜덤으로 보너스 포인트를 배분할 수 있는 게임이라면, 많은 유저들이 고민하곤 한다.

게임을 개시하기도 전에, 조금이라도 더 많은 보너스를 얻으려고 캐릭터 생성과 삭제를 되풀이하는 식이다.

그런 의미에서는 나도 완벽주의자에 속했다.

갖고 있는 소재 중에서 제일 좋은 게 뭐지?

영귀와 관련된 소재이려나? 사역마라든가……. 조사 중에 영귀에서 채취한 것 같은 게 그 필두라 할 수 있겠다.

다만 그랬다간 거북이가 될 것 같단 말이지.

영귀라면 일단 오스트부터 생각나지만, 사실 거북이는 따지자면 방어계 이미지다.

방어밖에 할 수 없는 나에게 방어계 사역마가 늘어나 봤자 아무런 의미도 없다.

"일단 한번 만들어 두면 언제든지 다시 할 수 있으니까 걱정 안 해도 돼. 어디까지나 처음의…… 구체적인 형태를 잡기 위한 매개체일 뿐이니까."

"연연할 필요는 없다는 거야?"

"본래는 좀 더 신중하게 골라야 하지만, 성무기 소지자라면…… 샛길이 있으니까. 물론, 나와는 계통이 다르니까 불가능할지도 모르지만."

아아, 용자만의 독자적인 기능이라는 건가? 그럼 구태여 고민할 필요도 없겠군.

재미가 없다는 생각도 들긴 하지만, 소재에까지 구애받다 가는 끝이 없는 것도 사실이니까.

"나오후미가 찾고 있는 애가 지니고 있던 물건 같은 게 좋을 거야. 그걸 사용하면 주인에게까지 데려다줄 테니까."

흐음……. 하긴, 라프타리아를 찾아줄 수 있을 만한 게 좋을지도 모르겠군.

다만, 현재 내가 소지하고 있던 것 중에 라프타리아 물건이 있었던가?

기본적으로는 내가 라프타리아의 물건에 손을 댄 기억은 없다.

장비를 주기는 했지만, 반납을 받은 적은 없었고…….

"용각의 모래시계가 가진 힘을 쓸 수도 있습니다. 무기에 흡수시켰던 소재 같은 것도 끌어낼 수 있죠. 뭔가 없습니까?"

에스노바르트가 석장을 휘두르자, 뿅 하고 방패 아이콘이 나타나고, 그 안에 든 물건들의 일람이 나온다.

용각의 모래시계에는 이런 기능도 있었던 건가? 뭔가 쓸 만한 게 없는지 한번 확인해 보자.

그렇게 생각하면서 방패에 들어 있는 물건들의 일람을 보다 보니, 어떤 물건에 눈길이 멎는다.

"이, 이건……."

라프타리아는 라쿤 종이라는 아인이다.

라프타리아에게서 받은 어떤 소재가 방패에 들어 있었는데, 아직 그 소재에서는 새로운 방패가 출현하지 않고 있었다.

그렇다……. 라프타리아가 아직 어리던 시절에 이발했던 머리카락이 방패 안에 들어 있었던 것이다.

이게 좋겠군.

끄집어낼 수 있을지 어떨지 모르지만, 나올 거라고 믿으며 툭 하고 가리킨다.

그러자 어렴풋한 빛과 함께, 방패에서…… 라프타리아의 모발이 나온다.

"이게 좋겠어."

"알겠습니다. 그럼 소량의 피를."

에스노바르트가 마법으로 라프타리아의 모발을 허공에 띄웠고, 나는 나이프로 손가락 끝을 가볍게 찔러서 피를 낸다.

……처음 라프타리아를 구입했을 때의 일이 떠오르는군.

생각해 보면 라프타리아와 노예 계약을 할 때도 이런 느낌으로 마법진이 깔렸었다.

"그럼 식신 생성 의식을 집행하겠습니다."

에스노바르트가 그렇게 말하고 라프타리아의 모발과 내 피에 마력 같은 것을 뿌린다.

배의 권속기가 어렴풋이 빛나서, 그것이 에스노바르트의 마법에 힘을 빌려주고 있다는 걸 느낄 수 있었다.

주위에 반딧불 같은 빛이 하늘하늘 떠오른다.

무지하게 환상적인 광경이다.

식신이라……. 만들어진 녀석이 우리를 라프타리아가 있는 곳으로 데려다줄까?

재료는 라프타리아의 모발.

라프타리아의 소재지를 알려줄 수 있는 물건이라면, 이것 말고 다른 건 생각할 수도 없다.

『나 지금 바라건대, 저자를 수호하고, 힘이 되어줄 자, 저자의 마(魔)의 조각이자 권속을 창조할지어다. 여기서 태어나는 것은 수호의 사자——.』

하늘하늘 내 주위를 떠다니던 어렴풋한 빛이 라프타리아의 모발 쪽으로 날아가서, 모발을 감싸 나간다.

뭔가 굉장한 광경인데.

이렇게 폼을 잡아 놓고 실패하기라도 하면 참 황당하겠다 싶지만, 그래도 저도 모르게 넋을 잃고 쳐다볼 수밖에 없었다.

식신이라……. 키즈나의 식신을 쳐다보니, 녀석은 얌전히 키즈나의 품에 안겨 있는 것 같았다.

내가 아는 어떤 시끄러운 녀석과는 달리, 저렇게 얌전한 녀석이 나오면 좋을 텐데.

동료가 늘어나는 거라고 생각해도 되는 건가?

으음……. 어떤 식으로 취급해야 할지 고민되는데.

레벨 같은 게 있을까? 아니면 다른 무언가가 있는 걸까?

어찌 됐건, 내 호위를 겸임하는 존재니까, 어느 정도는 신중하게 생각해서 운용해야겠지.

"이건……."

에스노바르트가 뭔가 긴박한 목소리로 뇌까린다.

"뭐지? 실패냐?"

"아뇨……. 상상했던 것보다 구현화가 빠릅니다! 이 매체의 주인은 어떤 분이기에……?!"

빛이 한층 더 밝아져서, 눈이 부시다. 재빨리 방패를 들어서 방어 태세를 취하지만…….

빠직빠직 내 방패가 빛에 반응한다.

"후에에에……."

"진정해! 에스노바르트! 괜찮아?"

"으…… 으으윽…… 트, 틀렸습니다. 버틸 수가 없습니다! 여러분, 피난하세요!"

에스노바르트가 들고 있던 석장을 내리고, 펄쩍 뛰어 물러서서 엎드린다.

리시아를 보호하듯 막아서서 방패를 들고 있는데, 아까부터 시야에 뭔가가 나타나 있다.

식신의──

식신 방패의 조건이 해방되었습니다!

식신 방패

능력 미해방⋯⋯식신 사역 식신 강화

펑 하고 섬광을 동반한 요란한 연기가 일고, 일대가 하얗게 물든다.

"쿨럭! 쿨럭!"

손으로 연신 연기를 흩어 보지만, 눈과 코가 매워서 견딜 수가 없다.

하지만 그래도 고통을 견디며, 연기의 근원 쪽으로 시선을 옮긴다.

"라프~!"

뿅 하고 무언가가 연기 속에서 나를 향해 날아왔다.

"뭐, 뭐야?!"

잽싸게 받아서 날아온 물체를 확인한다.

나에게 뛰어든 그것은 바로⋯⋯ 너구리 같기도 하고 미국너구리 같기도 한 무언가였다.

'무언가' 라고 하는 이유는, 그게 뭔지 구체적으로 설명하기가 어렵기 때문이다.

옛날 애니메이션에서 본 귀여운 미국너구리 같기도 하지만, 뭔가가 다르다.

너구리 같다고 할까……. 갈색의 복슬복슬한 털가죽, 사지는 약간 부은 것처럼 토실토실하다.

개와는 전혀 다른 귀와 얼굴……. 응, 미국너구리라고 하기도, 너구리라고 하기에도 애매한 신기한 얼굴이군.

꼬리는 몸길이와 비슷한 정도의 길이로…… 굳이 표현하자면 아이들이 좋아하는 마스코트 같은 느낌이랄까?

단, 너구리 같은 마스코트는 좀처럼 보기 힘들지만 말이지.

나는 그런 마스코트 같은, 미국너구리 같기도 하고 너구리 같기도 한 생물의 양 옆구리를 붙잡고 있다.

그리고 녀석은 어쩐지 다정한 느낌으로 한 손을 들어서 내게 발바닥을 내보이며, 친근한 눈매로 나를 향해 울고 있는 것이다.

"라프~!"

상황으로 봐서…… 이 녀석이 식신이라고 봐도 되는 건가?

방패를 새로 출현한 식신의 방패로 변신시킨다.

동시에 노예문과 비슷한, 새로운 항목이 출현했다.

아무래도 이게 식신인 것 같다.

레벨 같은 건…… 아마 없는 것 같다. 스테이터스는 그다지 높지 않군.

식신 강화라는 기능을 발동시킨다.

보아하니 현재 지니고 있는 소재로 식신의 스테이터스를 향상시키거나, 다양한 기능을 부여할 수 있는 모양이다.

바이오플랜트를 다룰 때 보았던 것 같은 항목 외에, 보유하고 있는 소재로도 강화가 가능하다고 나와 있다.

"라프~!"

식신은 꼬리를 흔들면서 내게 애교를 부린다.

촉감은 나쁘지 않군. 살짝 뻣뻣하긴 하지만, 거슬리지는 않다. 체온도 딱 좋다.

"후에에에……."

리시아가 쭈뼛쭈뼛 겁먹은 얼굴로 이쪽을 훔쳐보고 있다.

뭘 경계하고 있는 건지.

"보아하니 무사히 식신이 만들어진 것 같네."

"펭!"

"무슨 탈이라도 난 게 아닌지 걱정했습니다만…… 무사히 만들어져서 다행이네요."

에스노바르트가 안도한 듯 다가온다.

"이게 식신인가?"

"라프~!"

식신이, 탓 하고 내 방패 위에 올라가서 양팔을 들어 포즈를 취하고 있다.

어떠냐! 라고 득의양양해하는 것 같다.

"맞아. 그리고 무기에 식신을 강화하는 게 나오지 않았어?"

"나왔어. 식신 강화라는 게 나오던데."

"그래, 바로 그거야. 나오후미라면 좋아할 것 같아서."

"너도 그런 걸 좋아하는 모양이군."

"용케 알아봤네. 나도 이런 것에 집착하는 타입이거든."

"호오……. 마음이 맞는데."

"후후후후."

"후후후후……."

"후에에……. 뭔가 사악한 분위기가 느껴져요오……."

음흉하게 웃는 나와 키즈나의 대화에, 리시아가 겁을 먹기 시작했다.

겁먹을 필요는 없잖아.

굳이 표현하자면 '너도 참 근사한 취향을 갖고 있구나.' 라는, 같은 취미를 가진 동지를 발견했을 때 나누는 대화였는데 말이지.

"어, 어쨌거나, 그 식신이라면 찾는 사람이 어디에 있는지를 어느 정도 알려줄 것입니다. 키즈나도 함께 글래스 씨를 찾으러 가시죠."

"들었지?"

"라프~."

내가 식신을 향해 말을 걸자, 식신은 *끄덕끄덕* 연신 고개를 움직인다.

약삭빠른 것 같기도 하지만, 제법 애교가 있는 녀석이군.

목소리가 어쩐지 어린 시절의 라프타리아와 비슷한 것 같은 느낌도 든다.

"나오후미, 그 애한테 이름은 안 붙여줄 거야?"

"이름? 하긴, 그냥 식신이라고 부르는 건 재미가 없긴 하지."

"라프~!"

식신이 가슴을 펴고 자신을 어필한다.

그나저나…… 라프~라는 건 울음소리인가?

별 해괴한 울음소리도 다 있군…….

어떻게 보면 라프타리아에 대해 상당히 무례한 짓인 것 같은 기분도 조금은 들지만, 이렇게 된 이상 어쩔 수 없지.

필로도 필로리알이라는 종족명에서 따온 거였으니…… 좋아, 라프타리아에서 이름을 따오자.

"라프짱이라고 하지."

"라프~!"

"라프~라고 우니까 라프짱이라고? 너무 성의 없이 짓는 거 아냐?"

"네 펭귄은 왜 크리스인데?"

서양풍 판타지물 속에 나오는 캐릭터 이름 같잖아.

펭귄에게 붙일 법한 이름은 절대 아니다.

"애를 만든 날이, 내가 소환된 날부터 따져서 마침 크리스마스에 해당하던 날이었거든."

"아아……. 그래서 크리스란 말이지?"

성의가 없는 건 마찬가지잖아.

"하지만, 라프짱이라는 이름의 유래는 잘못 짚은 거야. 라프~라고 우니까 라프짱이라고 지은 게 아니라, 매개체가 된 모발의 주인이 라프타리아라서 라프짱이라고 지은 거라고."

"……별로 다를 건 없는 것 같은데."

부정은 하지 않는다. 애초에 라프~라고 울다니, 무슨 장난도 아니고 말이지.

"라프~!"

"아아, 그래, 그래. 다른 이름으로 해 달라고?"

"라프?"

라프짱(가칭)은 고개를 갸우뚱거렸다가, 곧 휘휘 고개를 가로저었다.

"라프~."

보아하니 이름이 마음에 든 모양이다.

뭐, 본인(?)이 마음에 든다면 상관없겠지.

"묘하게 자아가 강하군요. 육체와 정신이 자리를 잡으려면 시간이 좀 더 걸릴 거라고 생각했습니다만……."

"소재가 된 게, 너희 입장에서 보자면 이세계 사람의 모발이었으니, 예측 못한 결과가 나온 거겠지."

라프타리아는 어딘지 좀 신비로운 구석이 있으니, 뭔가 특별한 점이 있는 것이리라.

내가 키운 덕분에 여러모로 특이한 성장 환경을 거치기도 했으니, 그 점이 방패를 거쳐 라프타리아의 모발에 영향을 끼친 건지도 모르겠다.

"자, 그럼 라프짱, 라프타리아가 어디 있는지 좀 점쳐 주지 않겠어?"

내 부탁에, 라프짱은 눈을 감고, 꼬리를 부풀리며…… 뭔가를 하고 있다.

마법인가? 식신의 기능일까?

"글래스가 어디 있는지 가르쳐줄래?"

키즈나 쪽도 크리스에게 글래스의 행방을 묻고 있었다.

"라프~!"

"펭!"

그리고…… 두 마리 모두 같은 방향을 가리킨다.

"끼어들어서 죄송합니다. 그럼 이 세계지도에서 찾아보면 어디죠?"

에스노바르트가 이 세계의 지도를 꺼내서 두 마리 앞에 펼쳐 놓는다. 그러자 두 마리 모두 같은 곳을 가리켰다.

양쪽 모두 결과가 같다는 건, 라프타리아와 글래스가 함께 행동하고 있다고 봐도 되는 걸까?

하지만, 그 결과를 본 키즈나와 에스노바르트는 곤혹스러운 듯 끙끙거린다.

"안 좋은 곳이야?"

"그야 뭐…… 우리가 도망쳐 온 곳과 별반 다를 게 없을 정도로 관계가 험악한 나라야. 그 천재 술사라는 자가 소속돼 있는 나라이기도 하고."

"너희, 적국이 너무 많은 거 아냐?"

"그러게 말이야. 난세의 징조라고 해야 할까? 내가 무한 미궁에 갇히게 된 것도 그런 게 원인이었고. 앞날이 어찌 될는지……."

키즈나는 불안한 듯 중얼거렸다.

어느 세계에나 싸움은 끊이지 않는 모양이다.

그런 의미에서는 내가 있던 이세계보다 더 불안정한 건지도 모르겠군.

메르로마르크와 실트벨트는 원래 전쟁을 벌이던 사이였다는 모양이지만, 세계가 위기에 처하자 일단은 협력 관계를 맺고 있다.

그 외의 나라들도, 기본적으로 세계회의를 통해서 파도와 맞서기 위한 방침을 정하고 있는 것 같고 말이지.

반대로 이쪽 세계에서는 각 나라들이 서로 싸우고 있는 것 같은 인상을 받는다.

어쩌면 메르로마르크의 여왕은 꽤 유능한 건지도 모르겠다는 생각이 든다.

"그래도 글래스 일행은 이 세계에서 꽤 강한 축에 속하잖아? 권속기에게 선택을 받았을 정도니까."

"그야 그렇지만……. 용각의 모래시계가 있는 곳까지 오지 못했다는 건, 뭔가 고전하고 있다고 봐도 좋을 것 같아."

그 강한 글래스가 고전하고 있는 상황이라……. 우리도 일단 어느 정도 강해지기는 했지만, 거기까지 데리러 갈 수 있을까?

뭔가 불길한 분위기가 충만해지기 시작한 것 같은 느낌이다.

나나 키즈나는 무기의 성질상 고전하긴 했지만, 실제 전력은 제법 강한 편이라고 생각한다.

그런 나나 키즈나가 갖고 있는 약점이 없는 글래스 일행이 움짝달싹하지 못하고 있다는 건, 상당히 심각한 상황이라는 거 아닐까?

"책의 권속기 소지자가 있는 나라야?"

"……그 나라의 동맹국이야. 여차하면 글래스 일행을 붙잡아서 넘겨 버릴지도 몰라."

"서둘러 가는 게 상책일 것 같군."

"응. 여기서 팔짱만 끼고 있는 것보다는 훨씬 나을 거야. 당장 가자."

"그렇게 하지."

썩 미덥지는 않지만, 어쨌거나 키즈나 쪽에도 전력이 늘어난 것 같으니, 가 볼까?

"그런데 키즈나, 다른 동료들은 없어?"

출발 준비를 갖추는 건 좋지만 키즈나 쪽의 동료들이 늘어나는 기색이 없다.

"에스노바르트는 전투에는 소질이 없고⋯⋯. 그 외에 믿을 만한 동료가 없는 건 아니지만."

키즈나가 에스노바르트에게 시선을 돌리자, 에스노바르트가 가볍게 헛기침을 한다.

"키즈나의 동료를 소집하려면 며칠 시간이 걸립니다. 아무래도 임무 때문에 각지에 흩어져 있는지라⋯⋯."

"그러는 사이에 글래스에게 무슨 일이라도 생기면 큰일이잖아. 그러니까 우리가 앞장서서 가야 하지 않을까?"

뭐, 그 말도 이해가 간다.

만전을 기해서 전력이 모이기를 기다리는 사이에 글래스 일행이 붙잡히기라도 한다면 말짱 도루묵이다.

라프타리아도 동행하고 있을 가능성이 높은 것이다.

쿄 녀석에게 붙잡힌다면 더할 나위 없이 일이 복잡해질 게 분명하고, 나는 라프타리아를 지켜야만 하는 몸이다.

나 원 참, 난 왜 항상 이렇게 위기에 내몰리는지.

나는 한숨을 지으며 뇌까린다.

"하다못해 믿을 만한 병사나 국가의 인재라도 있으면 좋을 텐데."

"그런 인재는 국가 수호 임무에서 벗어날 수가 없으니까……."

어디나 일손이 부족한 건 마찬가지라는 거군.

상황이 이 모양인 걸 보면, 키즈나도 동료가 부족하다고 한탄하던 나와 같은 고민을 안고 있었겠군.

"좋아, 그럼 출발하자. 용각의 모래시계를 통한 전이로 갈 수 있어?"

"아니, 에스노바르트가 있으면 고도의 전이를 사용할 수 있어."

"키즈나, 제 배의 힘으로 전이하는 건 가능하지만, 돌아올 때는 어떻게 할 거죠?"

"내 포털을 사용할까?"

"그것도 괜찮겠는데? 일단, 시간을 정해 놓자. 그 시간이 되면 미리 정해 둔 곳으로 에스노바르트가 오면 돼. 못 가게 된다면……."

"알겠습니다. 연락용 부적을 가져가세요. 잘하면 교신이 가능할 테니까요."

별 편리한 도구도 다 있군……. 아니, 저런 건 내가 있던 이세계에도 있었지.

어떤 기계인지 잘은 모르겠지만, 성에서 온 요청 같은 걸 길드에서 알 수 있었으니까.

그리고 에스노바르트는 건물에서 나와서 타고 있던 원반

에서 내리더니, 원반의 형태를 배의 형태로 바꾼다.

"그럼 여러분, 배에 올라타세요. 전이를 개시할 테니까요."

"……정말이지, 내가 알고 있는 녀석과 비슷한 무기를 갖고 있군."

피트리아의 마차에도 전이 능력이 있었다.

포털 스킬은 동료가 되지 않으면 사용할 수 없는 것 같지만, 에스노바르트의 배는 피트리아의 마차처럼 타고 있는 이들을 모두 전이시켜줄 수 있는 모양이다.

이건 포털과는 다른 걸까?

이 세계의 이동 수단은 좀처럼 감을 잡기 힘들군.

그런 생각을 하면서, 우리는 라프타리아와 글래스를 찾으러 출발했다.

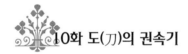

10화 도(刀)의 권속기

에스노바르트의 배에 올라타고, 날아다니는 배로 전이를 개시하는가 싶더니, 전이가 순식간에 작동해서 주위의 풍경이 변화했다.

파르스름하게 빛나는 길을 배로 이동하고 있다.

어딘가에서 위치를 등록해 둔 게 아닌데도 이렇게 움직이는 거라면, 이거 꽤 굉장한 거 아냐?

"새삼 느끼지만, 역시 배의 권속기는 대단하다니까. 우리 힘으로 갔더라면 시간이 얼마나 걸렸을지, 짐작도 안 갈 정도니까."

"이건 대체 무슨 능력인데?"

"용각의 모래시계 간에 깔려 있는 길을 타고 고속으로 이동하는 거야."

으─응……. 그러니까 쉽게 말하면, 용각의 모래시계 사이를 이어주는 선을 타고 이동하는 능력을 갖고 있다는 건가?

그리고 그 노선상이라면 어디든 전송이 가능하다는 식일까?

이거 꽤 복잡한 시스템처럼 보이는데?

"몰래 상공을 날아서 전송 능력을 사용하면 기습을 할 때 참 편리하지. 전에 몇 번인가 써 본 적이 있었어."

"하아……. 그럼 이 근처에 라프타리아와 글래스가 있는 거야?"

"아뇨……. 방해도 많아서…… 최대한 접근할 수 있는 곳까지만 모셔다 드리겠습니다."

"불편한 능력이잖아."

사용 방법에 따라서는 도움이 될 수 있을지도 모르지만.

게다가 에스노바르트 자체의 전투 능력은 그다지 높지 않은 모양이다.

"그럼 거기부터는 날아다니는 배로 이동하는 건가?"

"너무 눈에 띄지 않겠습니까."

하긴, 비행선으로 이동하는 건 날 쏴 달라고 하는 거나 다름없을 것이다.

하지만 고도를 최대한 높이면…… 아니, 이 세계에도 날아다니는 마물 같은 건 있을 테니까 어렵겠지.

"후방 지원이나 폭격은 가능하긴 하지만…… 그것 역시 쓸데없이 소란을 키울 뿐입니다. 도망칠 때만 이용해 주셨으면 합니다만."

"그럼 글래스 일행과 합류에 성공하거든 부를 테니까, 데리러 와 줘."

"알겠습니다. 그럼 무운을 빌겠습니다."

에스노바르트가 그렇게 말한 바로 그 순간이었을까. 시야가 전환되고, 우리는 어느샌가 지표면에 내려서 있었다.

방해도 받고 있다고 했으니까, 지나치게 의존하는 건 좋지 않을 것 같군.

"그럼 라프짱, 라프타리아가 어디 있는지 가르쳐줘."

"라프~."

라프짱이 가리키는 방향을 본다.

키즈나의 크리스 역시 같은 방향을 가리키고 있었다.

주위에는 숲이 펼쳐져 있다.

소나무처럼 생긴 나무도 많고, 대나무도 눈에 띈다.

역시 일본풍 색채가 강한 나라 같다.

그렇게 해서, 우리는 지도를 들고 움직였다.

"이 나라는 어떤 나라지?"

"우리가 도망쳤던 나라의 이웃 나라고, 문화 형태도 비슷해. 다만, 굳이 표현하자면 막부 시대 말기 같은 복장이 많다고 해야 할까?"

무슨 차이인지 잘 모르겠는데……. 그렇게 생각하고 있으려니, 숲이 끝나고 도시가 보이기 시작했다.

응, 키즈나의 설명이 실감이 났다.

목제 가옥이긴 하지만, 뭐랄까…… *쇼와 시대 같은 느낌이 드는 커다란 간판이 있다.

옛날 글자 같은 분위기가 있는 문자와, 어중간하게 문명이 개화된 듯 뒤죽박죽인 건물들.

저건 전등이나 전구인가? 무지하게 부자연스러운 풍경이다.

그리고 길거리를 오가는 모험가 같은 자들은 **신센구미 같은 복장을 입고 있다.

마을 사람들은 일본풍 복장이군. ***하카마가 눈에 띈다.

"흐음……. 관문 같은 게 더 있는 거야?"

"이쪽은 관리도 꽤 어중간한데. 국경 이외의 관문은 없을

---

*쇼와 시대(昭和時代) : 쇼와라는 연호를 쓰던, 아키히토 텐노의 재위 기간(1926~1989).

**신센구미(新撰組) : 에도 시대 말기, 막부에 반대하는 세력을 탄압하던 무사 집단.

***하카마(袴) : 일본 옷의 일종. 겉옷으로 입는 주름지고 헐렁한 하의.

거야. 지난번 나라와 비슷하면서도 느슨한 느낌이랄까."

"그것참……."

여기 나라들도 저마다 제각각이군.

그 점으로 따지자면, 내가 있던 이세계는 귀족사회의 왕정국가니까 편하다면 편하다고 할 수 있으려나.

전부 파악하고 있는 건 아니지만.

"그럼 우리 복장이 너무 눈에 띄는 거 아냐?"

"그렇게까지 튀지는 않을 거야. 이웃 나라와는 그다지 험악한 사이도 아니고, 어딘가에서 흘러든 모험가라고 생각할 테니까. 봐, 비슷한 차림을 한 사람이 있잖아?"

키즈나가 가리킨 곳에는, 나와 비슷한 갑옷을 입은 모험가가 자연스럽게 걷고 있었다.

"그럼 걱정할 것 없겠군. 빨리 라프타리아 일행을 찾자. 찾아내면 곧바로 철수하지."

"그야 그래야겠지만……. 크리스, 글래스는 어디 있어?"

"펭."

크리스는 이번에도 라프짱이 가리킨 곳과 같은 방향을 가리켰다.

우리는 식신이 가리키는 방향으로 나아가기로 했다.

라프짱과 크리스의 안내에 따라 도시로 간 우리는……
뭔가 길게 늘어선 행렬과 마주쳤다.

"뭐지?"

"으음……."

키즈나가 줄의 제일 앞쪽을 살펴보고 돌아온다.

"뭔가 가설 공연장 같은 건가 봐. 제법 성황인데?"

"호오……."

가설 공연장이라……. 그러고 보니 메르로마르크의 상점 가에도 그런 게 있었던 것 같다.

단, 관심이 없었기에 어떤 건지 보러 간 적은 없었지만.

그나저나 엄청나게 긴 줄이네. 우리가 혼유약 경매를 열었을 때보다도 많은 사람들이 운집해 있다.

도시 끝에서 끝까지 주우욱 줄이 이어져 있는 것 같다.

얼마나 대단한 구경거리이기에? 혹시 이 도시에는 오락거리가 결핍돼 있는 건가?

"한번 줄을 서서 구경해 볼까?"

"관심 없어. 시간도 없고."

지금 우리는 동료들을 찾기 위한 최전선에 있는 것이다. 곁길로 샐 시간 따위는 없지 않은가.

"하긴, 그렇지. 일부러 줄을 서 가면서 구경할 만큼 한가하지도 않고……."

"라프라프!"

"왜 그래, 라프짱? 관심이라도 있어?"

아무래도 줄 너머에 있는 것에 관심이 있는지, 라프짱이 연신 울어댄다.

라프짱은 라프타리아의 모발에서 태어난 존재다.

이렇게까지 반응하니, 신경이 안 쓰일 수가 없는데.

"뭘 구경하는 건가요?"

리시아의 물음에, 키즈나가 발돋움을 해서 가설 공연장 간판에 적혀 있는 문자를 읽는다.

" '하늘에서 내려온 날개 달린 아기 선녀! 1인당 40동문!' 이라나 봐. 천사를 구경시켜 주는 것 아닐까?"

……날개 달린 어린 천사?

퍼뜩 내 뇌리에 필로의 모습이 떠오른다.

지금껏 라프타리아에게 의식이 집중돼 있었지만, 그 녀석도 찾아야 한단 말이지.

"이봐, 키즈나. 혹시…… 등에 날개가 달린, 천사를 연상케 하는 종족이 이 세계에 있어?"

"그런 건 들어 본 적이 없는데……. 나오후미 쪽 세계에는?"

"아인종 중에 하피계라는 게 있다는 걸 들어 본 적이 있고, 내 동료들 중에도 등에 날개가 달린 녀석이 있어. 외모는…… 말 그대로 천사고."

일단 증언과는 일치한다.

성격은 선녀와는 거리가 멀지만, 외모 하나는 확실히 성스러워 보인다.

입만 다물고 있으면 말이지.

"라프~!"

"후에에에에! 혹시 필로 양 아닐까요오?!"

그럴 수도 있겠군.

큰일 날 뻔했잖아. 라프짱이 떠들어서 리시아가 자세히 물어보지 않았더라면 못 알아채고 그냥 지나칠 뻔했다.

어쩌지? 줄을 서서 확인해 볼까?

일단 줄 제일 앞으로 걸어가서, 공연장에서 흘러나오는 목소리에 귀를 기울인다.

"……싫어~! 주인님~! 메르, 구해줘~!"

쫘악 하고 채찍으로 후려치는 것 같은 소리가 들려온다.

지금까지 한 번도 들어 본 적이 없는, 처절하고 비통한 비명 소리가 울려 퍼졌다.

그 필로가 이런 목소리로 울었던 적이 있었던가?

"어이, 냉큼 줄을 타지 못해?!"

"싫어~! 우우…….."

우와, 공연장 밖까지 다 들리잖아.

"저 선녀, 뭐라고 얘기하는 거지? 싫어하고 있다는 건 알겠는데. 참 못 볼 꼴이군."

공연장에서 나온 관객이 그렇게 뇌까린다.

아아, 이 나라 녀석들은 필로의 말을 못 알아듣는 모양이군.

그렇다고 해서 구경거리로 삼는 건 좀 너무한 거 아냐?

뭐, 생긴 게 예쁘장하다는 건 사실이지만, 정체는 새 마물이라고.

"후에에에!"

"리시아! 조용히 해! 필로와 같은 언어로 얘기하고 있다는 걸 들키면 너까지 붙잡히잖아."

"후에…….".

리시아는 필사적으로 자기 입을 틀어막고 끄덕끄덕 고개를 주억거린다.

"역시 동료였어?"

키즈나가 심각한 표정으로 물었으므로, 나는 고개를 끄덕인다.

"구한다고 해도 나와 나오후미는 힘들잖아? 크리스나 라프짱, 리시아 양한테 맡겨도 될 것 같아?"

"이러다가 필로가 경매 같은 걸 통해서 팔려 나가게 된다면 돈으로 사는 방법도 가능하겠지만 말이야. 최악의 경우, 도시의 귀족에게 환심을 사서 확보하는 방법도 아주 불가능한 건 아니긴 하지만…….".

내가 생각할 수 있는 방법은 이 정도가 고작이다.

환심을 산다고 치면, 혼유약 같은 걸로 어필하고 그 제조법을 미끼로 쓰면 낚을 수 있을 것 같긴 한데……. 문제는 그 귀족이 우리에 대해 시시콜콜 캐내려고 들 가능성도 있고, 필로를 구해낸 후에 인질로 삼을 게 뻔하다는 점이다.

한곳에 너무 오래 머물러 있는 것도 위험하니 필로가 어떤 경위로 붙잡혔는지를 조사해 보기 전에는 움직이려 해도 움직일 길이 없다.

일개 모험가 정도가 필로를 사로잡은 거라면 환심을 산 귀족의 권력을 동원해서 해결할 수 있겠지만, 만약에 이 도시의 귀족이 얽혀 있다면 얘기가 달라진다.

자칫하면 상대의 손바닥 안에서만 놀게 될 수도 있잖아.

"어쩔 거야? 그쪽 방법으로 갈 거야?"

"……가능하면 권력자에게 빌붙는 방법은 피하고 싶어. 준비에 시간이 너무 오래 걸리고, 상대가 뒤에서 무슨 꿍꿍이를 꾸밀지 알 수 없으니까."

애초에 여기는 키즈나를 탈출 불가능한 미궁에 집어넣은 나라와 친밀한 관계를 가진 나라다.

메르로마르크에 못지않은 차별 의식을 갖고 있다는 건 쉽게 상상할 수 있고, 우리의 의식을 잃게 만들고 감옥에 처넣을 가능성도 없다고는 할 수 없다.

요컨대, 권력자가 우리의 인상착의를 알고 있을 가능성을 부정할 수 없다는 것이다.

지금은 이웃 나라에서 소동을 벌인 직후이기도 하고 말이지.

혼유약을 구입한 귀족의 반응으로 보아 당분간은 별문제

없을 것 같긴 하지만…… 오래 머무르면 오래 머무를수록 불리해진다.

"이 가설 공연장…… 누가 관리하고 있는지 알아볼 수 없을까?"

"응. 그 정도라면 길드 쪽에서 알아볼 수 있지 않을까? 이 정도 대규모 공연이니, 누가 주최한 건지도 알 수 있을 거야."

곧바로 길드로 가서 그 가게의 자금줄이 누구인지를 조사해 본 나는, 귀족에게 빌붙는 안을 기각했다.

그렇다. 그 가설 공연장의 개설에 귀족이 관여하고 있었던 것이다.

그렇다면, 우격다짐에 가까운 방법이지만…… 해 볼 수밖에 없다.

나는 키즈나와 리시아를 손짓해서 부른다.

"일단…… 오늘 밤에, 정적에 잠겼을 때를 틈타서 잠입해 보자."

다른 이도 아닌 필로가 그렇게 비통한 비명을 내지를 정도이니 최대한 서둘러야만 한다.

잘 풀리면 감지덕지, 실패하면 다음 수단으로 넘어간다.

실패했을 경우의 위험부담이 있으니, 어쩌면 좋을까…….
아니, 그런 걸 일일이 따지다가는 한도 끝도 없겠지.

"알았어."

"도주 경로에 대해서는 생각해 둔 게 있어. 최대한 빨리…… 행동을 개시하자."

"아, 알았어요!"

그럼, 이쯤 해서 필로 구출을 위해 이런저런 준비를 해 둬야겠군. 대대적인 전투가 벌어질 테니, 방패를 선별해 둘 필요도 있다.

기초 능력이 높아 보이는 방패들 가운데, 현재 보유한 소재를 이용해서 강화할 수 있는 방패를 선별한다.

*누에 방패라……. 응, 키메라 바이퍼 실드의 하위호환 정도이니 쓸 만해 보인다.

현재 사용할 수 있는 방패들 중에서는 능력도 높은 편이다.

누에 방패(각성) 0/35 C

능력 해방 완료……장비 보너스, 방어력3

전용효과「번개 내성」「야공성(夜恐聲)」「번개 방패(중)」

지금은 이 방패를 강화해서 사용하기로 하자.

거의가 일본풍 마물이어서 걱정했는데, 이전 세계에서 쓰던 방패와 호환되는 게 있어서 다행이군.

---

*누에(ヌエ) : 머리는 원숭이, 몸통은 너구리, 사지는 호랑이, 꼬리는 뱀으로 되어 있다고 전해지는, 일본의 전설 속 요괴.

참고로 각성시킨 덕분에 번개 방패(중)으로 변했지만……
그 전에는 미소(微小) 등급이어서 별 도움이 되지 않던 방패
였다.

야공성이라는 건 뭔지 잘 모르겠다.

이것도 각성한 후에 생겨난 효과다.

뭐, 어찌 됐건 필로를 구출하는 게 최우선이다.

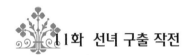

11화 선녀 구출 작전

밤……. 도시가 정적에 잠기기를 기다렸다가, 우리는 시
장 쪽으로 향했다.

키즈나와 함께 발소리를 죽여 가며 도시의 지붕을 타고
나아간다.

리시아가 바보짓을 할 것 같아서 눈을 뗄 수 없다는 게 답
답하다.

한편 라프짱은 의외로 몸이 날렵해서 수고가 들지 않는
다. 매개체의 주인과 마찬가지로 조용해서 좋군.

"이 나라와 이웃 나라에서는 야간 외출 때는 반드시 등불
을 들고 다녀야 하지만 말이야."

"완전히 에도 시대와 판박이잖아."

길거리의 풍경이며 사람들의 옷차림은 개화기풍인데 말이지. 여러 가지 면모가 혼재되어 있다.

에도 시대의 향수…… 같은 건 느껴지지 않는군.

주민들에게서 어설픈 에도 시대 같은 분위기가 넘쳐흐르고 있다.

뭐랄까…… 재패니즈 EDO←같은, 외국인들 머릿속의 이미지가 뒤섞인 나라 같은 느낌이다. 일본인으로서는 적잖은 위화감이 든다.

"이렇게 이동하다 보니까, 무슨 닌자라도 튀어나올 것 같군."

"내가 아는 사람 중에도 닌자가 있어. 예전에 보여준 사진 속에도 나와 있고."

그중에 닌자가 있었던가?

이 녀석의 동료들은 여러 가지 의미에서 지나치게 개성적인 것 같단 말이야.

글래스나 라르크도 포함해서 말이지.

테리스? 알 게 뭐야.

"정말?"

"그래. 혹시 만나면 소개해 줄게."

"별로 만나고 싶지는 않은데."

내 머리에 '소이다' 운운하는 말투를 쓰는 그림자가 떠오른다.

보통 그런 녀석들은 개성이 없는 게 일반적이건만, 혼자서 말투 때문에 남들의 인상에 깊이 박히게 되는, 얼빠진 닌자 같은 녀석.

"이런, 얘기는 이쯤 해 두고……."

공연장이 눈에 들어오기 시작했다.

"저 안에 있을 것 같아?"

"어디까지나 예측일 뿐이지만. 어쨌든 공연장 위쪽은 거주 구역일 테니까, 어쩌면 거기 있을지도 모르지만……."

그러고 보니, 가까운 거리라면 노예문이 반응하지 않을까?

그렇게 생각하고, 나는 노예문을 이용해서 필로의 위치를 대강 살펴본다.

미궁 내에서는 반응하지 않았고, 미궁에서 나온 직후에도 작동하지 않았었기에 큰 기대는 하지 않았지만…… 반응이 있었다.

어디에 있는지 방향을 알아보니…… 아무래도 저 공연장에 있는 게 확실해 보였다.

"그럼…… 모습을 감추는 스킬을 사용할게."

키즈나가 낚싯대에 손을 얹고 스킬을 왼다.

"전은폐수(全隱蔽狩)!"

막 같은 무언가가 스르륵 우리를 감싸서 모습을 감추는 걸 알 수 있었다.

그러고 보니 키즈나는 수렵구의 용사였었지.

수렵이란 사냥감을 기습하는 걸 전제로 하고 있기 때문에, 이런 세심한 능력도 갖고 있는 건가.

지금까지 사냥해 왔던 마물의 종류 때문인지는 몰라도, 내게는 이런 은폐 스킬 같은 건 없다.

클로킹 실드나 하이딩 실드 같은 건 어쩐지 있을 법도 한데 말이지.

라프타리아라면 은폐 같은 것도 할 수 있을 것 같다.

"라프짱도 몸을 감추는 마법 같은 걸 쓸 줄 아는 거 아냐?"

"라프~?"

으음……. 할 줄 모르는 모양이군. 고개를 갸우뚱거리고 있다.

라프타리아를 토대로 만들어진 녀석이니, 할 수 있을 것 같은데 말이지.

하지만 지금은 이런저런 기능을 습득시키는 걸 우선시하는 게 좋을 것 같군.

"그럼 갈까?"

"그래야지……. 그런데 이 스킬의 효과는 어떤 거지?"

"마법으로 탐지당하지 않는 한 문제는 없을 거야. 발소리나 목소리도 아군 이외에는 들리지 않게 되니까."

"편리한데."

"이 기술의 광역 버전을 익히는 데 얼마나 애를 먹었는지 몰라. 단독으로만 적용되는 거라면 레벨이 낮아도 습득할 수 있지만."

"불평은 정도껏 해 둬."

"저도 쓸 수 있나요?"

혹시나 싶었는지, 리시아가 묻는다.

네 자질로 보면 못 배울 건 없을 것도 같지만…… 워낙 요령이 없으니까 말이지.

"라프타리아라면 몰라도, 전문 분야도 아닌 리시아한테 맡길 일은 아냐."

"그, 그치만……."

"기분은 이해하지만, 키즈나의 스킬을 믿고 가자고."

"효과 시간이 그렇게까지 긴 건 아니니까 빨리 가자!"

지붕에서 껑충 뛰어내린 키즈나가 공연장 쪽으로 움직인다.

우리도 그 뒤를 쫓아서, 공연장 뒤편으로 이동했다.

"예상은 했었지만, 역시 자물쇠로 잠겨 있네."

"자물쇠 따는 건 할 줄 모르는데……."

"이 자물쇠…… 경보장치가 설치돼 있어서, 부수면 소리를 내게 돼 있나 봐."

"엄중하기도 하군."

"세공사라면 경보장치도 부술 수 있을지 모르는데……."

그러고 보면 예전에도 이것과 비슷한, 세공사가 필요한 사태가 있었지.

나는 자물쇠…… 얼핏 보기에는 낡은 자물쇠처럼 보이는 것에 손을 댄다.

철사 같은 걸로 따려고 하면 경보가 울린다는 거지?

마법부여를 하는 요령으로 살포시 만져 보니, 장치의 전모를 파악할 수 있었다.

아아, 생각 없이 건드렸다간 확실히 무슨 일인가가 벌어지겠군.

하지만 이거…… 뭔가 방법이 있을 것 같은 느낌이 든다.

장치 자체는 소리를 내는 것밖에 없는 것 같고, 어딘가에 통보하는 타입은 아니다.

방범 버저처럼 언제든지 해제할 수 있는 거라고 생각해도 되리라.

"방범 장치 자체를 부수면 네가 자물쇠를 부술 수 있겠어?"

"응? 아마 가능할 것 같은데…… 뭘 하려고 그래?"

나는 마력을 양손에 모으고…… 장치의 중요해 보이는 부분에 단숨에 흘려 넣었다.

"삐——."

귀 따가운 소리가 울리기 직전, 자물쇠에서 불꽃이 튀었다.

그 후로는 고음을 내지 못하고 삐-삐- 하고 나지막한 소리만 내고 있다.

그것도 내가 붙잡고 있었던 덕분인 듯, 키즈나의 은폐 스킬 적용 범위가 좁아져 간다.

"빨리!"

"응? 아, 알았어!"

키즈나가 무기를 참치용 회칼로 바꾸고는, 삭 하고 자물쇠를 썰어 버렸다.

그것만으로도 완전히 침묵.

이제 흙으로 덮어 놓으면 충분히 소리를 없앨 수 있을 것이다.

"액세서리도 만들더니 이런 것까지 할 줄 알고, 나오후미는 세공에 소양이 있는 거야?"

"내가 있던 세계에서는 말이지. 마력부여 정도는 할 줄 알잖아? 그렇게 어려운 것도 아냐."

뭐, 보석 등의 능력을 끌어낼 때의 감각을 숙지할 때까지는 다소 실패를 거쳐야 하지만.

그 점에서는, 파괴하는 것뿐이라면 비교적 간단하다고 할 수 있겠지.

이번에는 소리가 나는 부분에 집중해서, 컴퓨터 기판에 물을 끼얹는 것 같은 느낌으로 부순 것이었다. 복잡한 물건이라면 이런 식으로는 부수기 힘들었겠지만 싸구려라서 다행이었다.

"요리도 잘하고 세공도 할 줄 알다니, 다재다능하네."

"그건 됐으니까 가자."

"그러고 보니까 라프타리아 양이 자랑했었어요. 나오후미 씨는 손재주가 좋으니까 제 것도 만들어달라고 부탁하라면서요."

아아, 그러고 보면 리시아에게 뭔가 능력이 부여되어 있는 액세서리를 달아 주는 것도 한 방법이겠군.

나도 라프타리아에게 그런 소리를 들었던 것 같은 기억이 난다.

수행을 하고 다른 용사들을 찾으러 다니고 영귀와 싸우느라 까맣게 잊어버리고 있었다.

공연장 안에 침입한 우리는 실내를 둘러본다.

옛날식 연립주택 같은 내장에, 앞쪽에는 부뚜막이 있다. 여기는 부엌문인 것이리라. 신발을 벗고 2층으로 갈 수 있게 되어 있으며, 그 부분을 제외한 가게 안쪽에는 빈 우리가 보인다. 원래는 구경거리로 선보이는 게 이것저것 더 있는 것 같지만, 이번에는 필로만 취급하고 있다고 봐도 될 것 같군.

"그쪽이 아냐."

키즈나가 공연장 앞쪽으로 가려고 했으므로 불러 세운다.

"하지만 이쪽에 있을지도 모르잖아?"

"가까이 있으면 방향을 알 수 있어."

내 시야에 필로가 있는 방향이 비추어지고 있다.

그걸 쫓아가면 필로가 어디 있는지를 손쉽게 알아낼 수

있는 구조다.

본래는 탈주한 노예를 추격하라고 존재하는 기능 아닐까?

마물문도 같은 기능을 갖고 있는 걸까?

어찌 됐건, 필로가 어디 있는지를 알 수 있어서 다행이다.

우리는 신발을 신은 채로 2층으로 올라가서 내부를 확인한다.

복도가 있고, 그 너머에 방이 몇 개 있다.

대충 보아하니…… 상인인지 귀족인지 잘 모르겠지만, 어쨌든 감시 담당으로 보이는 녀석이 복도 쪽에서 술을 마시고 취해서 곯아떨어져 있다.

그렇게까지 넓은 공연장은 아니니까 필로는 금방 찾을 수 있으리라.

그나저나……. 술을 퍼먹고 취기를 못 이겨서 이런 곳에서 잠들다니, 주정뱅이는 어느 세계나 마찬가지인 모양이군.

은근히 어두웠지만, 다행히 과거에 취득했던 밤눈을 밝혀 주는 기능 덕분에 주위를 확인하는 데에는 지장이 없었다.

"후에에……. 나오후미 씨, 손 놓으시면 안 돼요ㅡ."

리시아 쪽은 너무 어두워서 앞이 잘 안 보이는 모양이다.

그와는 달리 키즈나는 별문제 없이 나아가고 있다.

수렵구의 용사…… 사냥하는 용사니까 밤눈이 밝은 게 당연하겠지.

"어느 쪽이지?"

시야에 오른쪽을 가리키는 화살표가 나타나 있었기에, 나는 오른쪽을 가리키고는, 문을 열고 실내로 들어간다.

실내에는 이불이 깔려 있고, 호쾌하게 잠들어 있는 부유해 보이는 남자가 있다.

그리고 안쪽에는…… 돈 보따리인가?

이 녀석, 필로를 구경거리로 삼아서 한 밑천 단단히 건진 거 아냐?

정말 기분 더러운 일이다.

필로는 내가 키운 딸 같은 녀석이란 말이다. 낮에 들은 울음소리는 참혹하기 그지없었다.

이 녀석에게는 톡톡히 벌을 주고 싶지만…… 우선은 필로를 구출하는 게 최우선이다.

그렇게 생각하면서 필로를 찾는다.

어디지? 주위를 둘러보지만, 필로가 보이지 않는다.

인간 형태로 잠들어 있거나 우리 안에 갇혀 있을 거라고 생각했는데, 예상이 빗나갔잖아.

혹시 필로리알 형태로 있는 건가?

하지만, 실내에서 필로리알 형태로 변신했다면 바닥이 꺼져 버리지 않았을까?

실내에 보이는 건 작은 새장 정도가 고작인데…….

그때, 마물문의 화살표가 새장을 가리킨다.

"삐이?!"

새장 속에 있는 아기 새 같은 녀석이 우리를 발견하고 소리를 내며 파닥파닥 날개를 친다.

크윽……. 인간의 눈을 피하는 데는 성공했지만, 마물이나 야생동물의 감각까지는 속이지 못한 건가?

"나오후미! 이러다간 잠들어 있는 녀석이 깨겠어!"

키즈나가 낚싯대를 참치용 회칼로 바꾸어, 새장 속에 있는 마물을 해치울지 어쩔지를 내게 묻는다.

하지만…….

"키즈나, 잠깐 기다려 봐. 어째선지 이 녀석에게서 내 동료인 필로의 반응이 나타나는데……."

"응? 그치만 여기 있는 건 아기 새잖아? 내가 보기에는, 아마 허밍 페어리의 새끼 같은데."

허밍 페어리라.

왜 이 녀석에게서 필로의 반응이 나타나는 거지?

"삐이삐이!"

허밍 페어리의 새끼는 새장 우리에 온몸을 부딪치며, 내쪽으로 날개를 뻗는다.

그 동작이…… 예전에, 처음으로 인간으로 변신했던 필로가 내게 손을 뻗던 모습과 겹쳐 보인다.

"설마…… 네가 필로야?"

우두커니 그렇게 뇌까리자, 허밍 페어리의 새끼는 꾸벅

고개를 끄덕인다.

아무래도 틀림없는 것 같다.

"일단 잠깐 얌전히 있어. 너무 날뛰면 녀석이 깨니까."

필로(?)는 알았다는 듯 고개를 끄덕이고 조용히 새장의 횃대에 앉는다.

어떻게 된 거지? 도대체 무슨 일이 있었기에, 필로가 다른 종류의 마물이 돼서 새장 속에 갇혀 있는 거야?

필로의 등에는 부적이 찰싹 달라붙어 있어서, 갑갑하게 필로를 옥죄고 있는 것처럼 보인다.

혹시 저것 때문에 필로가 다른 마물이 돼서 새장 속에 갇혀 있는 걸까?

"이 새장을 부수면 되는 거야?"

"기다려 봐. 뭔가 보안 장치 같은 게 설치돼 있을 가능성도 있어."

"살짝 조사해 볼게."

나는 마력부여를 하는 요령으로 새장에 손을 얹는다.

뭔가를 증폭시키는 것 같은 느낌이 들고, 그게 필로에게 부착돼 있는 부적과 호응하고 있는 것처럼 보이는군.

"그 부적이 뭔지 알 수 있겠어?"

"사역부(使役符)야. 마물을 사역하기 위해 사용하는 부적이지. 하지만 보통은 사용하지 않을 때는 마물을 부적에 봉인해 두는데……. 게다가 몸에 녹아들지 않고 피부에 붙여

놓고 있다는 것도 이상하고."

"필로는 내 소유물 같은 거니까 말이지. 마물문 때문에 봉인이 제대로 안 돼서 어중간하게 사역하고 있는 걸 거야."

완전 쓰레기 같은 놈들이군.

낮에 들렸던 목소리로 미루어 보아, 상당히 끔찍한 대우를 하고 있다고 봐도 좋으리라.

보복해 주려 해도, 나와 키즈나는 인간을 상대로는 공격을 못 한다.

그럼 남은 건 라프짱과 리시아와 크리스인데…….

"리시아, 저 녀석이 잠든 사이에 죗값을 치르게 해 줄까?"

"후에에……. 저, 저도 용서하기는 싫지만, 제 힘으로 해낼 수 있을 거라는 자신이 없는걸요."

하긴, 그렇지……. 제재를 가할 수단이 영 신통치 않다.

리시아만 가지고는 불안하다.

그렇다고 라프짱에게 맡기기에는, 라프짱은 아직 대인 공격이 가능할 만큼 강하지가 않다.

"뭐, 리시아 양의 공격력을 끌어올릴 방법이 없는 건 아니지만, 괜히 소동이 더 커질 수도 있으니까 지금은 도망치자."

"크리스는 어떻지? 충분한 공격력이 있다면 한번 시켜 보자고."

"펭?"

"크리스한테 맡겼다가는…… 상대방은 어지간한 부상 정

도로는 끝나지 않을 수도 있는데?"

넌 도대체 식신을 얼마나 강화시켜 둔 거냐!

하지만, 수단이 없는 건 아니라는 얘기군.

"사역부를 떼면 결박을 풀 수 있을까?"

"아마 쉽게 떼어지지는 않을걸? 전문 부적이나 마법을 구사해야⋯⋯."

"제대로 안 붙어 있으니까 쓱 떼어 버릴 수 있으면 좋을 텐데."

"삐이⋯⋯."

"마물문과 비슷한 항목 설정이 되어 있다면 성가셔질 텐데."

주인에게서 벗어나면 작동해서 죽게 돼 있다든가, 위치를 알 수 있게 된다거나 하는 식으로 말이지.

필로는 이렇게 눈앞에 있지 않은가.

어떻게든 구해낼 수 있는 방법이 없을까 하고 마물문의 항목을 체크한다.

으응⋯⋯. 그러고 보니 필로에게 새겨 둔 마물문은 고도의 마물문이라고 그랬지?

혹시 모르니 한번 작동시켜 볼까?

"필로. 좀 아플지도 모르지만, 참고 지켜봐 줘."

나는 필로의 마물문을 발동시켜서, 제대로 작동하는지를 체크한다.

필로의 복부에 마물문이 떠오르고, 필로가 고통스러운 신음을 흘린다.

그런데 그때, 사역부가 휙 하고 젖혀졌다.

그것을 알아챘는지, 필로는 고개를 틀고 부리로 물어서 사역부를 뜯어내려 한다.

임시방편에 불과한 부적과 깊이 뿌리를 내린 고도의 마물문은 차원이 다른 모양이군.

"삐이이이이!"

"키즈나, 필로가 사역부를 떼어내려 하고 있어. 사역부와 연동돼 있는 새장을 파괴하자."

"괜찮겠어?"

"그래. 새장에는 경보장치가 안 달려 있으니까. 달려 있다고 해도, 지금은 해 볼 수밖에 없는 상황이잖아."

"알았어."

키즈나가 참치용 회칼로 새장에 슥슥 몇 번 칼질을 한다.

그러자 새장이 우드득 소리를 내며 절단되었다.

그와 동시에 마물문이 스파크를 일으키고, 필로가 힘껏 부적을 뜯어내서 내팽개친다.

직후, 마물문 작동을 멈추자, 필로가 펑 하고 인간형으로 변신해서 내게 안겨들었다.

"주인님!"

필로는 내 품에 와락 안겨서 고개를 든다.

"드디어, 드디어 날 구하러 와 준 거야? 이거 꿈 아니지?"

"그래, 구하러 온 건 사실이야. 꿈이 아니라고."

지금껏 거의 본 적이 없는, 울먹거리는 필로의 모습이 내 눈앞에 있다.

"라프~?"

라프짱이 필로 앞에 얼굴을 들이밀고 들여다본다.

"으응?"

"라프~."

"주인님, 얘는 누구야~? 라프타리아 언니랑 비슷한 냄새가 나~."

후각이 예민하군. 역시 필로라니까.

"얘는 라프짱. 식신이라는…… 생물이야. 만들어내는 데 사용하는 매개체로 라프타리아의 머리카락을 썼으니까 냄새가 비슷한 거겠지."

"흐응……. 앞으로 잘 부탁할게. 조그만 언니!"

"라프~!"

뭔가 훈훈한 두 마리로군. 그렇게 생각하고 있으려니.

"뭐냐?!"

뒤에서 자고 있던 녀석이 벌떡 일어나서 이쪽을 쳐다본다.

그러고는 눈앞에 펼쳐진 장면을 보고, 황금 알을 낳는 거위인 필로가 도망치려 하고 있는 상황이라는 걸 인식했다.

"웬 놈이냐! 모습을 드러내라!"

그리고 머리맡에 감춰 두었던 칼을 꺼내서 움켜쥔다.

"그 녀석은 내 돈줄이다! 냉큼 돌려주시지!"

"큭……."

한번 발각되면 효과가 옅어지는 건지, 우리를 가리고 있던 키즈나의 은폐 스킬이 사라진다.

"부우~!"

"무슨 수로 부적을 떼어낸 건지는 모르지만! 자! 이리로 오시지!"

그때 나는, 툭 하고 뭔가 실이 끊어지는 것 같은 착각을 느꼈다.

아마, 이미 한참 전에 갈기갈기 찢어진 줄만 알았던 내 인내심의 끈이 어느샌가 재생됐다가 다시 끊어진 모양이다.

다른 이세계에 오면서 안이해져 있었던 건가?

"호오……. 내 부하에게 손을 댄 주제에, 건방진 소리를 잘도 지껄여대는군……."

이렇게 된 이상, 뒷일이 어찌 되든 알 바 아니지.

이 녀석에게 죗값을 치르게 만드는 걸 최우선으로 삼고 싶다.

"리시아, 키즈나. 이 녀석에게 지옥을 보여주고 싶은데, 괜찮겠지?"

"도, 도망치는 것 아니었어요오?!"

"도망? 그건 이 녀석을 고문해서 정신을 파괴한 후에 할 거야."

"라~프~."

오? 라프짱도 내 기분을 알아 준 건가? 나와 같이 불길한 웃음을 머금고 있잖아.

하지만 라프타리아는 이런 반응은 하지 않는다.

역시 근본적으로는 다른 개체이니 차이가 있는 걸까?

그런 식의, 별로 중요하지도 않은 생각을 하면서 건들건들 몸을 일으킨 나는, 필로를 붙잡고 있던 공연업자 쪽으로 한 발짝 내디딘다.

"침입자다! 해치——."

앞으로 내딛는 동시에 누에 방패가 가진 전용효과, 야공성을 작동시킨다.

방패에서 '후오…….' 하는 소리가 가볍게 울려 퍼졌다.

쓸모없는 전용효과인가?

그리고 공연업자가 침입자라고 말한 직후쯤에…….

『끼이이이이이이이이이이이이이이이이이이이이이이이이이이잉!』

그런 초음파 같은 소리가 실내에 메아리쳐서, 목소리를 지워 버린다.

칠판을 손톱으로 긁는 소리를 두 배로 키워 놓은 것 같은 소리다.

키즈나와 크리스, 리시아, 필로가 재빨리 귀를 틀어막는다.

"후에에에……."

"뭐, 뭐야 이 소리는?"

"아…… 아……."

응? 공연업자가 와들와들 떨고 있잖아.

"아아아아아아아……."

그 표정은 공포로 물들어 있는 것 같았다.

"그, 그만해! 오지 마! 가까이 오지 마!"

휘휘 손을 저으며, 공연업자는 도망치듯이 방의 구석 쪽으로 이동한다.

이건…… 아무래도 내게 적대하는 상대에게 상태 이상을 부여하는 효과가 있는 방패인 모양이다.

환상이랄까, 본인의 심층 의식에 작용해서 공포심을 부추기는 것 같다.

"라프~."

라프짱이 고리를 부풀리는 동시에 마법을 자아낸다.

오? 라프타리아와 마찬가지로 환각계 마법을 쓸 줄 아는 모양이다.

시선을 집중해 보니, 공연업자가 무언가로부터 도망치는 모습이 어렴풋이 보였다.

희미한 유령 같은 무언가……. 트라우마와도 같은 무언

가가 이 녀석을 궁지로 내몰고 있는 건가……?

"네놈들이 나에게 대들 수는 없어!"

자신이 구경거리로 이용했던 녀석들이 되살아나서 원한 어린 목소리로 떠들어대는 환상이라도 보고 있는 것 같군.

"누, 누구 없나?! 이 녀석들을……."

응. 이 이상 떠들면 사람이 올 것 같군.

나는 성큼성큼 다가가서, 칼을 들고 날뛰는 공연업자에게 달려든다.

"무슨 짓이냐?!"

나에게 칼을 휘둘러 왔으므로, 막아낸다.

깡 하는 소리와 함께, 칼은 내 어깨에 막힌다.

번개 방패(중)이 작동해서 공연업자가 감전, 몸이 홱 젖혀진다.

"이…… 이럴 수가……. 괴물이냐?! 끄아아아아아아아?!"

"조용히 해……. 공포는 이제 시작이니까."

"나오후미, 그거 완전 악당 같은 대사잖아."

키즈나, 쓸데없는 태클 좀 날리지 마.

"내 부하를 구경거리로 만든 죗값을 톡톡히 치르게 해 주마. 실드 프리즌!"

대미지는 들어가지 않는 것 같았기에, 나까지 함께 프리즌 안쪽에 넣어서 가둔다.

방패로 만들어진 감옥이 출현해서, 공연업자와 나를 가둔다.

나는 공연업자의 귓가에 누에 방패를 들이대고 고음량으로 야공성을 들려준다.

음량 조절도 가능한 모양이군.

"우와아아아아아아아아아아아아아아아아아아아아아아아아아아아아아아아아아아아아!"

공연업자의 절규가 방패 감옥 안에서 메아리친다.

귀청 떨어지겠네.

"그럼…… 사정을 한번 들어볼까. 너는 어디서 무슨 수로 필로…… 아니, 선녀를 손에 넣었지?"

"누, 누가 얘기할 줄 알고?!"

"아, 그러셔?"

야공성의 음량을 한층 더 높인다.

"끄아아아아아아아아아아아아아아아아아아아아아아아아아!"

거기서 일단 중지하고 다시 한 번 묻는다.

"빨리 자백하는 게 신상에 유리할걸. 나는…… 네가 이렇게 괴로워하는 얼굴을 보려고 여기 있는 거니까."

"히이이이이이익?!"

히죽 웃어 보이자, 사내는 바들바들 떨며 공포에 찬 눈물을 흘리기 시작한다.

으음? 오줌이라도 지렸는지 하반신에서 액체가 흘러나오

고 있군.

하지만 필로가 느꼈던 공포는 고작 이 정도가 아닐 텐데?

네놈 때문에 구경거리로 전락했던 자들은 이 정도로 너를 용서하진 않을걸.

"어서."

"부, 부모님이 주신 거다! 의식을 잃은 선녀가 있다면서!"

"네 부모는 뭐 하는 녀석이지?"

"이, 이 도시의 귀족이다!"

의식을 잃고 있는 필로의 외모가 구경거리로 삼기에 적합해 보여서 붙잡았다는 건가…….

완전 쓰레기군.

"네 배경에는 그 외에 누가 더 있지?"

"나는…… 이 일대 귀족들의 대표로서 가설 공연장의 관리를 맡고 있던 것뿐이다!"

일족 단위로 근린 도시를 관리하고 있다……?

에도 시대 같은 세계니까 *봉행제도 같은 건가……? 귀족 가문들이 지배하고 있는 나라인 건지도 모른다.

그에 대한 건 키즈나에게 물어보면 되겠지.

뭐, 이 녀석에게서 짜낼 수 있는 정보는 이제 다 캐냈다고 봐도 될 것 같군.

"수고했어. 선물로 최고의 공포를 선사해 주지. 푹 쉴 수

---

*봉행제도(奉行制度) : 중세 일본에서 행정사무를 담당하는 제도.

있을 거야.”

“라프으으으⋯⋯.”

분위기 좀 탈 줄 아는데, 라프짱. 같이 웃으면서 이 녀석을 괴롭혀 보자고.

“히, 히이이이이이이이이이이이이이이이이이이!”

아아, 짜증 나는 녀석의 고통에 찬 절규만큼 듣기 좋은 게 또 있을까.

쓰레기 같은 녀석을 괴롭히니까 속이 다 시원하군.

나를 괴롭혔던 쓰레기나 빗치도 이만큼 고통스러운 목소리를 내 줬으면 좋았을 텐데.

“아아아아아, 아아아아아아아아아아아아아아아아아아아!”

발광이라도 하듯 온몸의 구멍에서 액체를 흘리고, 구토하고, 그러면서도 버둥거리는 모습을 즐기면서, 나는 공연업자가 공포에 지배당한 채 날뛰도록 방치한다.

이윽고 스위치가 꺼진 것처럼 거품을 물고, 눈동자의 흰자위를 까뒤집으며 실신했다.

“의식을 잃으면 도망칠 수 있을 거라고 생각했다간 오산이라고.”

“라프라프!”

나는 계속 공연업자의 귀에 대고 야공성을 들려준다.

오오, 의식을 잃은 상태에서도 효과가 있는 모양이다.

바들바들 경련을 되풀이하고 있다.

의식을 잃은 상황에서도, 여전히 꿈속 세계에서 공포에 지배당해 있는 것 같다.

이거 편리한데. 고문에 쓰기 딱 좋겠어.

앞으로 자주 써먹어 봐야겠다. 까부는 놈들한테.

뭐, 정신이상공격이니 한계가 있을 테고, 강한 녀석에게는 안 통할 것 같은 느낌도 들지만.

그렇게 생각하면서 나는 방패 감옥이 사라질 때까지, 의식을 잃은 상태에서도 괴로워하는 공연업자에게 야공성을 들려주었다.

"우와……."

의식을 잃고 쓰러져 축 늘어져 있는 공연업자를 보고 키즈나가 중얼거린다.

몸 여기저기에서 갖가지 액체를 흘리고 있고, 얼굴은 아직도 악몽에 시달리는 듯 공포로 물들어 있으니까. '보면 죽는 비디오' 같은 걸 본 인간의 말로 같은, 처참한 표정이다.

인간이란 의외로 튼튼하단 말이지.

이만한 일을 당하고도 실제로는 죽지 않는다니 말이야.

"후에에에에……."

리시아는 공연업자의 얼굴을 보고 겁에 질려 떨고 있다.

이 전용효과, 리시아한테 사용하면 곧바로 발광할 것 같군.

애초에 사용할 생각도 없지만.

"자, 죗값을 치르게 해 주는 일은 끝났어. 냉큼 튀자."

"그, 그래야지……. 나오후미한테 원한을 사지 않도록 조심해야겠는데? 그나저나 '튀자.'라니, 무슨 범죄자 같잖아."

하는 행동 자체는 범죄 맞잖아? 완전히 강도다. 사실은 인질 탈환이지만.

"주인님, 고마워~!"

"아, 그래, 그래."

그런 얘기를 하다 보니, 가게 밖에서 삐─ 하는 소리가 울려 퍼졌다.

뭐지? 하고 생각하며 덧문을 열고 밖을 내다본다.

그러자 관리 같은 자들이 가게를 둘러싸고 있는 게 보였다.

"저거, 가설 공연장을 적발하러 온 거라고 생각해?"

"아니지 않을까? 우리의 범행이 들통 나서 신고를 당했다든가 하는…… 그런 건가?"

보초가 어딘가에서 보고 있었다든가, 은폐 스킬을 뚫고 경보가 외부로 새어 나갔다든가 한 건가?

"범인에게 통고한다! 당장 그 가게에서 나와서 투항하라!"

응. 의심의 여지가 없군.

소란을 들은 도시 주민들이 구경꾼처럼 모여들어 있다.

"어, 어떻게 하실 거예요?! 저 많은 사람들한테서 도망칠 수 있는 거예요?!"

"리시아, 넌 이츠키와 같이 다녔으니까, 이럴 때 어떻게 도망치는지…… 알고 있겠지?"

"후에에? 이츠키 님은 활의 용사이시다, 라고 다 함께 소리치면서 싸웠는데요?"

그 자식, 그런 짓을 했던 건가.

바보로군.

하긴, 이츠키의 경우 메르로마르크의 유명 인사인 활의 용사이고 권력도 어느 정도 갖고 있었으니까.

원래는 도망칠 일 자체가 거의 없었던 건지도 모른다.

"그래서, 어쩔 건데?"

필로가 나에게 매달려 뺨을 비벼 대는 동안, 키즈나가 고개를 갸웃거리며 내게 묻는다.

나는 필로에게 파티 신청을 보내고, 필로가 승낙하는 걸 확인하고 나서 대답한다.

"이렇게 해야지. 포털 실드."

필로를 구출하기 전에 도시 밖에서 지정해 두었던 포털 위치를 선택.

순식간에 시야가 뒤바뀌고, 탈출은 손쉽게 성공했다.

성공하든 실패하든, 처음부터 이렇게 도망칠 예정이었다.

"우와!"

키즈나가 놀라서 주위를 두리번두리번 둘러보았다.

"역시 귀로의 사본이랑은 다르구나."

"규격의 차이 같은 거 아냐?"

"그런가? 어찌 됐건, 이제 추격을 따돌릴 수 있게 됐네."

"그렇다면 좋겠는데 말이야."

가설 공연장이 어두웠으니 문제는 없을 거라고 생각해 두고 싶다.

인상착의 때문에 발각되면 곤란해지겠지만, 일일이 경계하다 보면 끝이 없겠지.

"어쨌든, 빨리 이 도시에서 튀자."

"네!"

"네~에!"

"나 원 참, 결국은 도망치는 신세가 됐잖아."

그렇게 포털을 이용한 이동을 마치자마자, 우리는 한밤중의 도주를 개시했다.

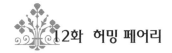 12화 허밍 페어리

한밤중의 도주를 통해 거리를 번 우리는, 이튿날 아침, 이웃 도시에 도착했다.

"근린 마을에서 죄를 지은 자들이다! 목격한 자는 곧바로 봉행으로 신고하도록!"

도시에 들렀다가, 도시 안에 수배 간판이 걸려 있는 것을 목격한다.

인상착의와 함께, 우리의 몽타주가 그려져 있다.

다만, 어둠 속이었기 때문인지 그렇게 명확하게 특징을 파악하지는 못한 것 같았다.

아⋯⋯. 식신인 라프짱의 특징이 완전 자세하게 적혀 있다. 라프짱은 좀 숨기고 다녀야겠군.

"라프짱, 미안해. 지금 네가 여기에 있으면, 우리가 필로를 되찾았다는 게 들통 날 거야."

"라프~!"

라프짱은 펑 하고 부적으로 변신해서 내 손으로 들어간다.

부적의 그림이 움찔움찔 꿈틀거리는 게, 당장에라도 뛰쳐나올 것만 같군.

키즈나도 마찬가지로 크리스를 부적으로 되돌려 놓고 있었다.

더불어 필로에 대해서는, 얼굴을 비롯한 명확한 특징들이 그려져 있었다.

등에 날개가 달린 여자로, 외모는 어린아이.

우리에게 끌려갔다는 내용이 적혀 있다고, 수배 간판을 읽은 키즈나가 가르쳐준다.

"삐이!"

그 때문에, 필로는 허밍 페어리의 모습으로 변신한 채 내 갑옷 속에 숨어 있다.

"나쁜 소문일수록 빨리 퍼진다더니, 벌써 이웃 도시까지 수배가 왔구나."

"참 부지런한 녀석들이군……."

도망치는 건 무리가 없을 것 같지만, 서서히 불안해지기 시작하는데.

"이 녀석들, 무슨 짓을 한 건데?"

도시 주민이 숙덕거리고 있는 것 같군.

일단, 귀를 쫑긋 세워 보자.

"이웃 도시에서 볼 수 있었던 선녀를 납치해 갔대."

"하늘의 사자가 선녀를 데리러 온 거 아냐? 선녀를 데리고 유유자적 모습을 감췄다는 걸 보면 말이야."

*카구야 공주냐.

세계관적으로 봐서 틀린 건 아닌 것 같기도 하지만.

그나저나…… 어찌 됐건 민중들의 소문도 진실에 근접한 곳을 찌르고 있군.

지금은 여행을 계속하는 게 좋을 것 같다.

"얘 레벨은 어떻게 할 거야?"

필로의 레벨 역시 1로 돌아와 있었다.

아니……. 어쩌면 세계에서 세계로 건너온 영향으로 레벨 1이 돼 버린 건지도 모른다.

---

*카구야 공주(かぐや姫) : 일본의 고전소설인 『타케토리모노가타리』의 여주인공. 대나무에서 태어났다고 한다. 원래는 달에서 유배를 온 공주였다고 하며, 텐노를 비롯한 수많은 남자들의 구혼을 거절하고 결국 달로 돌아간다.

"나와 키즈나는 같이 있으면 레벨이 오르지 않지만, 필로와 리시아한테 경험치는 들어오니까 문제 될 건 없겠지. 당면한 문제는 클리어했으니까."

나 자신은 어느 정도 레벨이 올랐고, 강화도 어느 정도는 해 두었다.

지금 중요한 건 그게 아니다.

"문제는 필로의 모습이 필로리알이 아니라는 점이야."

그렇다. 필로는 어째선지 이 세계의 마물인 허밍 페어리라는 마물로 변해 버린 것이다.

인간형으로 변신하는 건 가능한 것 같지만, 인간형으로 변신하면 신원이 들통 나니까 도시 안에서는 변신시킬 수 없다.

"필로, 알고 있겠지만 인간의 모습으로 변하면 안 돼. 그랬다간 다시 붙잡힐 테니까."

"삐이!"

내 갑옷 틈에 숨은 채, 필로가 울면서 떨고 있다.

워낙 끔찍한 경험을 했으니까.

"그나저나…… 마차 끄는 일을 필로에게 맡길 수 없다면 이동이 귀찮아지겠는데."

실은 내심 기대하고 있었다.

준족인 필로의 등에 타면 이동이 간편해지고, 쉽게 거리를 벌 수 있다.

그렇게 기대했건만, 막상 뚜껑을 열어 보니 필로는 필로리알의 모습으로 변신할 수 없게 돼 있었고, 이 세계만의 독자적인 마물의 모습으로밖에 변신할 수 없게 돼 있는 것이다.

"인력거라면 있는데? 돈에도 여유가 있으니 사서 쓸까?"

"……누가 끌 건데?"

"이 중에서는 나오후미밖에 없잖아. 무기로 기능 같은 걸 획득하면 무게도 가벼워질지도 모르고."

"헛소리 마."

내가 뭐가 아쉬워서 리시아와 키즈나, 그리고 필로까지 인력거에 태우고 끌고 다녀야 하느냔 말이다.

아아, 인간형 필로를 시켜서 끌게 하는 방법도 있긴 하군.

……어린애가 끄는 인력거를 타고 여행하는 거다.

옛날에 필로가 인간형 모습으로 마차를 끈 적이 있었다.

그건 위험하다. 그림부터가 너무 위험하다. 문제가 많아도 너무 많다. 게다가 지나치게 눈에 띈다.

"필로, 마차 끌고 싶어?"

"삐이!"

붕붕 고개를 가로저어 거부한다.

허밍 페어리가 어떤 마물인지는 모르지만, 마차 끌기를 좋아하는 성질은 없는 모양이군.

일단 지금은 이동을 우선시하는 수밖에 없으려나…….

보급은 딱히 필요하지 않을 것 같았기에 우리는 도시를

그냥 지나쳤고, 그제야 나도 안심하고 필로를 품속에서 꺼낸다.

그러자 필로는 인간형으로 변신해서 우리 앞에 선다.

"후……."

"어쨌거나, 필로는 이 나라를 떠날 때까지 사람들 앞에 인간형으로 내놓을 수 없겠군."

"무서웠어~."

"그랬겠지. 엄청난 목소리로 우는 게 밖에까지 들릴 정도였으니까."

"주인님, 고마워."

꼬르륵 하고 필로의 배가 우렁찬 소리를 냈다.

"주인님, 배고파."

"그래, 알았어, 알았어."

시장에서 산 과일을 필로에게 준다.

필로는 우적우적 과일을 입에 욱여넣는다.

"밥……."

"먹는 도중에 재촉하지 마."

"더 줘~."

꼬르륵……하고, 먹으면서 배곯는 소리를 내는 신기한 기술을 선보인다.

이건…… 필로의 마물 형태가 아직 아기 새인 것과 연관이 있는 거라고 봐도 좋을 것 같다.

……설마 다시 성장기에 접어든 건가?

현재의 모습은 혹시 마법으로 변신하고 있는 걸까?

이세계에 와서 아기 새의 모습으로 되돌아간 것에는 어떤 이유가 있는 걸까?

이 점에 대해 잘 아는 녀석이 있으면 물어보고 싶은데.

"나와 키즈나에게는 경험치가 들어오지 않지만, 마물이 좀 많은 곳에 들렀다 갈까?"

"원한다면 낚시로 낚아다 줄게."

키즈나가 초롱초롱한 눈으로 무기를 낚싯대로 바꾼다.

뭐지? 예전부터 생각했던 거지만, 키즈나는 낚시가 취미인가?

"낚시라……. 필로의 식욕을 감당할 수 있을 만큼 단시간에 낚을 수 있다면 괜찮지만……."

"일본보다는 잘 낚이지만 물 반 고기 반인 정도는 아닐 거야."

"그럼 기각. 아니면 손으로 잡거나 금지된 방법을 쓰든가!"

"그건 안 돼! 낚시인의 매너에 위배돼! 사악한 짓이라고!"

키즈나는 묘하게 낚시에 대해서는 열의를 보인다. 이세계의 낯선 강에서 금지된 방법…… 이를테면 번개 마법을 흘려 넣어서, 떠오른 물고기를 손에 넣는 방법도 써 볼 만하련만.

정체불명의 규칙에 연연한다.

그게 용사의 자질이라는 건가?

……아니지, 아니지.

"뭐, 낚시야 언제든지 할 수 있고, 나쁠 건 없겠지. 나오후미의 동료도 늘었으니까. 다만, 이 나라에 온 목적을 잊으면 안 돼."

"그야 당연하지. 내 목적은 라프타리아니까."

나는 라프짱의 부적을 어루만지며 선언했다.

솔직히 말해 라프타리아가 없으면 마음이 놓이질 않는다. 그 면에 있어서는, 라프짱과 함께 있으면 어쩐지 라프타리아가 가까이 있는 듯한 착각이 드니, 고마운 일이다.

구체적으로 표현하자면, 안심이 된다.

"있잖아, 주인님."

"뭐지?"

"이 언니 누구야?"

거기부터 설명해야 하는 건가……. 하룻밤을 같이 보낸 사이이건만.

"내 이름은 카자야마 키즈나. 사정이 있어서 나오후미와 같이 여행을 하게 됐어. 이 세계의 사성용사야."

"흐응. 잘 부탁해! 낚싯대 가진 사람."

역시 갖고 있는 무기로 인식하는 건가.

"안됐지만 필로, 키즈나의 무기는 낚싯대가 아냐."

"그래, 그래."

키즈나가 필로의 눈앞에서 무기의 형태를 연신 바꿔 보인다.

"어? 어? 어?"

필로의 눈길이 두리번두리번 키즈나의 무기를 좇는다.

"자, 필로. 난 뭘까요?"

"우~……."

필로답지 않게 난감해하고 있다.

키즈나 녀석, 즐기고 있군.

"뭐, 낚싯대 가진 사람이라고 부르는 것도 나쁘지는 않지만 말이야. 그야말로 낚시꾼 같은 느낌도 들고."

"맘에 들었으면 놀리지 마."

"그건 나오후미한테 맞춰 준 것뿐이야."

"그럼, 키즈나…… 언니."

오? 필로도 학습이라는 걸 한 모양인데?

그나저나 키즈나 언니라고? 어쩐지 좀 어색하다.

합법 로리 같은 외모를 하고 있으니까 말이지.

"나오후미, 무슨 이상한 생각 하고 있는 거 아냐?"

아, 눈치챘다. 시선을 돌리자.

"왜 시선을 외면한 거야?"

"그게 그렇게 궁금하냐?"

"그, 그야 뭐……."

"합법 로리가 언니라니, 라는 생각이 들어서 말이야."

"그게 무슨……."

조그맣게 목소리를 흘리는 키즈나.

그리고 필로가 우리의 대화를 무시하고 말했다.

"키즈나 언니라고 하면 안 돼?"

"아니, 문제 될 거 없어. 잘 지내보자, 필로."

"응!"

"그냥 키즈나라고 불러도 괜찮을 것 같은데 말이지."

"나오후미."

나는 다시 한 번 시선을 돌렸다.

이윽고 키즈나는 필로와 악수를 나누고 나에게 말했다.

"그럼 필로를 위해서 낚시라도 하면서 글래스 일행을 찾아볼까?"

"그러지. 레벨에 대한 불안이 없는 건 아니지만, 안전한 곳까지 가서 올리는 게 좋겠──."

아니, 우리는 라프타리아를 찾아야 하잖아.

나는 다시 노예문을 작동시켜서 확인한다. 라프타리아를 가리키는 반응은 여전히 없다.

역시 라프짱의 힘에 의지해서 가 보는 수밖에 없겠군.

필로처럼 구경거리 신세가 돼 있기라도 한다면 열불이 터질 것 같다.

필로가 카구야 공주라면, 라프타리아는…… 라프짱은 *분부쿠 차가마군.

**카치카치야마가 아니기를 빌자.

"도시에 들렀다 갈 거지?"

"들를 수 있다면 들러도 좋지만…… 식신한테 안내를 맡길 거니까 꼭 들를 필요는 없지 않을까?"

음, 하긴. 하지만 어디서든 정보를 구해 두는 편이, 여차했을 때 도움이 될지도 모르니까.

"이 세계의 아인은 엘프나 드워프처럼 생긴 녀석들이 태반이고, 동물 귀나 꼬리가 달려 있는 녀석은 드물다고 했지?"

"그래. 상당히 희소한 존재야."

흐음……. 그럼 라프타리아도 어딘가에 붙잡혀 있을 가능성이 있는 거잖아.

큭……. 무사히 있어 줬으면 좋겠지만, 필로와 마찬가지로 붙잡혀 있는 것 아닌가 하는 생각이 뇌리에서 떠나질 않는다. 글래스 일당도 같이 있다면 좋으련만.

그 녀석들은 용사 셋을 동시에 날려 버릴 수 있을 만큼 강

---

*분부쿠 차가마(ぶんぶく茶釜) : 일본의 옛날이야기 중 하나. 한 가난한 남자가 덫에 걸린 너구리를 구해준다. 그날 밤, 남자에게 너구리가 찾아와 차솥으로 변신해서 자신을 팔라고 한다. 차솥은 절에 팔려 갔는데, 승려가 차를 끓이기 위해 차솥을 불에 올리자 뜨거움을 견딜 수 없었던 너구리는 도망쳐 버린다. 남자에게 돌아간 너구리는 줄타기 하는 차솥을 보여주는 장사를 하자고 제안했고, 그 장사는 성공을 거두어서 남자는 돈을 벌고 너구리는 친구를 얻게 된다.

**카치카치야마(かちかち山) : 일본의 옛날이야기 중 하나. 노파를 잔혹하게 살해한 너구리를 토끼가 징벌하는 이야기.

하니까.

그렇게 우리는 필로와 리시아의 레벨을 올려 가며 나아갔다.

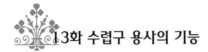 13화 수렵구 용사의 기능

"맛있다~!"

밤. 조우한 마물을 해체해서 꼬치구이를 만들어 필로에게 먹인다.

라프짱도 어느 정도 먹고 있어서, 둘을 보고 있자니 훈훈하기 그지없다.

날은 이미 저물었으니, 오늘은 야숙을 해야 할 것 같군.

"맛있어, 필로?"

"응."

"나오후미는 요리 실력이 뛰어나니까."

"핏물 빼는 게 귀찮지만 말이지."

처치한 직후의 마물은 피비린내가 지독하다.

이 악취를 향료로 덮어 버리곤 하지만, 그래도 내가 느끼기에는 냄새가 독하게 느껴진다.

"그건 기능 같은 걸로 해결할 수 있는 거 아냐? 나도 해체 기능은 갖고 있으니까."

"그야 뭐……."

그렇다. 키즈나는 나보다 해체 기능이 뛰어나서, 키즈나에게 해체를 부탁하면 내가 해체했을 때보다 고기의 품질이 높아진다.

……그래도 냄새가 완전히 가시는 건 아니지만.

뭐, 필로나 리시아나 딱히 신경 쓰는 것 같지는 않으니 문제 될 건 없겠지.

그리고 성장기를 맞이한 필로는 항상 배를 꼬르륵거리며 밥을 재촉하고 있다.

이건 예전에 있던 세계와 마찬가지인가?

필로는 원래 먹보 새였으니까.

의외로 레벨업 속도가 빨라서, 필로의 레벨은 현재 30까지 상승했다.

저쪽 세계에서도 초반은 이런 식이었던 것 같기도 하다.

그리고 거기에 맞춰 마물 형태일 때의 모습도 변화하고 있다.

필로리알의 모습으로 변신하는 것 아닌가 하고 생각했지만, 뭔가 매 같은 마물로 성장했다.

"허밍 페어리라는 건 어떤 마물이지?"

"응? 소리를 나르는 새라는 이름의 뜻 그대로, 음악을 좋아하는 새야. 성장해 가면서 서서히 모습이 변하게 돼 있지만."

"맞다! 주인님, 이것 좀 봐."

키즈나와 얘기를 하고 있으려니, 필로가 타박타박 우리 곁에서 몇 걸음 떨어진다.

그런 다음, 등에 달린 날개를 파닥거리기 시작했다.

필로리알은 날지 못하는 새다. 뛸 수는 있지만 말이지.

그렇기 때문인지, 인간형 필로의 등에 달린 날개는 단순한 장식품처럼만 보일 정도로, 좀처럼 움직이지 않는다.

물론 전투 때에는 바람을 움켜쥐는 식으로 낙법을 취할 때 사용하긴 하지만.

날갯짓을 한다고 해서 날지는 못하는 것 같았다.

하지만…….

지금은 두둥실 필로의 몸이 떠 있다.

어? 필로리알은 분명 날지 못하는 새였는데……. 아니, 생각해 보면 필로는 지금 허밍 페어리라는 마물이니까. 이제 하늘을 날 수 있는 건가?

"어때? 필로 이제 날 수 있어."

"그래, 그것참 대단하네."

다른 세계로 건너오면서, 필로의 마물로서의 부분에 변화가 일어난 모양이군.

"인간형일 때의 전투 방법 같은 것에 여러모로 변화를 줄 수 있을지도 모르겠군."

"응! 하늘을 날 수 있어서 재미있어!"

뭐, 잘된 거 아냐?

필로 자신이 나는 능력을 갖게 된 건 나쁘지 않은 일이니까.

"그런데 허밍 페어리는 어떤 공격 방법을 쓸 수 있지?"

"보통 조류형 마물처럼 발톱으로 상대를 공격하는 거지. 그 외에도 소리를 조종할 수 있어. 노랫소리가 아름다운 걸로도 유명하고."

"필로, 필로리알이던 때의 기술은 못 쓰는 거야?"

"으응…… . 있잖아~, 아직 힘이 부족해서 잘 모르겠지만, 아마 할 수 있을 것 같아~."

하이퀵이나 스파이럴 스트라이크 같은 건 쓸 수 있는 건가.

다만 레벨이 충분치 않으니까, 아직은 어렵겠지.

퐁 하고 마물 모습으로 변신한 필로가 날갯짓을 해서 내 어깨 위에 앉는다.

그 모습은 필로리알 퀸 형태일 때의 필로와 같은 색조를 띠고 있는, 날렵한 매 같은 마물이었다.

필로리알 퀸이었을 때의 토실토실한, 펭귄 같기도 하고 올빼미 같기도 한 체형과는 전혀 딴판이다.

제법 멋있는 것 같은데?

크기도 내 어깨에 앉기에 딱 적합한 정도라 귀여운 구석도 있다.

"이게 다 성장한 거야?"

"아니."

"아니라고?"

"그건 허밍 페어리의 성장 단계 중간에 해당하는 허밍 팔콘이야. 그 후에도 여러 가지 형태로 변화해 간다나 봐."

" '간다나 봐.' 라니. 너무 대충 말하는 거 아냐?"

"나라고 전부 다 알고 있는 건 아니고, 레벨에 따라서 변화한다는 것 같으니까 말이지……. 일부에서는 전설의 허밍 페어리라느니 하는 게 있다는 얘기도 전해지고 있고……."

불길한 전설이다.

뭐랄까, 필로리알과 같은 냄새를 풍기는 계보의 마물 같잖아.

"주인님~."

"뭐야, 마물 모습으로도 말을 하잖아."

"배운 거 아냐? 앵무새처럼 대답 같은 걸 할 수 있다는 모양이니까."

아아, '안녕하세요.' 라거나 '좋은 아침.' 하는 식으로 말이지?

앵무새는 냄새가 구린 걸로 유명하다. 구린 건 필로 너지만.

"라프~?"

아아, 라프짱은 냄새가 참 좋지. 뭔가 청결을 중시하니까 필로보다 훨씬 좋은 냄새가 난다.

"내가 알기로는 앞으로 여러모로 분기가 생기게 돼 있을 텐데, 필로는 어느 쪽으로 가려나 몰라."

"아, 필로, 작아질 수도 있어."

필로는 빛을 내며 아기새로 변했다.

그러고 보니까 필로리알 때도 보통 필로리알 모습으로 변신할 수 있었으니까.

바로 원래 상태로 돌아오는 걸 보면 변신에 다양성이 생긴 건가?

편리하긴 하지만 시끄러워질 것 같군.

"등에 타고 날 수 있게 되면 이동이 편리해지겠는걸."

"그런 건 내 세계로 따지면 기룡 같은 게 하는 건데. 여기에도 그런 종족이 있어?"

"응. 허밍 페어리 중에 있어."

우와아……. 하긴, 원래부터 필로리알은 말 대신 등에 탈수도 있는 마물이었으니까, 필로의 역할로 따지자면 그게 나은 건지도 모르겠다.

"이쪽에도 드래곤이나 어려운 한자 이름을 가진 용이 있으니까 그쪽 세계랑 크게 다르진 않을 거야. 다양한 종류의 허밍 페어리로 변할 수 있는 걸 보면, 필로는 아주 우수한 쪽에 속한다고 봐."

"엣헴!"

"아아, 그래, 그래, 참 대단하기도 하셔."

그런 얘기를 하고 있는데, 리시아가 필로에게 말을 걸었다.

"필로, 잠깐 얘기 좀 할 수 있을까요? 이 세계 말을 좀 배우고 싶어요."

리시아가 필로를 손짓해 불러서 뭔가 문자를 분석하고 있다.

그렇게 쉽게 문자를 해독할 수 있는 건가?

뭐, 무기의 번역에만 의존하는 나로서는 번역에 아무런 도움도 줄 수 없지만.

"알았어~. 필로 있지⋯⋯. 이제 조금 정도는 사람들 말을 알아들을 수 있게 됐어."

그렇게 얘기하면서, 필로가 리시아에게 설명을 시작했다.

"있지~. 좋은 아침은, 좋은 아침이라고 하구~, 좋은 밤은, 밤은~⋯⋯."

문제는, 필로는 남에게 뭔가를 가르치는 데 전혀 소질이 없다는 점이다.

리시아도 난처한 표정을 지으며 해독에 애쓰고 있는 모양이다.

잘 풀리면 좋겠는데 말이지.

밤하늘을 올려다보며, 나는 라프타리아의 안부를 걱정한다.

글래스 일당 쪽은 걱정하지 않아도 괜찮겠지. 어쨌거나 강한 녀석들이니까.

문제는 라프타리아다.

글래스 일당을 제외하면, 현재 이 세계에 와 있는 동료들 중에서 나와 합류하지 못한 건 라프타리아뿐이다. 어딘가에서 불안에 떨고 있는 게 아니어야 할 텐데.

그렇게 생각하고 있으려니, 내 머릿속에 떠오른 라프타리아가 불쾌해하는 것 같다.

전 그런 어린애가 아니에요, 하고 따지는 목소리가 들려오는 것만 같다.

걱정되는 건 필로처럼 어린애의 모습으로 퇴행하지 않았을까 하는 점이다.

그렇다면 제대로 싸우기가 힘들 테니까.

최악의 상황은 이 세계의 독자적인 인종으로 뒤바뀌어 버린다거나 하는 패턴이다.

라프타리아의 특징인 너구리 같은 귀와 꼬리가 다른 것으로 바뀌어 버리는 것이다.

그렇게 되면 얼굴로 판단할 수밖에 없다. 노예문이 제구실을 해 주면 다행이겠지만…….

그런 생각을 하는 동안에도, 우리의 여정은 계속되었다.

그리고 그 도중에 있었던 일.

"네, 고맙습니다. 그럼……."

리시아가 우리에게 잔돈을 받아서 도시의 책방 같은 곳으로 가더니, 책을 구입해서 돌아왔다.

단지 그것뿐이었지만, 나는 어떤 사실을 깨달았다.

"리시아, 너……."

"후에? 무, 무슨 일인데 그러세요?"

"너, 이 나라 녀석들 말을 알아들을 수 있어?"

"아, 네! 열심히 공부하고, 필로한테서도 발음을 배워서 익혔어요."

리시아는 엄청나게 득의양양한 표정으로 그렇게 말했다.

게다가, 책을 해독해서 며칠 만에 문자까지 마스터하는 경지에 다다라 있다.

뭐야, 이 녀석? 스테이터스는 하나같이 낮은 주제에 두뇌 노동 부분에 관해서는 완전히 천재가 따로 없잖아?

원래부터 메르로마르크 이외의 말들도 할 줄 알았고, 문자 역시 읽을 줄 알았다.

그리고 아직 이 세계에 있은 지 1주일 남짓밖에 되지 않았건만 벌써 언어를 마스터하다니, 도대체 얼마나 똑똑한 거냐.

리시아, 너는 완전히 책상머리에 앉아 있는 쪽이 적성에 맞는 녀석이구나.

싸움보다는 그쪽에 천재적인 재능을 갖고 있는 게 틀림없어 보이는데 말이지.

"나도 이 세계의 문자를 익히는 데 꽤 시간이 걸렸는데 말이지."

키즈나가 식은땀을 훔치며 뇌까린다.

"그렇게까지 어려운가요? 좀 특이한 구석도 있긴 하지만……."

이해가 안 간다는 듯한 표정으로 대구하는데, 어쩌면 천재들이란 다들 이런 식인지도 모른다.

아니, 그러고 보면 리시아는 스테이터스가 남들보다 전반적으로 낮다. 그 수수께끼를 풀 수 있는 열쇠가 여기에 있는 건지도 모른다.

아마 리시아는, 본인이 원하건 원하지 않건, 스테이터스 마법으로 직접 확인할 수 없는 비밀 스테이터스, 지식이나 지혜에 해당하는 부분에 모든 능력을 배분하고 있는 것이리라.

"넌 정말이지 소질이 없는 부문에 힘을 쏟아붓고 있는 거군."

어쩐지…… 가엾어서 견딜 수가 없다.

전투에 대한 소질도 있긴 한 것 같지만, 그보다 후방 지원이나 용사들을 남몰래 백업하는 포지션에 머무는 게 낫지 않았을까 하는 생각이 드는데.

그나저나, 그렇게 잘 알면 이츠키한테도 친절하게 이세계 언어를 가르쳐줬으면 될 거 아냐.

그렇게 했더라면 이츠키도 나에게 그런 무례한 소리를 지껄이지는 않았을 텐데.

뭐, 이츠키가 남에게 가르침을 구하거나 하지는 않을 것 같지만.

"후에에에…… . 어, 어째서 그렇게 동정 섞인 얼굴로 쳐다보시는 거예요오…… ."

"으응?"

필로 쪽은 원래 천재과였지. 태어난 지 사흘 만에 인간의 언어를 완전히 이해했으니까.

지금까지는 대수롭지 않게 생각했었지만, 은근히 대단한 일이다.

보아하니 이 세계의 언어도 대충 알아듣는 것 같으니, 용사가 아닌데도 말을 알아듣는 천재가 여기 있다는 셈이 되리라.

"라프?"

"라프짱은 말 안 해도 돼."

이미 필로가 있으니까. 말하는 애완동물의 정원은 한 명이면 충분하다.

"뿌~! 주인님이 뭔가 무례한 생각을 하고 있어."

알 게 뭐야.

어찌 됐건, 리시아는 본인의 자질 면에서, 스테이터스에 나타나지 않는 부분에 치우쳐 있다고 생각하면 될 것이다. 기억력도 상당한 수준이라는 건 카르밀라 섬에서 대화를 나눴을 때부터 알고 있었다.

리시아가 이츠키의 도움을 받았던 얘기를 했을 때, 근처에 우리가 있었다는 얘기를 하자 곧바로 기억해 낸 것이다.

그런 의미에서는 대단한 녀석인지도 모르겠다.

"있잖아, 리시아."

"왜 그러세요?"

"너, 원래 세계에선 어떤 공부를 했었지?"

몰락한 귀족이었으니, 혹시 자력으로 공부했다거나 하는 걸까?

"파도가 오기 전까지 포브레이에 있는 학교에 다니고 있었어요."

"아아, 그랬었군."

응? 여왕한테 들은 얘기로는 빗치도 포브레이라는 나라의 학교에 다니고 있었다고 했던 것 같은데. 어쩌면 서로 가까운 학교에 다니고 있었던 건지도 모르겠다.

"성적은?"

"우, 운동 이외에는 괜찮았어요. 전공은 고민하느라 아직 못 고르고 있었지만······."

흠, 리시아가 이렇게 자신 있게 대답하는 걸 보면, 정말로 성적은 괜찮은 편이었으리라.

공부 하나도 안 했어요, 라고 말하면서 성적은 100점을 맞는 타입일 것 같은 이미지다.

마법에 대한 자질을 포함해서 요령이 없고 전투에 소질이 없다는 이유로, 두뇌까지 근육으로 돼 있는 녀석들이 많은 학교에서 왕따를 당하는 모습이 눈에 선하다.

시대를 잘 만났더라면 좋은 직장에 들어갈 수 있었으련만……. 불쌍한 녀석이다.

게다가 결단력이 없어서 전공을 결정하지 못했다는 딱지까지 붙어 있다.

"그럼 리시아 양, 다음에 공부 좀 가르쳐줘. 알아들을 수 있을지 어떨지는 모르겠지만."

"알았어요."

리시아가 그렇게 대답했을 때, 키즈나가 이쪽을 돌아보았다.

뭐지?

"공부를 가르쳐줄 수 있을 정도로 머리가 꽤 좋은가 봐?"

"후에에에에에에에에에!"

키즈나의 유도에 완전히 걸려든 리시아가 얼빠진 절규를 내지른다.

"꽤 굉장한 수준인 거 아냐?"

"본인은 원치 않는 재능인 것 같지만 말이지. 전투에서 활약하는 정의의 사자가 되고 싶다나 봐."

"솔직히 말해서 별로 소질은 없어 보이는데 말이지."

"내 생각도 마찬가지야. 하지만 내가 강하게 만들어 주기로 약속했으니까."

"나오후미 씨……."

그렇게 나는 키즈나와 함께 리시아를 쳐다보았다.

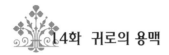

14화 귀로의 용맥

"속보요! 이리 오시라 보고 가시라!"

도시에서 요란하게 신문 같은 걸 나눠 주고 있는 상인을 발견한다.

도시 주민들이 신문을 받아서 응시하고 있는 것 같았다.

나도 은근슬쩍 받아 들고 키즈나에게 보여준다.

"읽을 수 있겠어?"

"어디 보자……. 도(刀)의 권속기 소지자가 발견되다……. 하지만 권속기 소지자가 도망치는 바람에, 국가에서 총력 추적 중……?"

"이 나라에는 도의 권속기라는 게 있는 거야?"

도……. 좀 멋진 무기로군. 소년만화에 자주 등장하는 무기다.

검과 함께 주인공이 자주 사용하는 무기 베스트 3에 들어가는 무기지.

하지만 나는, 내 이세계에 있는 검의 성무기 소지자인 렌 때문에 검이나 도에 대해 썩 좋지 않은 이미지를 갖고 있다.

이쪽 세계에서도 도를 다루는 녀석은 거만하고, 내가 최강이다! 라는 식으로 지껄일 것 같다.

도의 권속기 소지자라는 녀석에 대해서는 경계해 두는 게 좋겠다.

"아직 도의 권속기에게 선택받은 자가 안 나오고 있었던 모양이네. 도의 권속기는 이 나라의 수도에 있는 중요 건축물에서 엄중하게 관리되고 있어서, 볼 수는 있어도 소지자 선정에 도전하는 건 절차가 상당히 까다롭다고 들었는데……."

하긴, 권속기는 세계를 지키는 용사의 무기 같은 거잖아?

글래스나 라르크가 어떤 경위로 권속기를 손에 넣은 건지는 모르지만, 선택받은 사람 이외에는 뽑을 수 없는 바위에 박혀 있는 검 같은 게 연상된다.

……?

칠성용사라고 불리는 녀석들도 비슷한 느낌 아니었던가?

권속기라는 물건은, 저쪽 세계에서 칠성용사라고 부르는 존재에 해당할 거라는 심중이 한층 더 짙어졌군.

그리고 선택받은 자가 접촉하면 무기가 소지자로 인정한다거나 하는 식일까?

오스트와도 비슷한 얘기를 했던 적이 있었다.

뭐, 누구나 쓸 수 있는 건 아니겠지만, 국가 입장에서 껄끄럽게 여기는 상대가 소지하게 되면 위신에 금이 갈 테니 국가 측에서 관리하고 있는 것이리라.

"일단은 국력의 상징 같은 무기니까……. 도망친 사람의 행방을 쫓고 있는 모양이야."

"헤에……."

자기가 나서서 도전했으면서…… 왜 도망치고 있는 거지?

"이 기사, 뭔가 좀 이상한데."

"뭐가 이상한데?"

"권속기 소지자에 관한 구체적인 기술이 의도적으로 삭제돼 있는 것 같고……. 동행인도 그냥 남녀 세 명이라는 식으로 너무 애매모호하게만 적혀 있어. 남자가 두 명인지 여자가 두 명인지 하는 것도 안 나와 있잖아."

유력한 가능성은, 권속기에게 선택받은 사람이 다른 나라 국민이라서 손에 넣은 권속기를 갖고 어딘가 다른 나라로 도망치려 하고 있다거나 하는 건가?

전쟁의 불씨가 될 가능성까지 있는 사건이니까.

내가 있던 이세계에서도 용사의 무기 때문에 분위기가 흉흉해졌었다고 메르로마르크의 여왕이 얘기했던 기억이 난다.

사성용사를 손에 넣으면 그것만으로도 권력을 얻을 수 있다는 모양이니까.

그런 수상한 녀석이 권속기에게 선택받으면 일단 도망치고 보겠지.

"으~응?"

리시아와 필로는 고개를 갸웃거리고 있었다.

아아, 참고로 라프짱은 내 품에 안긴 채, 계속 손짓으로 방향을 알려주고 있다.

얌전하고 깜찍한 녀석이라니까.

그리고 우리는 라프짱의 안내에 따라 나아갔다.

그 도중에 검문에 걸렸다.

"멈춰라! 현재, 이 너머에는 범죄자가 잠복하고 있다. 미안하지만 지나가고 싶거든 우회하도록."

뭔가 무사 같은 녀석이 창으로 길을 막고 있다.

이걸 어쩐다……. 뭐, 쓸데없이 소란을 일으킬 수도 없기에 우리는 지시에 따라 우회하기로 했다.

그런데…… 라프짱과 크리스가 손짓하는 방향이 바뀌었다.

아무래도 라프타리아와 글래스 일당은 봉쇄되어 있는 지역에서 오도 가도 못하고 있는 모양이다.

다행이라고 안도하는 동시에 불길한 식은땀이 흐른다.

범죄자가 잠복해 있는 곳에 있다니 운도 없군.

어떤 의미에서는, 폭풍우의 한가운데에 휘말려 있는 상황이나 다름없잖아.

최악의 경우, 글래스 일당이 도의 권속기 소지자와 적대하고 있을 가능성도 존재한다.

불길하게 가슴이 뛰는 가운데 나와 키즈나는 서로를 마주 본다.

"어쩔 거지?"

"그야 당연하지. 지붕을 따라 침입해서 찾으면 돼."

"잠깐 키즈나, 생각해 둔 방법이 있어."

"뭘 하려는 거지?"

"필로."

"뭔데~에?"

현재 필로는 허밍 팔콘이라는, 날 수 있는 조류형 마물인 것이다.

다시 말해, 정찰에는 안성맞춤이라는 얘기다.

현재도 당연하다는 듯이 내 어깨 위에 앉아 있다.

어쩌면, 이 세계에 온 후로 인간형일 때 끔찍한 일을 당한 트라우마가 있기 때문인지도 모른다.

낯선 도시에서는 가능한 한 마물의 모습으로 있으면서, 내게서 떨어지지 않으려 한다.

팔에 안겨 있는 라프짱까지 합치면, 방패 용사라기보다는 마물사 같은 느낌이 들 것 같다.

"이 일대를 가볍게 날면서 라프타리아가 있는지 찾아봐 줘."

"에……. 누가 또 필로를 노릴 것 같은데……."

필로는 노골적으로 싫은 티를 내면서 대답한다.

확실히 현재 모습은 완전히 새다.

사냥꾼 같은 녀석의 활에 맞기라도 하면 그걸로 끝장이겠지.

"이제 걱정할 것 없어. 아까 하늘을 날아다니는 야생 마물도 봤잖아? 그리고 여기는 네가 붙잡혀 있던 나라가 아니니까 조금 정도는 괜찮아."

"정말 괜찮아? 필로가 공격당하면 주인님이 구해줄 거야?"

"그래, 구해줄게. 내가 거짓말하는 거 봤어?"

"응, 봤어~."

"……하긴, 그랬지. 하지만, 이번에는 네 힘이 필요한 상황이야. 힘을 빌려줄 수 없겠어?"

시야가 닿는 범위 안에서라도 좋으니, 격리되어 있는 지역을 상공에서 조사해 달라는 것이다. 이 정도면 문제 될 것 없다.

만약에 공격을 당하더라도 단박에 알 수 있을 것이다.

"알았어~."

이렇게 된 김에, 노예문을 작동시켜서 라프타리아가 근처에 없는지를 확인해 보자.

그렇게 생각하고 노예문 항목을 연 순간…… 나는 아연실색했다.

라프타리아의 등록 부분이 어느샌가 사라져 있었던 것이다.

도, 도대체 어떻게 된 거야?

불길한 식은땀이 왈칵 분출되고, 등골이 얼어붙는 것 같은 착각에 휩싸인다.

설마 라프타리아가 죽…….

"라프~?"

재빨리 라프짱을 끌어안아서 마음을 진정시킨다.

응. 어쩐지 라프타리아가 곁에 있는 것 같은 느낌이 들어서 마음이 놓이는군.

"라프으……."

라프짱이 수줍은 듯 뺨에 손을 대고 있다.

일단 머리를 쓰다듬어 주자.

"주인님, 뭐 해?"

"그건 신경 쓸 것 없고, 조사 좀 해 줘. 라프짱도 라프타리아가 어디 있는지 가르쳐줘."

"라프!"

라프짱은 여전히 같은 방향을 가리키고 있다.

이건…… 응. 아마 라프타리아가 죽는 바람에 노예문이 사라진 건 아니다.

뭔가 사정이 생겨서 노예문을 해제했다, 혹은 해제당했다……. 대충 그런 것이리라.

그렇게 생각해 두기로 하자.

"그러니까 필로, 좀 날면서 살펴봐 줘."

"네~에."

필로가 파다닥 날갯짓을 해서 높이 날아오른다.

우리는 그 모습을 눈으로 좇았다.

보아하니…… 딱히 공격을 당하는 기척은 없다.

잠시 후, 이윽고 필로가 우리 곁으로 돌아왔다.

"있잖아~, 뭔가 술래잡기를 하는 사람들이 있었어~."

"누가 술래가 돼 있었지?"

"천을 뒤집어쓰고 있어서 잘 모르겠어. 더 가까이 갈까 했는데, 뭔가 무서운 마물이 쫓아오기에 도망쳐 왔어~."

"무서운 마물?"

뭐지? 이런 도시 안에 마물이 침입해 있다고?

아니, 필로와 비슷한, 사역마라는 마물을 부리고 있는 자가 추적하고 있을 가능성도 있겠지.

"가 보는 수밖에 없을 것 같네."

"확인해 보는 의미에서 말이지……. 그 술래가 돼서 쫓기고 있는 쪽이 라프타리아가 아니어야 할 텐데."

키즈나가 건물 지붕을 향해서 낚싯바늘을 던져서 걸치고, 지붕으로 올라간다.

재빠르군. 릴이 회전해서 제법 빠른 속도로 끌어올려 준다.

"에어스트 실드, 세컨드 실드, 드리트 실드."

내 쪽은 방패를 출현시켜서, 계단 같은 발판을 만들어 척척 올라간다.

"자, 리시아도 따라와."

"후에에……."

지붕으로 올라온 우리는 무사 같은 녀석들의 눈을 피해 가며, 격리된 지역의 지붕을 타고 이동한다.

라프짱과 크리스가 가리키는 방향이 조금씩 변화해 간다.

이윽고 우리는 탁 트인 공터 같은 공간에 다다른다.

저쪽 지붕까지 조금 거리가 있군.

일단 내려갔다가 다시 올라갈까.

그렇게 생각하고 착지해서, 발걸음을 옮기다가…… 로브를 뒤집어쓴 자들과 딱 마주치고 말았다.

"큭……."

젠장, 라프타리아와 글래스 일당을 찾고 있었는데 성가신 녀석들과 맞닥뜨리게 되다니.

이러다가 이 녀석들을 쫓고 있는 자들까지 나타난다면 엄청나게 성가셔진다고.

만약에 대비해서 이쪽도 가면을 써서 가리고 있지만.

포털로 도망쳐서 다시 한 번 상황을 지켜볼까?

재빨리 전투태세로 들어간다.

그런데 그때——.

"라프~!"

라프짱이 소리치면서 녀석들 중 한 명을 힘껏 가리켰다.

키즈나의 크리스 역시, 그 옆에 있는 녀석을 향해 울고 있다.

"나오후미, 잠깐."

"왜 그래?"

"이거 혹시……."

나는 가면을 벗어서 내 얼굴을 상대에게 보여준다.

키즈나와 리시아도 나를 따라 가면을 벗었다.

그러자 상대도 적의를 상실한 듯 전투태세를 풀고 한 발짝 앞으로 나선다.

"꼬, 꼬마! 그리고 키즈나 아가씨?!"

선두에 서 있던 키 큰 녀석이 얼굴에 뒤집어쓰고 있던 후드를 벗고 얼굴을 드러낸다.

그 얼굴은, 라르크였다.

로브를 벗으니, 이 나라 모험가의 복장에 맞춘 건지 신센구미 같은 옷을 입고 있다.

아무래도 이 세계에서는, 천에도 강력한 방어력이 있는 모양이다.

하늘색 무늬가 들어간 하오리, 라르크의 얼굴에 잘 어울린다는 생각이 든다. 이 녀석, 혹시 무슨 옷이든 자연스럽게 소화해 내는 거 아냐?

설마 라르크 일당이 쫓기고 있었을 줄이야……. 의도적으로 피해 왔던 상상이 그대로 현실화돼 버렸잖아!

우연이란 게 이렇게 무서운 거였다니!

라르크 뒤에 있던 한 사람이 키즈나를 향해 달려왔다.

"키즈나! 도대체 어디 있었던 거예요?! 그리고 그보다 왜 나오후미와 같이 있는 거예요?!"

로브를 벗은 글래스가 눈물이 그렁그렁한 채 키즈나를 끌어안는다.

우와아……. 냉정함의 대명사와도 같던 글래스가 그런 얼굴을 보이다니, 엄청나게 희귀한 광경을 본 것 같은 기분이다.

누구에게나 소중한 건 있기 마련이겠지만, 항상 차분하기만 하던 녀석이 이런 표정을 지으니 위화감이 장난 아니네.

"재회를 기뻐하는 건 좋지만, 추격자가 오고 있어요. 조심하세요!"

테리스 역시 로브를 벗고 얼굴을 보여주었다.

이쪽은 하카마 차림이다. 무늬는 보석을 모티브로 한 것 같다.

쪽물로 염색해서 무늬를 넣은 걸까? 뭔가 좀 다른 것 같은 느낌이 든다.

움직일 때마다 보석 무늬도 움직이는 것처럼 보이는 건…… 단순한 착각일까?

나머지 한 사람은…… 라프타리아라고 봐도 되려나?

라프짱은 마지막 한 사람…… 내 쪽으로 달려오는 녀석을 가리키고 있다.

"라, 라프타리아?"

"네."

로브를 벗은 상대…… 라프타리아가 내게 얼굴을 보여주었다.

보들보들한 털이 난 둥그스름한 귀, 등까지 늘어뜨린 부드러운 머리칼, 빨려들 것만 같이 깊은 눈동자, 탄력 있고 아름답게 흔들리는 꼬리.

오랜만에 만난 라프타리아는 어쩐지 빛이 나는 듯 아름다웠다.

그 라프타리아도 나와의 재회가 기쁜 듯, 웃으며 내 곁으로 온다.

그리고 복장은, 빨간 무녀복 같은 걸 입고 있었다.

뭐지? 나는 전기가 오르는 것 같은 무언가를 느꼈다.

다시 한 번 라프타리아를 자세히 살펴본다.

라프타리아가 입고 있는 무녀복은 심플한 형태다.

상의는 하얀 천에 빨간 선이 박음질되어 있어서, 약간 리본처럼 보인다.

하지만 그 빨간 선은 워낙 섬세하게 수놓여 있어서, 흰색에 흠집을 내는 게 아니라, 어디까지나 흰색을 돋보이게 하는 정도에 그치고 있다.

하의인 하카마는 전형적인 짙은 빨간색으로, 라프타리아의 모습을 화사하게 보이게 한다.

게다가 꼬리가 밖으로 나올 수 있도록 꼼꼼하게 가공까지

되어 있다.

발에는 흰 버선에 짚신을 신고 있다.

응, 라프타리아에게 아주 잘 어울리는군.

왜 무녀복이지? 어울릴 거라고 생각은 했지만, 이렇게까지 잘 어울릴 줄은 몰랐다.

뭐랄까…… 쿄를 물리치고 원래 세계로 돌아간 뒤에도 이 복장을 입히고 싶다는 생각이 머릿속에 가득해진다.

이상하네. 나는 무녀에 대해서는 보통 오타쿠들 정도의 감각밖에 없었고, 라프타리아에게 억지로 입히고 싶다는 생각은 해 본 적도 없었는데…….

"이제야 만났네요, 나오후미 님!"

"너무 오래 기다리게 만든 모양이군. 미안해."

"아뇨……. 상황이 상황이었으니까요……. 나오후미 님은 별 탈 없었나요?"

"뭐, 이런저런 일이 있긴 했지만 말이지."

무한미궁이라는 성가신 공간에 처박히기도 했고, 우리를 무한미궁에 처넣은 적국 내부에서 항상 주위를 경계하며 이동하기도 하고…… 정면돌파를 감행하기도 하고.

응. 말 그대로 이런저런 일이 있었다.

"그나저나…… 잘 어울리네, 그 옷차림."

"나오후미 님이 칭찬을 해 주시다니…… 뭔가 느낌이 이상해요."

내가 그렇게 칭찬에 인색했던가?

"원래 세계에서도 그 차림으로 지내는 건 어때?"

"제 이 차림이 그렇게 마음에 드셨나요?"

"잘 어울리는 것 같아서."

그렇게 말하자, 라프타리아의 뺨이 어렴풋이 붉어졌다.

수줍어하는 건가?

뭐, 라프타리아의 실제 나이는 아직 어린애니까.

칭찬을 받으면 그 또래답게 수줍어하는 게 당연하겠지.

"그렇지? 역시 그렇게 생각하지?"

라르크가 득의양양해하며 말한다.

네가 라프타리아에게 이런 옷을 입힌 거냐.

일솜씨가 제법 괜찮은데. 역시 훔쳐보기에 도가 튼 놈은 다르다니까.

그렇게 황당해하고 있으려니, 뭔가 맹수의 울음소리 같은 것이 들려온다.

오랫동안 얘기를 나누고 있을 시간은 없을 것 같다.

"키즈나, 구원 부적을 써."

"잠깐만 기다려 봐."

키즈나가 부적을 이마에 대고 의식을 집중한다.

하지만…….

"틀렸어……. 통신 방해가 걸려 있는 것 같아. 여기서 빠져나가지 않으면 불러낼 수 없을 것 같아. 라르크 오빠들 모

습을 보면 귀로의 사본도 못 쓸 것 같고."

"그럼 포털로 날아갈까?"

"부탁해도 되겠어?"

"그래. 머릿수가 좀 많지만 말이지."

포털로 몇 명이 이동할 수 있는지는 아직 확인해 보지 않았다. 하지만, 지금은 그런 걸 신경 쓰고 있을 시간이 없다.

일단 라프타리아 등에게 파티 신청을 보낸다.

"포털——."

말을 마치기도 전에, 뭔가 이상한 기척이 느껴졌다.

그건 이 현장에 있는 전원이 공통적으로 느끼고 있는 것 같았다.

그리고 시야에 포털 아이콘이 떠오른다.

전송 불가.

엉? 이 세계에 온 후로, 전송이 불가능한 사태는 이번이 처음인데.

이것과 비슷한 감각을 돌이켜 보자면…… 영귀 주변으로 전이하려 했을 때와 비슷한 것 같다.

"이런, 설마 정말로 나한테서 도망칠 수 있을 거라고 생각하는 거야? 응? 머릿수가 늘어났잖아."

목소리가 들린 방향을 쳐다보니, 라프타리아 일행을 쫓고 있던 것으로 보이는 자들과, 그들이 사역하는 마물들이…… 길을 가로막고 있었다.

"네놈들은?! 여기서 만난 이상 끝장이다! 그때 당한 굴욕을 갚아 주마!"

뭐랄까, 완전히 얕잡아 보는 태도로 우리를 노려보고 있다.

이 녀석은 전에도 본 적이 있었는데.

우리가 용각의 모래시계를 이용해서 전송했을 때 싸웠던, 천재 술사라던가 하던 녀석이었다.

"아아, 그러고 보니 이런 녀석이 있었지. 이름은…… 뭐였더라?"

가능하면 만나고 싶지 않았지만, 어차피 언젠가는 싸우게 될 운명이었던 것 같은 느낌이 든다.

보아하니 거느리고 있는 여자들이 지난번보다 더 많아졌다. 어쩐지 짜증 나는 녀석이군.

모토야스 같은 분위기라고 해야 할까?

"이번에야말로 대가를 치르게 해 주고 말겠어!"

"국가를 어지럽힌 죄! 얌전히 오라를 받으시지!"

"맞아. 감히 우리에게 망신을 줬겠다?!"

여자들에게 둘러싸여서, 뭔가 희희낙락하는 표정이다.

재수 없는 놈들이군. 엄청나게 어색한 관계처럼 보이는 건 내 착각인가?

여자들 끌고 다니면서 뭘 거드름 피우고 있는 거야. 그렇게 따지고 싶은 생각도 들지만, 내가 데리고 다니는 동료들도 비슷한 상황이니 잠자코 있도록 하자.

"우리 이름도 모른 채 우리 나라에 있다고……?!"

"어리석긴!"

"듣고 놀라지나 마시지. 너희 앞에 있는 분이 누구신지를 똑똑히 듣기나 해. 이분께선 우리 나라 최고의 마술사이자 뭇 사람들의 희망——."

그런데…… 뭔가 모토야스와는 다른 느낌이 든다.

모토야스는 재수는 없어도 여자들한테는 살갑게 대하는데, 이 녀석의 경우는 여자들의 태도가 이츠키의 무리에 가깝다.

도대체 어떻게 돼먹은 놈들일까.

말투에만 신경을 쓰느라, 정작 이름 자체는 내 귀를 스쳐 지나가고 말았다.

"——시란 말이다! 덜덜 떨지나 말라구! 너희와 말을 섞으실 만한 분이 아니란 말이야."

"알 게 뭐야. 저기…… 이름이 뭐랬지?"

이 녀석의 이름이 마이동풍처럼 도무지 귀에 들어오지 않는다.

뭐랄까…… 이츠키를 불쾌하게 여기기 때문인지, 이런 타입의 인간은 외모는 기억할지언정 이름은 기억할 생각이 좀처럼 들지 않는단 말이지.

"끝까지 재수 없게 구는 자식이군……. 그 몸에 내 이름을 새겨 주마."

이츠키 같은 녀석의 이름을 기억하라니, 무슨 헛소린지 모르겠군.

그리고 그 등 뒤에는 커다란 하얀 호랑이 같은 괴물이 으르렁거리고 있다.

눈매는 야수 그 자체이고, 침을 질질 흘리고 있는 게…… 참으로 짐승답다.

다만…… 뭔가 심상치 않은 분위기가 감도는 것 같다.

기척이 이상하다고 해야 할까. 나도 이세계에 오래 있다 보니, 감각이 너무 민감해진 건가?

"보아하니 이 도둑과는 한패인 모양이군. 어쩐지 짜증이 솟구치더니만."

"도둑? 무슨 소리를 하는 거야?"

"나오후미 님……."

라프타리아가 미안한 듯 로브 속에서 조심스럽게 손을 꺼내서…… 내게 무기를 보여준다.

그 손에는 어째선지 도 한 자루가…… 칼집도 없이 쥐어져 있었다.

……으음, 그러고 보니 도의 권속기 소지자가 발견됐는데 도망 중이고, 라프타리아의 노예문이 어느 틈엔가 사라진 상황이다.

그리고 권속기 소지자를 쫓고 있다고 그랬었지, 아마?

추적자는 이놈들이 분명하다.

도대체 어떻게 된 거지?

아니, 알고는 있지만, 내 감정이 그걸 이해하는 걸 방해한다.

"왜 도망친 거지? 이 나라 녀석들이 쌍수를 들고 중진으로 받아들여 줬어야 하는 거 아냐?"

애초에 라프타리아 일행은 왜 도둑 취급을 받으며 도망 생활을 하고 있는 거지?

글래스와 라르크라는 강한 녀석들이 같이 있는데 말이다.

"그게⋯⋯."

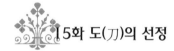

15화 도(刀)의 선정

라프타리아 일행의 얘기를 간략하게 간추리면 이렇다.

적지에 떨어진 라프타리아, 글래스, 라르크, 테리스는 레벨의 힘을 감퇴시키는 성가신 특성을 가진 지역에 세워진 감옥에 수감되었다고 한다.

나와 키즈나가 '설마 거기에 있을 리는 없겠지.'라면서도 혹시나 하고 걱정하던 곳에.

수감된 자의 마력을 감퇴시키는 마법이 항상 걸려 있고, 간수는 반대로 강력한 힘을 얻게 되는⋯⋯ 그런 곳이라 한다.

내가 갇혀 있던 무한미궁 같은 성가신 공간에 갇혀 있지는 않았다는 게 불행 중 다행이라고 해야 할까?

글래스와 라르크의 도움도 있었기에, 라프타리아는 환각 마법을 이용해서 궁지에서 벗어났다고 한다.

하긴, 힘이 감퇴됐다고는 해도 권속기의 소지자가 패할 리가 없겠지.

그나저나 라프짱에만 의존하느라 길드나 국가의 정보기관을 조사하지 않았던 건 우리의 실책이었던 셈이군.

라프타리아 일행이 탈옥해서 이렇게 대대적으로 쫓기고 있었다면 더 빨리 정보를 얻을 수 있었던 건지도 모른다.

좀 몰래몰래 움직이라고, 우리처럼.

"그나저나 너희는 권속기 소지자잖아? 대대적인 토벌 같은 건 없었어?"

"우리가 활동하고 있다는 게 외부에 드러나면, 우리가 소속된 국가가 쳐들어올 대의명분이 생기게 되니까, 일을 크게 키울 수는 없었겠죠. 그걸 피하기 위해 정보조작을 한 것이 역효과를 가져온 것 같아요."

글래스가 그렇게 설명했다.

그렇군. 그래서 이웃 나라에 있던 우리는 애매한 정보밖에 얻을 수 없었던 거였나 보다.

이른바 국제 문제가 돼서 사태가 성가셔질 수 있으니까.

세계를 지키는 용사 같은 자들을 지명수배하는 건 사람들 보기에도 좋지 않다.

게다가 권속기란 권력의 상징과도 같은 거니까, 비밀리에 처형이라도 해 놓고 소유자가 없는 권속기가 있다고 발표하는 편이 효과적이라고 인식한 거겠지.

권속기란 성가신 물건이군. 국민들 중에서 다음 소지자가 발견되면 그자를 권력의 상징으로 내세울 수 있다는 건가.

사성무기는 소환된 이세계인 한정이니까 그런 고민은 별로 필요없는 것 같다.

메르로마르크 여왕의 얘기에 따르면 용사를 소환하기 위해서는 도구가 필요하다는 모양인데, 권속기보다는 취급이 엄중한 것 같다.

우리가 있던 쪽 세계에서는 소지자의 생사를 알 수 있으니 국제 문제의 증거로 삼기도 용이하겠지.

"그래서? 위치 파악이 어려웠던 이유는 알겠는데, 그 뒤에는 어떻게 된 거지?"

"얘기를 계속할게요. 탈옥한 후에는——."

그 뒤에는 어떻게든 국외로 탈출하려고, 잠복해 가면서 국가의 수도에 있는 용각의 모래시계로 향했다고 한다.

전력은 충분하니 힘으로 밀어붙여서라도 용각의 모래시계까지 도착하기만 하면 충분히 도망칠 수 있을 거라고 생각했다는 모양이다.

나나 키즈나와 같은 발상이군.

그 도중에 라프타리아는 글래스 일행의 힘을 빌려서 다소

나마 레벨업을 했다고 한다.

"이 아가씨, 엄청 작아졌었어. 열 살 정도로밖에 안 보일 정도로."

"아아, 역시 성장이 초기화됐던 모양이군."

그래도 필로처럼 아예 다른 종족이 돼 버리지는 않아서 다행이다.

라프짱처럼 변신할 수 있게 됐다면 그것도 나름대로 괜찮았을 것 같기도 하지만, 본인 입장에서는 싫어했겠지.

"금방 돌아와 버려서 얼마나 아깝던지 몰라. 꼬마도 보고 싶지 않아? 아가씨의 어린 모습."

"옛날에 보긴 했었지만……. 뭐, 볼 기회가 있다면 보고 싶긴 하지."

게다가 무녀복이잖아? 엄청나게 잘 어울리지 않았을까?

귀여움이 두 배였겠지?

이런, 이런. 무슨 무녀복에 환장한 놈 같잖아.

뭐, 라프타리아의 어린 시절 모습은 가슴속에 소중히 간직해 두도록 하자.

그때 얘기는 나중에 라르크한테 자세히 물어봐야겠다.

"나오후미 님!"

끄응……. 얼굴이 새빨개진 라프타리아한테 꾸중을 들었군.

"그, 그 탓에 얼마나 힘들었는데요. 이 모습으로 돌아오는 것도……. 두 번째 성장기를 경험하는 게 얼마나 힘들었다구요."

"성장통 때문만은 아니었겠지."

"무슨 말씀이에요?"

"어린 시절의 라프타리아는, 필로에 못지않을 만큼 먹는 걸 좋아했으니까."

"성장기라서 그런 거예요!"

틀린 말은 아니다.

애초에 아인이란 원래 그런 종족이라는 모양이고 말이지.

"그런데 왜 라프타리아가 도를 갖고 있는 거야?"

"그게 말이죠, 수도에는 권속기가 놓여 있는 광장이 있는데, 거기서 행사가 있었어요. 권속기 후보자들이 도전하는 행사가요."

"적국이라고는 해도 권속기 소지자가 나타날지도 모르는 상황이었으니까 우리도 민중 속에 섞여서 보고 있었죠."

글래스가 불쾌한 듯 중얼거렸다.

그 후로 상황이 썩 좋지 않게 돌아갔다는 걸 척 봐도 알 수 있겠군.

적국이라고는 해도 용사가 어떤 인물인지를 확인하고 싶었던 거겠지. 뭐, 책의 권속기 소지자가 구제불능의 쓰레기였으니 그러는 것도 이해가 가긴 하지만.

얘기가 잘 통하는 상대라면 협력하는 것도 나쁜 방법은 아닐 것이다.

"흥, 네놈들이 뻔뻔스럽게 도망쳐 버리는 바람에 말이지. 나라에서도 마음먹고 나에게 권속기를 주려고 했다고! 그런데 네놈들이!"

이 자식 참 시끄럽네.

전쟁을 회피하기 위한 지혜를 짜내라고. 자기 나라의 인재만 늘릴 생각만 하다니, 파도를 우습게 보고 있는 거 아냐?

"그리고…… 저분이 국가의 중진들을 거느리고 와서, 수많은 관중들이 지켜보는 가운데 도의 권속기를 뽑기 위해 도전하려 한 바로 그때……."

내 뇌리에 그때의 영상이 떠오른다.

지금 우리와 적대하고 있는 묘한 녀석이, 바위에 꽂혀 있는 도를 뽑으려 하고 있다.

그 주위에는 이번 도전으로 권속기 소지자가 결정될지도 모른다는 기대로 가슴이 부풀어 있는 민중들.

그 민중들이 다가오지 못하도록 경호하는 병사들.

한 발짝, 또 한 발짝 발걸음을 옮겨서, 도를 움켜쥐려고 손을 뻗은 바로 그 순간!

도가 빛으로 변해 번쩍이더니…… 어째선지 청중 속에 있던 라프타리아의 손으로 날아가서 실체화되었다.

"그런 일이 생기고…… 왠지는 모르지만 제가 도의 소지자로 선택된 거예요."

"그러고 보면 충분히 가능성이 있는 일이었는지도 모릅

니다. 라프타리아 양은 부채의 권속기 소지자인 저나, 낮의 권속기 소지자인 라르크와 이세계에서 대등하게 싸울 수 있을 만큼의 힘을 갖고 있는 분이니까요."

하긴, 라프타리아는 꽤 강하니까.

용사는 아니지만 나와 함께 수많은 고난을 극복해 왔다.

라프타리아가 없었더라면 극복하기 어려웠을 문제도 얼마든지 있었다.

"그래서?"

"자기가 소지자가 되지 못한 것에 분노한 저분이 저를 도둑 취급하면서, 난폭한 마물을 데리고 쫓아오기 시작한 거예요! 저희는 필사적으로 도망쳤지만, 끈질기게 계속 쫓아오는 바람에⋯⋯."

"그 도는 내 것이 되었어야 했다. 그러니까 그만 내놓으시지, 이 도둑놈들!"

나는 말없이 라프타리아 쪽을 쳐다본다.

솔직히 말하면 글래스 쪽 세계의 권속기가 왜 라프타리아를 선택한 건지 이해가 안 간다.

권속기 소지자는 이세계로 건너가서 사성용사를 죽이는 역할을 맡은 존재라고 했잖아?

그건 다시 말해 라프타리아가 나와 적대하게 된다는 뜻이잖아.

애초에 왜 이세계인인 라프타리아를 선택한 건데?

아무리 생각해도 무리가 있잖아.

……아니, 그렇게 따지자면 이세계인인 내가 방패 용사 노릇을 한다는 점부터가 이상한 건가?

"저는 못하니까 권속기에게 그렇게 얘기해 달라고, 글래스 양이랑 테리스 양에게 몇 번이고 부탁드렸어요. 하지만 도의 권속기는 저한테서 떨어지려 하지 않았어요."

"애초에 그거, 떼어놓을 수 있는 거야? 떼어놓을 수 있는 방법이 있다면 나는 주저 없이 내 방패를 버릴 텐데……."

무기에게 말을 건다는 게 가능한 일인가?

그럼 나는 이 방패를 주저 없이 내버리고 싶은데.

공격을 못하다니, 성가시기 짝이 없다.

그 덕분에 여러모로 도움을 받은 적도 있지만, 그렇다고 오로지 방어밖에 못하게 만들 필요까진 없잖아.

좋아.

"방패, 지금 당장 사라져."

"밑도 끝도 없이 그렇게 말씀하시면 어떡해요?!"

"그러니까 나는 너를 죽이고 새로이 도의 소지자가 되어야 한단 말이다!"

적의 외침에, 함께 있던 하얀 호랑이가 포효를 내지른다.

"아까부터 무슨 구실이 그렇게 많은지 원……."

일이 자기 마음대로 안 풀린다고 떼를 쓰는 어린애 같은 녀석이다.

보고 있기만 해도 부아가 치민다.

바보 용사들이 떠오른다.

"무슨 얘긴지 대충 알겠어. 한마디로 권속기에게 선택받은 녀석이 마음에 안 들어서 국가의 힘을 총동원해서 쫓아오고 있다는 거지?"

"그런 셈입니다……. 쏟아져 오는 불티들을 떨쳐내기는 했습니다만, 보시다시피 수가 너무 많은지라……. 가까스로 수도에서 여기까지 도망쳐 왔을 때, 키즈나와 나오후미와 재회한 것입니다."

"대충 알겠지? 꼬마와 키즈나 아가씨, 어떻게 좀 안 되겠어?"

미안해하는 기색도 없이, 라르크가 묻는다.

우리가 무슨 히어로냐! 우린 둘 다 대인 공격 능력이 낮잖아.

방금 그 얘기로 미루어 보아…… 이런 거잖아?

여기서 이 녀석들을 해치우더라도, 끝도 없이 몰려오는 이 나라의 추적자들로부터 도망쳐야 한다 이거지?

안 그러면 국가의 위신 문제를 넘어 나라 자체가 위태로워지니까.

필사적으로 달려들 만도 하다.

"힘을 과시하면 되는 거 아냐? 너희, 강하잖아?"

"이 녀석들이 포기를 안 하니까 그러잖아. 이 녀석들도 묘하게 레벨이 높아서 말이지."

"흥. 고작 이국의 권속기 소지자인 네놈들이 우리를 당해낼 수 있을 것 같아? 이것들 완전 바보들 아냐?"

"바보는 너겠지. 자기 마음대로 안 풀린다고 철딱서니 없게 떼쓰지 마!"

"뭐가 어째?!"

권속기란, 요컨대 사성무기와 마찬가지로 세계를 지키기 위해 존재하는 무기잖아!

그 무기가 선택한 용사를, 그저 자기 마음에 안 든다는 이유만으로 제거하려 드는 발상 자체가 제정신이 아니다.

생각하는 게 그 모양이니까 도의 권속기에게 선택받지 못한 거겠지.

"……."

생각해 보면 라프타리아를 비롯해서, 글래스와 라르크, 테리스, 이들 모두 노력가의 면모가 강하다.

우리와는 달리 상당히 험난한 여정을 계속해 왔다는 건가…….

나도 모르게 한숨이 나오는군.

키즈나에게 시선을 돌린다. 그러자 키즈나는 꾸벅 고개를 끄덕였다.

"좋아. 일시적이긴 할지언정 우리는 협력관계니까. 거기 썩어빠진 쓰레기 2호, 라프타리아에게 시비를 건 걸 후회하게 해 주마."

"쓰레기 2호가 뭐야?"

"내가 마음대로 정한 저 녀석 별명이야. 나를 소환한 세계에도 저런 녀석이 있었거든."

"나오후미 님은 여전하시네요."

"대단한 센스군."

"시끄러워. 어쨌거나, 나는 네놈 같은 쓰레기라면 딱 질색이라고!"

나는 라프타리아를 보호하듯이 앞으로 나서서 쏘아붙인다.

적…… 이름이 기억 안 나는 쓰레기 2호는, 노려보는 내 시선을 깔보는 시선으로 받아치며 손을 치켜든다.

그러자 주위에서 하얀 호랑이 두 마리가 추가로 나타났다.

아까부터 신경 쓰였는데, 이 생물은 뭐지? 이 녀석들 때문에 포털을 못 썼잖아.

"라프~!"

라프짱이 내 어깨 위에 올라타서 으르렁댄다.

"미안하지만 물러나 있어. 네가 당해낼 수 있는 상대가 아냐."

라프짱의 능력은 그다지 높지 않다.

내 지시에 따라서, 라프짱은 라프타리아의 발치로 간다.

"뭐, 뭐예요, 얘는?"

"아아, 이 세계의 기술로 만들어낸, 식신이라는 사역마야. 그 애가 나를 라프타리아한테까지 데려다준 거야."

"라프~."

"그, 그랬군요. 그런데 저기…… 왜 제 이름 같은 소리로 울고 있는 거죠?"

"……."

"왜 아무 말씀 안 하시는 거예요?!"

라프타리아가 내게 따져 묻는다.

아니……. 나는 잘못한 거 없다고.

라프타리아를 알아볼 수 있는 걸 매개체로 해서 만들면 된다는 얘기대로 한 것뿐이었어.

"예전에 라프타리아 머리를 잘라줬을 때 방패에 넣어 뒀던 라프타리아의 모발을 매개체로 만들어서 그런 걸 거야."

"아아……. 방패를 해제하려고 방패에 넣으셨던 그거 말이군요. 아니, 누구 마음대로 그런 짓을 하시는 거예요?!"

"나는 잘못한 거 없어. 라프타리아가 지니고 다니던 물건을 쓰는 편이 좋다고 해서 사용한 것뿐이라고!"

"라프~!"

싸우지 말라는 듯, 라프짱이 펄쩍펄쩍 뛰며 자기주장을 하고 있다.

"일단은…… 알았어요."

"라프~."

라프짱은 라프타리아의 몸으로 기어 올라가서 이마와 이

마를 맞댄다.

"아……? 하아……."

"왜 그래?"

"아뇨, 뭔가, 식신 등록을 완료했다는 메시지가 저한테도 나와서요."

호……. 어떻게 된 건지 대충 알겠다.

키즈나가 글래스와 함께 만들었다는 펭귄과 같은 일이 일어난 거겠지.

"저기, 나오후미? 이제 곧 전투에 들어가려는 마당이니까 정도껏 좀 해 줄래?"

하얀 호랑이들이 우리 쪽으로 한 발짝, 또 한 발짝씩 거리를 좁혀 온다.

"뭐야, 이 녀석들은?"

"이 녀석들은 우리 세계에 출현하는 사성수 중 하나인 백호의…… 복제체야. 꼬마, 다시 말하면 너희 세계에 나타난 영귀의 복제품 같은 거지."

"뭐라고?!"

그렇다면 글래스 일당 쪽 세계의 수호수?

그런 놈들이 왜 이렇게 많은 거야?

애초에 이미 토벌당한 상태라는 건가?

하지만 그렇다면 파란 모래시계가 나타난다든가 파도가 잠잠해진다든가 하는 거 아니었나?

"과거에 토벌된 백호를 복제해서 전투용 사역마로 만든 이 세계의 결전병기예요. 키즈나, 당신도 조심해요."

"수호수라면 전승에 나오는 그거잖아? 나도 너희가 뭘 하고 있었는지를 나라 사람한테 들어서 알고 있어. 저런 거랑 싸웠었구나?"

"저것보다 더 컸어요. 진짜 수호수만큼 강한 건 아니지만…… 숫자가 많아서 애를 먹고 있어요."

키즈나도 알고 있었던 것 같은데 왜 나만 모르고 있었던 거야?!

"알고 있었으면 나한테도 얘기해 줬어야지!"

"귀찮아하는 것 같아서 얘기 안 한 것뿐이었잖아."

하긴, 솔직히 말하면 한시라도 빨리 라프타리아와 재회하고 싶다는 마음뿐이었고, 그런 얘기를 듣는 것보다는 조금이라도 더 강해지는 방법을 생각하고 싶었던 것이 사실이다.

"후에에……. 싸, 싸우는 건가요……."

"그래, 싸울 거야. 솔직히 어려울지도 모르지만, 우리 쪽 전력도 만만한 수준은 아니니까."

가능하면 리시아도 쿄와 싸웠을 때처럼 각성해 줬으면 좋겠지만, 아무래도 전투력에 기복이 있는 것 같고, 그 기복이 감정의 고양과 관련이 있는 것 같단 말이지.

일단 한번 바람을 넣어 볼까.

"리시아, 알고 있겠지만, 오늘 눈앞에 있는 건 억지를 쓰면서 라프타리아와 글래스를 죽이려는 녀석들이야. 봐줄 필요 없어."

"아, 네!"

예전보다는 한결 나은 자세로, 리시아는 무기를 든다.

……으음, 그때 같은 움직임이 나올 것 같은 기미는 없다.

너무 크게 기대해서는 안 될 것 같군.

부상을 당하지 않도록, 최대한 보호해 가면서 싸워야겠다.

"필로도 열심히 해 볼게!"

펑 하고 인간형으로 변신한 필로는, 후방에서 마법 영창에 들어간다.

다른 세계로 이동해 온 후로 전투 스타일에 변화가 생긴 모양이군.

무리한 운동이 불가능해졌는지, 후위형에 가까워져 있다.

그게 나쁘다는 건 아니지만.

"저희도 잊으시면 곤란해요."

"맞아요."

글래스와 테리스도 전투태세에 들어갔다.

목적을 단순화하자.

"보아하니 포털 사용을 방해하는 건 저 백호 복제품인 모양이야. 이 녀석들을 해치우면 내가 전송을 사용할 수 있어. 애들아, 가자!"

"네!"

"오오!"

싸움에 나선 자들이 꽤 많으니까, 상황을 정확히 파악해야겠군.

"흥. 권속기 소지자라는 녀석의 실력, 어디 한번 구경이나 해 보지!"

쓰레기 2호가 거만하게 내뱉고, 칼을 쥔 채 우리와 대치한다.

그 주위에는 동료 여자들과…… 복제 백호들이 있다.

"나오후미, 내가 사람을 공격할 수 없다는 건 알고 있지? 가능하면…… 저 녀석들을 부탁해도 될까?"

"알았어. 그럼 키즈나, 너는 백호 쪽을 맡아줘."

"그건 걱정 안 해도 돼. 내 입장에선 제일 자신 있는 상대니까."

싸움의 막은…… 백호의 포효와 함께 열렸다.

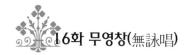 16화 무영창(無詠唱)

상황을 정리해 보자.

현재 내가 장착하고 있는 방패 중에서, 위험부담이 없으면서 가장 강한 것은 누에 방패다.

반격 효과는 그렇게까지 뛰어난 편은 아니다.

하지만 용사 특유의 강화 방법을 충분히 실시한 덕분에 상당한 방어력을 갖고 있다.

적어도 물자 부족 때문에 강화에 지장이 있었다거나 한 상황은 아니다.

동료는, 전력의 추정치 순으로 나열하면, 글래스, 라르크, 키즈나, 라프타리아, 테리스, 필로, 리시아…… 이렇게 될까?

라프짱과 크리스는 전력으로서 끼워 넣어야 하는지 난감하기 그지없다.

크리스는 키즈나를 보호하듯 전방에 서서 백호와 눈싸움을 벌이고 있다.

그리고 라프짱은, 라프타리아 옆에서 털을 곤두세우고 전투태세를 보이는 것 같다.

수호수인 영귀에 필적하는 위력을 갖고 있었을, 글래스 세계 수호수의 복제품……. 위력이 어느 정도인지는 아직 불명이다.

일단은 글래스 일행도 고전할 정도의 괴물이라고 인식하는 게 옳을 것이다.

그 괴물을 사역하는 쓰레기 2호와 그 동료들……. 게다가 시간을 오래 끌면, 이 나라의 증원군이 올 가능성이 높다는 덤까지 딸려 있다.

이것만으로도 최악의 상황인 데다, 도망친다고 해도 끝까지 쫓아올 것 같은 분위기란 말이지.

이기기 힘들 것 같은 느낌이 들지만…… 해 보는 수밖에.

"하앗!"

"크아아아아아아아!"

백호 한 마리가 글래스와 키즈나 쪽으로 발톱을 뻗어서 덮쳐든다.

글래스는 부채를 펼쳐서 막아냈다.

"큭……. 기세가 형편없네요!"

글래스가 그렇게 외치면서 부채로 반격하지만, 백호의 움직임도 날렵해서, 멋지게 뒤쪽으로 펄쩍 뛰어 회피한다.

속도가 제법인 것 같다.

하긴, 저 녀석은 호랑이형 마물이니까.

호랑이는 현대에 지상 최강의 동물 중 하나로 인식되는 동물 아닌가.

아마 이세계에서도 강자의 부류에 속하겠지.

게다가 사성수(四聖獸)에 해당하는 백호라면, 게임으로 치면 최종보스 격이다.

물론, 이게 게임이라고 생각하는 건 아니다.

하지만, 그 정도 수준의 전투력을 갖고 있다고 생각하면 될 것이다.

"후에에에에에!"

"리시아 언니! 퍼스트 윈드커터~!"

백호가 리시아 쪽을 표적으로 삼아서 도약. 내가 뒷다리를 붙잡아서 저지하고, 필로가 바람 마법으로 안면을 벤다.

하지만 그다지 효과는 없는 것 같다. 기껏해야 깜짝 기습 정도 같군.

크윽……. 공격 담당인 필로가 그다지 강하지 않다면 일이 무지하게 성가셔지는데.

"꼬마, 잠깐 잠자코 있으라고. 비천대차륜(飛天大車輪)!"

내가 붙들고 있는 백호를 향해, 라르크가 수레바퀴 같은 빛을 만들어내는 스킬을 내쏜다.

푸걱 하고 선혈이 튀었지만 치명상까지는 이르지 않고, 백호의 털이 빨갛게 물들었을 뿐이다.

"크아아아아아아아아아아아아!"

백호는 분노에 찬 포효를 내지른다.

"나오후미 씨! 휘석(輝石)! 홍옥염(紅玉炎)!"

테리스가 화염 마법을 영창하더니, 내가 가까이 있는 것에 개의치 않고 백호를 불사른다.

테리스의 홍옥염이라는 마법은, 나에게는 영향을 미치지 않는 효과를 갖고 있는 모양이란 말이지.

"크아아아아아아아?!"

제아무리 백호라 해도 이 업화를 얻어맞고는 고통에 휩싸인 것 같다.

"내가 있다는 걸 잊은 건 아니겠지!!"

"안 잊었으니 걱정 마. 에어스트 실드!"

방패를 생성해서 쓰레기 2호의 칼을 막아낸다.

"뭐야?!"

"네놈은 방패가 어떤 건지 모를 텐데, 설마 얕잡아 보고 있는 건 아니겠지? 지난번에 싸웠을 때 쓰라리게 깨달았을 거 아냐?"

나에게 공격 수단이 없다는 건 아직 모르고 있으리라.

그러니까 그 경계심을 이용해 줘야겠다.

"으랏차아아아!"

"크르으?!"

혼신의 힘을 다해 백호를 내던져서 쓰레기 2호에게 격돌시킨다.

"으아아아아아아?!"

뭐, 던져진 것뿐이고 대미지는 전혀 들어가지 않은 것 같지만, 덕분에 약간 빈틈이 생긴다.

나는 그 틈을 이용해 마법 영창에 들어가기로 한다.

……오스트와 함께 영창했던 마법──레벌레이션.

나는 아직 그걸 사용할 수 없고, 범위를 확장시키는 방법도 이해하지 못하고 있다.

하지만 조금이라도 동료들에게 힘이 되어 주기 위해, 나는 지금 할 수 있는 한 최선을 다한다.

"쯔바이트 아우라!"

처음으로 걸어 줄 대상은…… 단기결전이라는 의미에서 글래스가 최적이겠군.

강한 순서대로 걸어 준다.

그렇게 해서 조금이라도 싸움을 용이하게 만들어 주는 것이다.

"고맙습니다! 갑니다!"

글래스가 키즈나와 호흡을 맞춰 부채를 펼치고 춤추듯이 스킬을 영창한다.

"윤무 제0식・역식설월화(逆式雪月花)!"

주위에 꽃잎이 흩날리고, 글래스의 고화력 스킬이 날아간다.

하지만 치명상을 입히는 데에는 이르지 못했고, 백호는 성가시다는 듯 얼굴에 붙은 꽃잎을 털어낸다.

일단 온몸에 베인 상처가 나기 했지만, 결정타가 부족하다.

"휘석! 분수(紛守)!"

테리스가 방어력을 저하시키는 마법을 사용해서 백호들의 방어력을 깎아 나간다.

그 틈을 타서 라르크가 접근, 낫으로 있는 힘껏 크게 후려쳤다.

백호의 털가죽이 찢어지고, 뼈가 노출되고, 백호의 몸이 젖혀진다.

"우리를 너무 얕잡아 보지 않는 게 좋을걸?"

내가 쓰레기 2호에게 쏘아붙인다.

쓰레기 2호는 불쾌한 듯 얼굴을 찌푸린다.

"도둑 권속기와 범죄자 놈들 주제에 건방지게……. 내 진짜 실력을 보여주마!"

쓰레기 2호는 한 손을 앞으로 뻗어서, 우리를 향해 치켜든다.

그러자 쓰레기 2호의 손에서 여러 개의 불덩이가 출현해서 우리 쪽으로 날아왔다.

뭐지? 영창하는 모습은 전혀 안 보였는데?

뭐, 큰 공격을 내쏴 봤자 우리가 도로 쳐낼 거라는 걸 이해하고, 작은 마법을 여러 개 내쏜 거겠지만.

"무영창?!"

테리스가 소스라치게 놀란 듯 말했다.

하긴, 원래 마법에는 영창이라는 과정이 있으니까. 그 영창을 생략하고 마법으로서 구현한다느니 하는 건 나도 이야기 속에서 읽은 적이 있다.

"그렇다!"

"그렇다고 뭐 어쩌라는 건지……."

나는 날아온 불덩이를 쳐내서 날려 버린다.

보아하니 퍼스트 이상, 쯔바이트 미만의 위력이라 분석된다.

방해가 불가능한 점을 고려하면 나쁘지 않은 성능인 것 같지만, 나를 상대로는 의미가 없다.

그나저나 이 녀석, 레벨이 얼마인지는 모르지만 그렇게까지 강하지는 않은 것 같은데?

잘못 맞았더라면 부상 정도는 당했을 것 같지만 그렇다고 치명상을 입었을 것 같지는 않다.

"얕잡아 보면 안 됩니다. 저자는 권속기에 필적하는 힘을 갖고 있습니다."

글래스 일당 쪽으로 시선을 돌리니, 글래스가 조바심이 묻어나는 표정으로 그렇게 말한다.

아아, 레벨 자체는 높은 녀석들인가.

"타아아아아아아아아아아아아앗!"

"죗값을 치르시지!"

"유성방패!"

쓰레기 2호의 동료로 보이는 여자가 칼을 휘두르며 덤벼들었으므로, 나는 유성방패를 발동시킨다.

공격을 받기 전에 배리어 같은 막이 발생해서, 결계를 생성했다.

동시에 유성방패의 결계에 공격이 집중돼서 몇 번인가 파괴되었지만, 이번에는 방패를 상당히 강화해 둔 상태이기에 막는 데는 문제가 없을 것 같다.

그렇게 판단한 나는, 적의 무기를 밀어 올리듯이 재빨리 앞으로 나아갔다.

"갑니다!"

라프타리아가, 무기가 떠밀려서 빈틈투성이가 된 쓰레기 2호의 동료 여자에게 도를 휘두른다.

"어림없다!"

쓰레기 2호가 일제히 수많은 불덩이를 생성, 라프타리아를 향해 내쏘아서 공격을 방해한다.

라프타리아는 원을 그리듯이 도를 휘둘러서 불덩이를 쳐내며 내 뒤까지 물러섰다.

움직임이 제법 날렵해졌군. 살짝 멋있다는 생각까지 든다.

"받아라!"

동료 여자는 떠밀렸던 창을 내던지고, 품속에서 단도를 꺼내서 내게 휘두른다.

"나오후미 씨!"

리시아가 키즈나에게서 받은 부적을 던진다.

제대로 마력을 담아낸 듯, 부적은 신비로운 궤적을 그리며 날아가서 단도를 든 여자의 손에 달라붙어 타올랐다.

"크윽……."

쓰레기 2호의 부하는 예상치 못한 방해에 신음하며 훌쩍 물러난다.

리시아도 생각보다 활약이 괜찮은데?

부적을 던지는 데 소질이 있는 거 아냐?

그러고 보니, 쿄와 싸울 때도 검을 던져서 명중시켰었다.

무기를 투척하는 쪽에 적성이 있는 건지도 모른다.

"건방진 놈들! 이 정도로 끝날 줄 알고?"

쓰레기 2호가 척척 연속으로 마법을 발동시킨다.

화염 마법을 비롯해서, 물, 바람, 빛 등, 다양한 속성의 마법 덩어리를 만들어내서 나를 향해 내던진다.

타격이 아주 없는 건 아니지만 그렇다고 아플 정도는 아니다.

까진 상처 정도의 부상을 연속으로 입는 것 같은 느낌이다.

"하앗! 오라오라오라오라!"

날아드는 마법 덩어리 때문에 흙먼지가 발생해서 시야가 엄청나게 탁하다.

"쯔바이트 아우라!"

나는 그 틈에 동료들에게 잇달아 지원마법을 걸어 주고, 덤으로 스스로에게도 걸었다.

그러자 안 그래도 그다지 아프지 않았던 마법의 난무가 한층 더 안 아프게 느껴진다.

비유하자면, 비 오는 날에 우산을 안 쓰고 돌아다닐 때 느껴지는 짜증 정도라고나 할까.

"크르으으으으릉!"

흙먼지가 일어난 틈을 노리고, 또 한 마리의 백호가 나를 향해 날아왔다.

직접적으로 위험한 공격을 날리는 건 백호 쪽이리라. 쓰레기 2호의 목적은 오히려 양동작전일 거라고 분석하고 싶지만, 아무래도 진짜 최선을 다해서 공격하고 있는 것 같단 말이지.

"키즈나! 한 마리가 이쪽으로 달려들었잖아!"

"수가 너무 많으니까 어쩔 수 없잖아! 좀 상대하고 있어!"

끄응……. 뭐, 내가 알아서 대처해야 할 상황도 생길 거라는 건 알고 있었으니 어쩔 수 없지.

여전히 휙휙 날아드는 마법의 비……. 거참 성가셔 죽겠군.

불행 중 다행인 건, 쓰레기 2호의 동료들이 덤벼들지 않는다는 점이다. 하긴, 아군이 공격에 맞으면 본전도 못 건질 테니까.

쓰레기 2호의 공격에 맞춰 마법으로 지원 사격을 날리거나 화살을 쏘는 정도가 전부다. 수리검을 날리기도 한다.

"필로."

"왜~애?"

"저거, 어떻게 생각해?"

"으~응……."

필로가 쓰레기 2호를 향해 손가락을 뻗는다.

"에잇."

필로의 손가락에서 바람 칼날이 나가서 쓰레기 2호에게

명중한다.

"이익?! 뭐냐?!"

바람 칼날이 쓰레기 2호의 팔에 상처를 냈고, 쓰레기 2호
는 고통을 못 견디고 마법 공격을 중단한다.

"무영창으로 마법을 쓸 수 있다는 것에 자부심을 갖고 있
는 것 같지만…… 정작 중요한 게 뭔지는 이해 못하고 있는
거 아냐?"

적에게 조언하는 건 좀 그랬지만, 그래도 나는 흙먼지를
흩어 놓으며 말한다.

『힘의 근원인 방패 용사가 명한다. 다시금 이치를 깨우
쳐, 저자를 위무하라!』

"쯔바이트 힐!"

지금까지 입은 대미지래 봤자 단번에 회복시킬 수 있는
범위 안이었으므로, 내 부상은 순식간에 치료되었다.

"뭐…… 뭐냐, 그 마법은?! 그런 건 들어 본 적도 없는
데?!"

무영창 마법이라는 건 확실히 대단하기는 하지만, 필로도
흉내 낼 수 있는 기술이다.

나도 예전에 마법 책에서 읽은 기억이 있다.

숙련된 마법사는 영창 없이도 마법을 사용할 수 있다.

하지만 거기에는 큰 문제점이 있는데, 영창을 이용해서
발동하는 마법에 비해 위력이 떨어진다는 점이다.

그야 그럴 만도 하지.

힘을 담지 않고 무기를 휘두르는 것과 비슷한 원리다.

전혀 힘을 주지 않고 휘두른다면, 만약에 맞는다고 해도 상대방의 피부에 가벼운 상처를 입히는 정도에 그칠 것이다. 물론 힘을 싣는 법이나 사용법에 따른 차이는 있겠지만, 무영창이란 어디까지나 힘을 싣지 않고 발생시키는 것이다.

잔재주가 필요할 때나 기습적인 추가 공격에 쓰는 거라면 나쁘지 않다.

하지만, 문제는 무영창의 의미.

"대답해!"

"알 필요가 있냐?"

영창이란, 말하자면 마법을 구현시키는 데 필요한 절차이며, 마력을 싣는 데 필요한 여유다.

영창 없이 그럭저럭 위력이 있는 마법을 사용할 줄 아는 건 합격점을 줄 수 있으리라.

그만한 역량이 있는 걸 보면, 확실히 우수하기는 한 놈인 건 분명하다.

하지만 잘 생각해 보면, 무영창은 고도의 마법을 쓸 줄 아는 녀석이라면 누구나 할 수 있는 거잖아?

절차를 건너뛰고 마법을 구현시키는 것.

영창에 필요한 마법을 압축시켜서 구현한다는 건, 고도한 마법의 경우에는 무시할 수 없는 일일 테지만.

그리고 세계가 다르면 마법 체계도 다른 건지 우리가 쓰는 마법이 이자들에게는 미지의 마법으로 여겨지는 모양이다.

"으~음……. 주인님. 지금 필로가 갖고 있는 마력으로는, 더 이상의 위력은 낼 수 없을 것 같아."

"그래? 그럼 더 강해지면 위력이 좀 더 높아질 것 같아?"

"응. 있잖아, 화악 하고 마력을 담으면 할 수 있을 것 같아!"

응, 잘 모르겠다. 어찌 됐건, 천재 타입인 필로가 할 수 있다고 하는 걸 보면, 정말로 할 수 있는 거겠지.

"그치만…… 그냥 착실하게 영창하는 게……."

"필로, 나도 알아."

"그렇구나~."

상대에게 힌트를 줄 필요는 없겠지.

그렇다. 무영창으로 마법을 쓸 줄 아는 녀석이 영창을 한다면…… 위력이 얼마나 더 향상되겠는가.

좀 성가시긴 하더라도, 전투에서 방해가 되지 않는 범위 안에서, 최대한 강력한 마법을 사용하는 편이 더 효율적인 공격을 할 수 있다. 기습이나 추가 공격, 상대의 추가 공격 저지를 위해서 무영창 마법을 쓰는 건 괜찮겠지만, 그것보단 지나치게 몰입하지 않는 선에서 전투 중에 영창하면서 싸우는 게 낫다는 거다.

실제로 테리스는 영창을 하면서 지원과 공격을 하고 있다.

무영창에 대해서 긍지라도 갖고 있는 건가?

도의 용사가 되고 싶다면서, 실제로는 마법의 달인이라고?

도무지 영문을 모르겠다.

그런 쓰레기 2호가 허리춤에서 칼을 뽑아 들고 우리 쪽으로 달려든다.

"내 칼을 받아 보시지!"

오? 마법의 비보다 움직임이 훨씬 좋잖아.

지난번에는 그냥 막아내기만 하느라 잘 몰랐지만, 확실히 칼놀림이 나쁘지 않군.

용사의 강화 방법을 습득한 덕분에, 일반인의 움직임은 둔하게만 보이던 나조차도 대처해 낼 자신이 없을 만큼 대단한 공격 속도다.

물론 내 레벨이 저하되어 있는 이 상황 하에서의 얘기지만.

역시 도의 용사를 꿈꾸고 있었던 자답게, 나름대로 수련을 해 오긴 한 모양이다.

이런 녀석이 왜 무영창 같은 고도의 기술을 갖고 있는 건지 모르겠다.

"카아아아아아악!"

동시에 백호도 내게 달려든다.

아니, 표적을 라프타리아로 변경한 것 같다.

어림없는 짓!

나는 백호가 붕붕 휘두르던 꼬리를 붙잡아서 저지한다.

"크어어어어어어엉!"

꼬리를 붙잡혀서 분노한 백호가, 쓰레기 2호와 함께 나를 공격해 온다.

잘됐어, 라프타리아가 부상을 입도록 놔둘 수는 없으니까.

"나오후미 님!"

라프타리아가 도를 힘껏 움켜쥐고 백호를 향해 휘두른다.

"초승달 베기!"

초승달 모양을 한 빛이 백호에게 날아가고, 백호의 가죽이 벗겨진다.

"……!"

나는 쓰레기 2호의 칼을 방패로 막아내고, 누에 방패의 카운터 효과인 번개 방패(중)를 발동시킨다.

"뭐야, 끄아아아아아아악!"

전기에 감전된 쓰레기 2호가 칼을 손에서 놓고 몇 발짝 물러선다.

"이 자식……. 뭐 하는 놈이냐?! 내 공격을 모조리 막아내다니!"

"참 빨리도 물어보는군……."

원래는 그냥 몹이라고 생각했던 거겠지.

몹이란 내 세계의 인터넷 용어인데, 잔챙이들을 일컫는 말로서, 변신 히어로물로 따지자면 전투원 클래스에 속하는 적을 가리킨다.

그 몹의 방어력이 생각했던 것보다 높다는 점에 놀라고 있는 것 같은 분위기다.

누가 피라미라는 거냐!

"수상한 방패를 갖고 있는 자식! 도둑과 한패라는 건 알지만, 이름을 대라!"

괴상한 사고방식을 가진 놈이 또 영문 모를 소리를 지껄이고 있군.

나는 쓰레기 2호를 무시하고 키즈나 쪽을 본다. 키즈나는 쓰레기 2호의 동료를 상대로 고전하고 있었다.

"키즈나! 사람 쪽은 글래스나 나한테 맡겨!"

"내가 생각해도 그게 좋을 것 같아. 가능하면, 부탁 좀 할 수 있을까?"

"나오후미에게 지적을 받는 건 불쾌하지만, 이치에 맞는 말이네요. 라르크, 테리스, 가요!"

"좋아!"

"그게 좋겠어요. 키즈나 양의 능력을 끌어내기 위해서는 필수적인 일이니까요."

『여러 보석들의 힘이여. 내 요청에 답하여, 나타날지어다. 내 이름은 테리스 알렉산드라이트. 동료들이여. 저자를 토멸(討滅)하는 힘이 되어라!』

글래스와 라르크의 무기에, 테리스가 영창한 홍옥염의 불길이 깃든다.

"합성기 · 화염대차륜(火炎大車輪)!"

"합성의 식 · 역식염설월화(逆式炎雪月花)!"

아름다운 불꽃을 깃들인 글래스와 라르크의 합성 스킬이, 키즈나와 대치하고 있던 쓰레기 2호의 동료를 날려 버린다.

"꺄아아아아아아아아아아아!"

하지만 상대는 완전히 쓰러지지는 않고, 쓰레기 2호 쪽으로 조금씩 이동하면서 회복마법을 영창하고 있는 것 같다.

결정타는 먹이지 못한 건가……?

"성가신 적이 많아서 갑갑하네. 꼬마, 방심하지 말라고!"

"누가 방심한다는 거야. 뭐……. 워낙 약한 쪽만 상대하다 보니까 나도 모르게 방심이 되긴 하지만."

"뭐가 어째?! 나를 뭐로 보고!"

쓰레기 2호가 뭔가 악다구니를 써대고 있지만 알 바 아니지.

솔직히 말해, 움직임으로 보면 백호 쪽이 더 위협적인 건 사실이니까.

글래스나 라르크는 이 세계의 권속기 소지자들이니만큼 상당히 강할 터.

실제로 전투력 자체는, 파도 때 나와 싸웠을 때와 차이가 없다.

영귀 때는 약체화된 상태였다고 했는데, 지금은 확실히 그때보다 움직임이 날카로워 보인다.

"냉큼 이름을 대라니까!"

글래스 일당 쪽으로 정신을 쏟고 있던 나에게 쓰레기 2호가 고함친다.

"거참 아까부터 시끄럽게 떠들어대네. 그렇게 알고 싶다면 가르쳐주지. 나는 방패 용사……라고 불리는, 방어밖에 못하는 무기의 소유자다. 이름은 이와타니 나오후미. 이세계인이지."

내가 생각해도 참 황당한 얘기구나 싶다.

잘 생각해 보면, 이세계에서 이세계로 온 이세계의 방패 용사라니…….

'이세계'라는 말이 몇 번이나 들어가는 거냐. 뭐, 사실이지만.

"뭐가 어째? 성무기 중에 방패라는 건 없었을 터……. 허풍은 작작 떠시지!"

"그럴 거면 애초에 묻지를 마!"

애초에 이 녀석이 믿어 주기를 바라지도 않지만.

내가 방패 용사라는 걸 인정하지 않고 있다면, 그만큼 움직이기가 용이해지니까.

"얘들아! 우선 이 자식부터 해치우자!"

"""네!"""

쓰레기 2호와 그 패거리가 모여들어서 우리를 포위한다.

이거야 원……. 이래 놓고 키즈나 쪽은 백호에게 맡기겠다는 거군.

강한 백호를 이용해서 글래스 일당을 상대하게 하고, 별로 강해 보이지 않는 우리 쪽을 중점적으로 제압해 나가겠다는 꿍꿍이인 모양이다. 나는 방어밖에 못하는 몸이니까.

더불어, 냉큼 라프타리아를 해치우고 도를 빼앗고 싶다는 생각도 작용한 것 같다.

나를 쓰러트리기 전에는 어림도 없는 생각이지만.

"유성방패."

유성방패를 다시 만들어내서 방어를 강화한다.

"나오후미 님……."

"걱정할 필요 없어. 리시아, 필로, 조심해."

"응. 필로는 절대 안 붙잡힐 거야~."

"그래, 그래."

"후에에에……."

겁에 질린 목소리를 내면서도 부적을 들고 있는 폼은 제법인데, 리시아.

꽤 그럴싸해 보이는군.

그나저나 쓰레기 2호는 무영창 마법을 자랑거리로 삼고 있는 것 같던데, 그거 혹시 이 부적으로 대신할 수 있는 것 아닌가?

"흥, 내 진짜 실력은 아직 다 보여준 게 아니다!"

그렇게 생각하기가 무섭게 부적을 꺼내 든다.

뭐야, 지금까지는 봐준 거였다는 건가?

무슨 쿄도 아니고, 이런 상황에서 실력을 숨겨서 어쩌자는 건지.

나나 리시아, 필로는 그렇다 쳐도, 권속기에게 선택받은 자들이 모여 있는 상황이잖아.

최선을 다해 싸우지 않으면 목숨이 남아나질 않을걸.

쓰레기 2호의 부하 같은 국가의 무사 같은 녀석들도 줄줄이 달려오고 있으니, 최대한 빨리 해치워야만 한다.

"간다!"

쓰레기 2호가 부적에 마력을 담고, 무영창으로 마력을 내쏜다.

"지금이다! 에어스트 실드!"

쓰레기 2호가 부적을 던지는 순간, 녀석 바로 앞에 에어스트 실드를 출현시켜 준다.

직접적인 공격마법만 써대는 이 녀석에게 어떤 효과를 발휘할지 기대되는군.

"이런──."

던졌던 부적과 마법이 쓰레기 2호의 눈앞에서 작렬한다.

"우와아아아아아악!"

폭발에 휘말린 쓰레기 2호가 뒤쪽으로 요란하게 나동그라진다.

설마 이렇게까지 계획대로 풀릴 줄이야, 나도 미처 생각하지 못했던 일이다.

글래스나 라르크였더라면 재빨리 피할 수 있었을 텐데.

"이 자식! 감히 이따위 짓을!"

쓰레기 2호의 동료들이 저마다의 무기를 휘두르며 우리에게 덤벼든다.

"세컨드 실드――!"

방어하듯이 눈앞에 방패를 출현시키고, 필로에게 눈짓을 보낸다.

내 의도를 파악한 필로가 고개를 끄덕이고 영창한다.

『힘의 근원인 필로가 명한다. 다시금 이치를 깨우쳐, 저 자를 격렬한 진공의 소용돌이로 날려 버려라!』

"쯔바이트 토네이도!"

내 시야에 발동 가능한 스킬명이 떠올랐다.

이건 예전에도 써 본 적이 있다. 공격 성능을 가진 합성 스킬이다.

"토네이도 실드!"

소용돌이를 휘감은 방패가 눈앞에 출현했고, 쓰레기 2호의 동료 하나가 무모하게도 그것을 공격하는 바람에 반격 효과가 작동한다.

""와, 와아아아아아아아아아아아아아아악!""

방패를 중심으로 거대한 소용돌이가 출현해서 쓰레기 2호의 동료들을 집어삼키고, 공중으로 말아 올린다.

"나오후미 님! 갈게요!"

으음……. 여기서는 라프타리아가 환각마법 같은 걸 쓰는 편이 나을지도 모르지만, 라프타리아 쪽은 이미 쓰레기 2호를 향해 내달리기 시작한 순간이었다.

"우리 쪽에서는 분명히 여러 번 대화를 요구했음에도 불구하고, 무기를 탐내기만 하는 그 자세…… 더는 못 참아요. 이제 그만 포기하게 만들어 주겠어요."

라프타리아가 도의 칼자루를 있는 힘껏 움켜쥐고 가로 방향으로 후려 벤다.

그리고…… 스킬명을 외쳤다.

"세설(細雪)!"

"억——."

내 눈에는 쩍 하고 쪼개는 것처럼 보였다.

라프타리아는 칼날에 묻은 피를 털어내듯 검을 빙글빙글 휘두르고, 증원을 위해 달려온 자들을 향해 그 칼날을 겨눈다.

그리고 스킬에 얻어맞은 쓰레기 2호는 몸이 젖혀진 채로 움직이지 않는다……. 아니, 곧 효과가 나타났다.

"쿠허억?!"

라프타리아에게 베인 상처에서, 마치 눈발이 흩날리는 것처럼 무언가가 분출되어 주위를 하얗게 물들인다.

뭐지? ……이거 혹시 눈인가?

그렇게 생각하고 있으려니, 눈은 순식간에 녹고, 쓰러진 쓰레기 2호가 비틀비틀 일어선다.

"제법이군그래……. 나한테서…… 마력을 뭉텅 빼앗아 가다니!"

벤 상대의 마력을 눈의 형태로 분출시키는 스킬인가?

쓰레기 2호는 회복 아이템으로 보이는 대지의 결정을 움켜쥐어서 회복을 도모하고 있다.

누가 그냥 내버려 둘 줄 알고? 나는 쓰레기 2호에게 다가가서, 대지의 결정을 쥔 손을 붙잡는다.

"방해하지 마라! 크윽……."

칼로 나를 베려 했지만 번개 방패(중)이 작동해서, 쓰레기 2호를 감전시킨다.

부상은…… 응, 베인 상처 정도는 있군.

라프타리아가 쓴 스킬, 대미지를 입히는 것보다는 마력을 깎아내는 것에 중점을 둔 스킬인 것 같다.

"주인님~!"

필로 쪽으로 무사들이 몰려들고, 리시아 쪽도 방어일변도로 내몰리고 있다.

글래스 일당 쪽은 조금씩이나마 백호들을 처분하는 데 성공하고 있는 것 같지만, 쏟아져 나오듯 끝없이 나타나는 백호들에게 고전하고 있는 것처럼도 보이는데…….

한 명, 유난히 움직임이 이상한 녀석이 있다.

키즈나다.

아까부터 낚싯대에 달린 루어를 무작정 백호들에게 내던지고 있는 것 같았다.

글래스 일당은 백호들에게 직접 공격을 하지 않고 방어일 변도다.

백호들 쪽도 어째선지 키즈나를 상대하지 않고 있다.

잘은 모르겠지만, 수렵구의 용사에 대해 본능적인 공포심이라도 있는 걸까?

이윽고 키즈나의 루어가 쓰레기 2호에게 명중한다.

하지만, 아무 일도 일어나지 않는다.

"나오후미, 내가 됐다고 할 때까지는, 루어를 맞은 녀석을 절대로 공격하지 마."

"그래, 알았어. 그런데……."

뭘 하고 있는 거야?

방어력을 낮추는 스킬 같은 거라고 생각했었는데.

"크아아아아아아!"

백호 무리 중에 유난히 큰 개체가 나타났다.

저게 두목인가?

아니, 지배자는 이 쓰레기 2호겠지만, 백호들 중에서 가장 강한 녀석이 나타난 거라고 생각해도 되는 걸까?

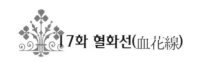

7화 혈화선(血花線)

"오? 제법 강해 보이는 게 나타났네. 그럼…… 가 보실까? 글래스, 부탁할게."

"네!"

"오? 오랜만에 키즈나 아가씨의 화끈한 기술을 볼 수 있겠는데."

"키즈나, 부탁할게요. 모든 게 당신의 손에 달려 있어요. 몽환(夢幻)!"

글래스가 부채를 앞으로 내뻗고, 꽃잎이 나부끼는 스킬을 내쏜다.

벚꽃잎이 주위에 나부끼고, 환상적인 광경이 일대를 물들인다.

백호들의 움직임이 비틀비틀 둔해지고, 눈이 핑핑 도는 것처럼 눈매가 흐리멍덩해진다.

뭐야? 뭘 하려는 거지?

"나도 가만히 있을 순 없지!"

라르크가 낫을 던지자, 회오리가 일어난다.

마치 글래스의 스킬을 한층 더 강화하는 것 같다.

『여러 보석들의 힘이여. 내 요청에 답하여, 나타날지어다. 내 이름은 테리스 알렉산드라이트. 동료들이여. 저자들의 움직임을 막는 힘이 되어라!』

　"휘석・마비우(痲痹羽)!"

　테리스의 손에서 나비가 날갯짓해서는, 글래스와 라르크가 합동으로 내쏜 스킬 속에서 백호들 주위를 나풀거리며 날아다닌다.

　그것만으로도 백호들은 조금 전까지의 기세를 잃었고, 어느새 모든 백호들이 움직임을 멈추고 있었다.

　"이렇게 많은 상대를 해치우려면 준비가 성가시니까. 한 마리였다면 벌써 끝났겠지만."

　키즈나가 무기를 참치용 회칼로 변화시킨다.

　"이제 궁지에 몰았습니다. 우리의…… 승리입니다. 수렵구 용사의 위력을 그 몸으로 이해하도록 하세요."

　글래스가 그렇게 말한…… 바로 그 순간이었다.

　"나오후미…… 아니, 라프타리아 양이라고 했던가? 그쪽을 부탁할게. 내 공격에 맞춰서, 나오후미가 붙들고 있는 녀석에게 가장 강한 공격을 날려 줘."

　"아, 알았어요."

　라프타리아는 내가 제압하고 있는 쓰레기 2호를 향해 도를 겨누고 내달린다.

　그리고 키즈나도 라프타리아와 마찬가지로, 발도술의 요령으로 참치용 회칼을 쥐고 백호를 향해 내달려서는…… 순식간에 스쳐 지나갔다.

"순도(瞬刀)·하일문자(霞一文字)!"

"수렵기·혈화선(血花線)!"

라프타리아는 도의 칼자루를 양손으로 움켜쥐고, 쓰레기 2호에게 휘두른다.

"어……?"

"왜 그래?"

"부자연스러울 정도로…… 도가 깊이 들어간 것 같은 느낌이 들었어요."

그리고 내게 붙들려 있는 쓰레기 2호는, 나에게 붙잡힌 자세 그대로 굳어 있었다. 나는 붙잡고 있던 손을 놓는다.

바들바들 떨면서, 표정이 점점 파랗게 질려 간다.

"크악……."

"아, 움직이면 큰일 날 수도 있으니까…… 절대로 움직이지 않는 게 좋을걸?"

키즈나는 그렇게 말하면서, 마찬가지로 경직돼 있던 백호들을 참치용 회칼 칼등으로 툭툭 치고는, 글래스 일당 쪽으로 돌아간다.

그저 그것뿐이었건만…… 백호들은 무참하게도 온몸이 산산조각 나서 무너져 내린다.

주위에 피 냄새가 지독하게 진동하기 시작한다.

그 피보라가 마치 새빨갛게 물든 채 나부끼는 꽃잎처럼 보였다.

그야말로 스킬명 그대로…… 피의 꽃이 피어난 것처럼 말이다.

쓰레기 2호의 동료와 무사들은 말문이 막힌 채 우리를 쳐다보고만 있다.

아마 라프타리아에게 베인 쓰레기 2호도, 자칫 잘못 움직였다가는 백호들이 산산조각 난 것처럼 무참하게 찢어발겨질 거라는 걸, 이 자리에 있던 자들 모두 알고 있는 것이리라.

"말도 안 돼. 우리 나라의 결전병기가 이렇게 손쉽게 사라져 버리다니! 이럴 수는 없어! 도대체 어쩌다 이렇게 된 거냐?!"

쓰레기 2호의 부하가 삿대질한다.

"하잘것없는, 최약체 사성용사가 어떻게?!"

키즈나는 그 지적에 넌덜머리가 난 표정을 짓는다.

최약체 사성용사……. 나도 비슷한 취급을 받은 적이 있어서 공감이 가는군.

애초에 대인 전투 능력이 없다고 최약체라니, 무슨 말도 안 되는 논리람.

"너희 말이야…… 수렵구의 용사가 어떤 존재인지, 제대로 조사해 본 적이 있긴 해? 강한 분야와 약한 분야가 있다는 것 정도는 예상했어야지."

그렇다. 키즈나는 예전부터 거듭 얘기했었다. 대인 공격은 전혀 불가능하지만, 그런 만큼 마물을 처치하는 데에 특화되어 있다는 것이다.

"그리고 말이야, 아무리 대인전 능력이 없다고 해도 아주 못 싸우는 건 아냐. 거짓인지 진실인지 알아보지도 않고 덤볐다가는 죽기 십상이라는 건, 어디서나 마찬가지 아냐?"

주위에 있는 자들이 술렁술렁 동요하기 시작했다.

굉장한데. 그 강한 글래스 일당이 고전하던 상대를 일격으로 해치우다니.

그 실력은 완전히 괴물이 따로 없는 수준이다.

생각해 보면, 대인 전투 이외에서는 키즈나가 고전하는 모습을 본 적이 없다. 대부분의 경우 낙승을 거두었던 것 같은 느낌이 든다.

나는 이런 괴물과 동행하고 있었던 건가!

아니……. 나도 이세계에서 사성용사 노릇을 하고 있으니, 키즈나와 다를 게 없는 건가?

나는 기본적으로 공격 능력은 없지만, 방어 능력 면에서는 타의 추종을 불허한다.

영귀의 필살 공격을 견뎌낸 게 그 증거라 할 수 있을까?

키즈나는 사람에 대한 공격 능력은 전혀 없지만, 마물을 상대로 싸우는 능력은 타의 추종을 불허한다는 거군……. 정말이지, 대인 전투에 특화된 녀석이 아니라 다행이다.

……같은 논리로 따지자면, 대인 전투에 특화된 용사가 있다면 큰일일 것 같지만.

"자……. 너희의 주 전력과 주모자는 이렇게 패배했으니까, 이제 우리를 보내 주는 게 어때?"

키즈나는 참치용 회칼을 빛 속에 내보이면서 으름장을 놓듯이 말한다.

"후에에에……."

"리시아, 키즈나는 같은 편이야. 같은 편에게 겁을 먹으면 어쩌자는 거야."

"괴, 굉장한 분이랑 같이 오셨네요, 나오후미 님."

"그러게 말이야."

"라프~?"

라프짱은 전투 중에는 조용했었다. 일단은 리시아 쪽을 보호하듯이 움직이는 것 같았다.

뭐, 라프짱의 지금 능력으로 전투에 참가시킬 수는 없는 노릇이지만 말이다.

키즈나의 식신인 크리스 쪽은, 키즈나와 글래스를 보호하면서 선전을 펼치는 것 같았다.

나는 쓰레기 2호를 상대하느라, 자세히 볼 틈이 없었지만 말이지.

"라프타리아도 제법 강력한 공격이던데. 예전보다 확실히 강해졌어."

"그, 그런가요? 스스로의 힘을 실감할 틈도 없이 계속 싸우기만 하느라……."

……라프타리아의 공격이 상당히 강력하게 보였었다.

도의 권속기에게 선택받다니……. 참 기구한 운명이군.

전투를 벌이는 모습이 제법 능숙해 보였다.

나와 재회하기까지, 상당히 험난한 싸움을 극복해 온 것이리라.

지난번에 보았을 때보다 믿음직해 보인다.

혹시 다음에 또 헤어졌다가 다시 만나면, 그때는 우락부락한 근육질로 변해 있는 거 아냐?

"뭔가 무례한 생각을 하고 계시는군요."

"그래? 뭐, 믿음직하게 느껴질 정도로 강해진 모양이네."

"그러게 말이에요……. 이제 어떻게 할까요?"

라프타리아는 곤혹스러운 표정으로 도를 바라본다.

그게 문제란 말이지……. 구체적으로 말하자면, 원래 이 세계로 돌아갈 때, 그런 중요한 물건을 가져가도 괜찮은 걸까 하는 걱정이 드는 것이다.

"나오후미, 방패에 백호 안 먹일 거야?"

키즈나가 가벼운 말투로 나를 손짓해 부른다.

"그래, 그래. 알았어, 알았어. 하지만 인질이 있어서 움직일 수가 없다고."

지금 나는 쓰레기 2호를 인질로 삼아서, 그 동료들과 추격자 무사들을 시선으로 견제하고 있는 상황이다.

보아하니 이 쓰레기 2호가 워낙 대단한 인재라서, 함부로 손을 대지 못하고 있는 것 같다. 섣불리 움직였다간 몸통이 두 동강이 날 거라는 걸 알고 있는 듯, 본인은 꼼짝도 않고 있는 것 같지만.

"그 몸에 똑똑히 새겨 두라고. 앞으로 또 말도 안 되는 헛소리를 하면서 우리한테 시비를 걸었다가는…… 네 목숨은 없을 줄 알아."

만약에 대비해서 으름장을 놓는다.

"나오후미 님은 협박하는 걸 참 좋아하시네요."

"이런 부류들은, 몸에 공포를 새겨 두지 않으면 금방 까먹어 버리니까."

"하아……. 하긴, 그렇죠. 왜 이런 분들은 어느 세계에나 꼭 있는 건지……."

라프타리아의 푸념도 이해가 간다.

뭐랄까……. 내가 있던 이세계의 용사들과 쓰레기가 연상된다.

"그럼, 이 나라의 도의 권속기는 가져가도록 하지. 모든 죄는, 강압적인 수단으로 권속기를 강탈하려 한 이 녀석에게 있다. 똑똑히 기억해 두도록."

이 세계에서는 사성용사를 소중히 여기지 않는 건가?

키즈나는 대체 어떤 입장에 놓여 있는 거지?

뭐, 내가 그랬던 것처럼, 사성용사이면서도, 사성용사를 믿지 않는 나라에 붙잡혀 있었다거나 하는 거겠지.

그렇게 생각하면서, 우리는 백호의 시체를 방패에 흡수시키고 쓰레기 2호를 향해 달려오는 자들을 주의하며 그 자리를 떠나기로 했다.

잔챙이들이 쓰레기 2호에게 회복마법을 걸고, 일이 무사히 정리……되는가 싶었다.

"애들아! 살려 보내지 마! 저놈들을 죽여 버려라! 나에게 대든 놈들에 대한 본보기로, 권속기를 내 나라의 것으로 만들어서 국력을 증강시켜야——."

거기까지 말했을 때, 라프타리아가 뒤돌아보며 황당하다는 듯 중얼거린다.

"아직 방심하긴 이를 텐데요. 앞으로 10초만 더 회복마법 없이 움직이면—— 죽을 걸요? 회복마법이 있더라도 며칠은 움직이면 안 돼요."

라프타리아는 꾸벅 묵례했다가 고개를 든다.

"저희는 전쟁을 원하는 게 아니에요. 부디 이성을 되찾으시고, 국가의 상층부에 가서서, 글래스 양이 계신 나라와 동맹을 맺는다거나 하는 논의를 해 보시는 게 어떨까요?"

그럼 이만……이라는 말을 남기고 다시 돌아선다.

"거기 서!"

"움직이시면 안 됩니다!"

"저 녀석들의 거짓말을 믿지 마! 나는 이미 스스로에게 회복마법을 걸고 있어! 어서!"

잔챙이들과 무사들이 천천히 우리 쪽으로 다가오기 시작했고, 쓰레기 2호도 추격을 위해서 몇 발짝을 내디딘, 바로 그때.

"⋯⋯안타깝네요. 저희는 희생을 최소화하기 위해서, 쏟아지는 불티만 털어내면서 싸워 왔는데 말이에요."

"그러게 말입니다. 무사히 동맹을 맺을 수만 있다면, 세계를 위해서 더 적극적으로 싸울 수 있을 거라고 생각했었는데."

라프타리아가 뇌까리고, 글래스가 동의한다.

"나오후미, 뒤돌아보지 않는 게 좋을 거야. 예전에 글래스와 라르크 오빠가 비슷한 적을 이렇게 도륙한 적이 있거든."

그런 소리를 들으면 더 궁금해지잖아.

라프타리아 쪽은 자기가 한 일이니만큼, 무슨 일이 일어날지 알고 있는 모양이었지만 말이지.

"리시아 언니는 돌아보면 안 돼~."

"라프~."

"후에?! 뭐, 뭔데 그러세요오?"

필로와 라프짱이 리시아에게는 보여주지 않으려 애쓰고 있다.

뭐, 분위기로 미루어 봐서, 굳이 보지 않더라도 무슨 일이 벌어질지 짐작하고 있는 거겠지. 애니메이션 같은 곳에 나오는, 순식간에 베어진 자에게 일어나는 현상 같은 것이리라.

"뭣들 하고 있는 거냐! 빨리 저 녀석을…… 끄억……."

푸슛 하는 징그러운 소리가 나는 동시에, 피보라가 난무하는 소리가 들려왔다.

"끄아아아아아아아아아아아아아아아아아!"

"──니이이이이이이이임!"

어째 도통 이름을 알아들을 수가 없단 말이지.

미안하네. 너한테 동정심 같은 건 느낀 적도 없고, 앞으로 느낄 생각도 없었지만, 이름 정도는 기억해 주고 싶었는데.

뭐, 이 상황에서 내가 할 만한 대사는 이것이겠지만.

"이렇게 해서 세상에 또 하나의 쓰레기가 사라졌다. 크크크……."

"나오후미 님!"

라프타리아에게 꾸중을 들었다.

이 정도는 괜찮지 뭘 그래.

저 녀석은 라프타리아를 죽이려고 했었다고.

게다가 그것도 모자라서 우리를 방해하기까지 했고.

"꼬마, 괜히 못된 척 촐싹거리고 웃지 마. 뒤를 안 돌아보는 걸 보면, 꼬마도 그 광경을 보고 싶지는 않았던 거잖아?"

"보는 건 상관없지만…… 아무리 그래도 너무 구역질 나는 광경은 좀 그렇잖아."

뒤쪽에서 벌어지고 있을 피 튀기는 참상을 보고 싶다는 생각은 별로 안 드니까 말이지.

하지만 그렇게 말하지 않고는 견딜 수가 없었다고.

내가 있던 이세계에는, 저런 식으로 죽이고 싶을 만큼 짜증 나는 녀석이 몇 놈 있지만 실제로 그렇게 죽어 버리면 곤란하니까.

이렇게 해서 우리는 전투에 승리하고 도망치는 데 성공했다.

우리는 지붕을 타고 도망쳐서 도시를 뒤로했다.

"결국 아까 그건 어떤 공격이었던 거야?"

속도 때문에 눈으로 따라잡지 못한 건 아니다.

얼핏 보기에는, 단순히 마물을 베는 것처럼만 보이는 스킬이었다.

하지만 미리 사용해 두었던, 루어를 던져서 맞히는 스킬이 열쇠였던 것처럼 보이기도 한다.

전제가 되는 스킬이라는 건가.

내가 사용하는 스킬로 따지자면, 실드 프리즌 후에 체인지 실드(공)을 파생시키고, 아이언메이든에 이르는 것 같은 느낌이랄까.

"응? 아아, 그건, 말하자면 그 생물의 약점인 구조의 이음매를 찢어발겨서 산산조각을 내는 필살공격……이라고나 할까? 숨통이 끊어지지 않을 경우에는 깊이 베는 정도의 공격에 머물게 돼."

으음……. 쉽게 말해 상대를 완전히 처치했을 때만 산산조각으로 만들어 버리는 강력한 공격일 뿐이라는 건가?

"루어로 적을 맞혔던 건?"

"대미지를 두 배로 만드는 의이배침(擬餌倍針)이라는 스킬이야. 이걸 맞히면 바로 다음에 날리는 한 발의 대미지가 두 배가 되지."

그래서 글래스 일당이 직접 공격 스킬을 사용하지 않고 상태이상으로 움직임만 둔화시켰던 거였군.

키즈나의 필살 스킬을 사용할 수 있도록 하기 위해서, 일부러 공격을 안 하고 대처했었던 거였나 보다.

"효과 시간도 그다지 길지 않아서 초조했고, 상대가 사전에 눈치채지 못하도록 신경 써야 해서, 쉽지는 않았지만 말이야."

"꽤 잔혹한 공격 수단을 갖고 있네."

다음 한 번의 공격에 한정된다고는 해도, 대상의 방어력을 낮추는 공격인 것이다.

내가 당했더라면 끔찍한 꼴이 나지 않았을까?

"꼭 그렇지도 않아. 상대방의 단단한 곳에 명중하면 그 부분에서 공격력이 두 배가 될 뿐이니까……. 나오후미에게 맞혔더라도, 그렇게까지 깊이 박히지는 않았을걸?"

내 경험이, 이건 게임적인 계산식과 얽혀 있는 게 분명하다고 속삭이는군.

내가 알고 있는 게임에도 비슷한 스킬이 존재한다.

다음 공격에 한해 공격력이 배가되는, 주로 보스전에서 비장의 패로 사용되는 공격이다.

다만 보스 자체의 방어력이 높으면 들어가는 대미지도 당연히 낮아진다.

효과 시간이 짧거나 사용 방법이 까다로운 등 성가신 면도 있지만, 요령껏 운용하기만 하면 비장의 패가 된다.

역시 키즈나도 상당한 힘을 보유하고 있다고 봐도 될 것 같군.

본인은 무기의 제한 때문에 대인 공격이 불가능하지만, 보아하니 이 스킬은 인간에게도 효과를 발휘하는 모양이다.

라프타리아의 공격이 강력하게 먹혀든 것도 아마 그 덕분이라고 봐도 좋을 것이다.

그래서 일도양단된 것 아니었을까?

회복마법 같은 걸 걸면 살아날 수는 있다는 게 불행 중 다행일까?

솔직히, 저 녀석은 저런 식으로 죽어도 반성할 놈이 아닐 것 같다. 여기서 퇴장시키는 게 세상을 위하는 길이리라.

"그래서? 이제 통신이 가능해졌어? 몇 명이 이동할 수 있는 건지는 모르지만, 내 스킬로 이동할까?"

"잠깐 기다려 봐."

키즈나가 부적을 이마에 대고 중얼중얼 뇌까린다.

"응, 통신이 됐어. 예정했던 위치로 오겠대. 아니면 나오후미 쪽은 먼저 돌아가도 되고."

"그게 좋겠군. 키즈나 쪽은 글래스 일당이 있으니까 별 큰 문제는 없을 거 아냐? 포털은 최대 몇 명이 이동할 수 있는지 알 수 없으니까."

"상한선을 모르고 사용하는 거야?"

"몇 명까지 이동할 수 있는지 시험해 볼 필요를 못 느꼈으니까."

솔직히, 메르로마르크에 있을 때는 동료라 해봤자 라프타리아와 필로, 그리고 리시아 정도가 고작이었다.

에클레르와 할망구, 키르도 있었지만, 전원이 함께 이동할 일은 거의 없다.

그러다 보니 당연히 시험해 볼 기회도 없었고, 쿨타임 문제도 있고 해서, 실험이 점점 미루어지게 된 것이다.

"같이 있던 여자들이 원수를 갚겠다면서 쫓아올 것 같은데……."

"비장의 패인 백호 없이는 글래스 일행에게 당해낼 수 없을 거야. 안 그래, 라르크 오빠?"

"하긴, 그렇지! 키즈나 아가씨만 있으면 우리는 무서울 게 없으니까."

흐음……. 뭐, 키즈나도 나와 마찬가지로 동료와 함께 있을 때 진가를 발휘하는 타입이니까, 동료들이 이만큼 모여 있으면 무서울 게 없을 법도 하지.

하지만 어떤 의미에서 보자면, 적의 동료들을 한데 모아 버린 상황이라고 할 수도 있다.

이 상황에서 키즈나가 배신한다면, 우리는 절체절명의 위기를 맞겠지.

……하지만, 키즈나, 글래스, 라르크, 테리스.

이 네 사람이 갑작스럽게 태도가 돌변해서 덮쳐오는 광경은 도무지 상상이 가지 않는다.

그런 생각이 들 만큼은 이 녀석들을 신뢰하고 있다고 할 수도 있으려나.

"그럼, 우린 먼저 너희가 거점으로 삼고 있는 나라로 돌아가지."

"알았어. 우리도 사정이 나쁘지 않으니까 별문제 없을 거야. 두 패로 갈라지자."

"어차피 금방 다시 만날 수 있을 거야. 그럼, 먼저 가 있을게. 포털 실드!"

이렇게 해서 우리는 키즈나가 거점으로 삼고 있는 나라로 먼저 귀환했다.

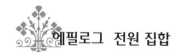 에필로그 **전원 집합**

그 후, 우리는 키즈나가 거점으로 삼고 있는 나라의 성에서 휴식을 취했다.

이윽고 키즈나가 돌아왔다는 소식이 들렸기에, 부르는 대로 가 보았더니…….

"있잖아, 글래스. 내가 무슨 말을 하려는 건지는 알고 있겠지?"

"아뇨……. 그건……."

어째선지 글래스가 무릎을 꿇은 채로 키즈나의 설교를 듣고 있는 광경을 목격하게 되었다.

라르크와 테리스 역시 반성하듯이 무릎을 꿇고 있는데, 도대체 뭐가 어떻게 된 거야?

"무슨 일이지?"

"응? 아아, 예전에 여기서 파도에 대한 얘기를 들었었지? 난 지금, 앞장서서 이세계로 쳐들어가서 그곳의 용사를 죽이려고 했던 글래스 일행에게 화를 내고 있는 거야."

키즈나는 팔짱을 낀 채 내 질문에 대답해 준다.

"키즈나, 그게 아니에요. 저는 어디까지나 세계를 위해서……."

"그래서 과거의 전승을 믿고 파도의 균열로 들어가서 타세계의 사성을 죽이러 간 거라고?"

"그, 그래요……."

엄청나게 희귀한 광경이다.

항상 무인 같은 풍모에 성실해 보이던 글래스가, 무슨 못된 짓이라도 한 아이 같은 표정으로 고개를 숙이고 있다.

키즈나와 특별히 친한 사이라고 들었는데, 굳이 따지자면 키즈나 쪽이 주도권을 쥐고 있는 걸까?

"키즈나 아가씨, 우리 얘기도 좀 들어 줘도 되잖아? 안 그래?"

"맞아요. 저희는 키즈나가 소중히 여기고 있는 세계를 지키기 위해서——."

라르크와 테리스가 글래스를 옹호하려 했지만, 키즈나는 그런 그들을 싸늘하게 쏘아보며 힐문하듯 묻는다.

"그럼 하나 물어볼게. 지금까지 이 세계에서 파도가 일어났을 때, 다른 세계의 권속기 소지자가 파도를 틈타서 넘어온 적이 있었어?"

"그, 그건…….'"

"대답해 주지 않을래?"

말문이 막힌 글래스 일당은 제각각 시선을 외면하고 있다.

거짓말로 얼버무리면 될 걸 가지고……. 그런 생각도 들지만, 친한 사이라면 다 들통 나겠지.

솔직히, 글래스는 거짓말에는 소질이 없어 보이고 말이지.

"어, 없어요……. 저희가 참가할 수 없는 적국의 파도에서도 그런 현상은 관측되지 않았고, 저절로 닫힌 경우가…… 많다고 했어요."

뭐, 글래스의 세계에서 알게 된 사실을 바탕으로 생각해
보면, 파도의 균열 너머에 있는 세계의 사람들이 파도를 잠
재우는 동시에 균열이 닫히는 거라고 치면 납득이 간다.

"남을 희생시켜서 유지하는 평화 따위는 싫다고 얘기한
건 글래스네 쪽이었잖아. 그런 글래스가 앞장서서 사람을
죽이러 가면 어쩌자는 거야?!"

"우……."

키즈나도 글래스 일행을 몰아붙이는 기세가 장난이 아니군.

그나저나…… 그럴싸한 말들이 꽤 많이 들리는데?

아마, 키즈나가 행방불명되기 전까지의 모험은 참 즐거웠
겠지.

키즈나와 동료들이 살던 집을 보면 뼈저리게 실감할 수밖
에 없다.

"알았어? 자~알 생각해 봐. 중요한 건 세계의 멸망을 저
지하는 거지, 남들을 구렁텅이에 빠트리는 게 아니잖아. 전
승에는 그렇게 나오는지도 모르지만, 그것 말고 다른 방법
으로 저항할 수 없는지를 알아보는 게 먼저일 거 아냐?"

"그, 그야 그렇지만, 저희도 가능한 범위 안에서 조사해
본 거예요. 하지만……."

"방법을 못 찾았으니까 남의 세계에 쳐들어가서 그 세계
의 사성용사를 죽인다? 그건 아니잖아? 못 찾겠으면 더 조
사해 봐야지! 그리고 만약에 이세계의 권속기 소지자가 쳐

들어온 적이 있다고 해도 그게 우리도 똑같은 짓을 해도 되는 이유가 되는 건 아냐!"

글래스는 겁이라도 집어먹은 것처럼 바들바들 떨고 있다.

뭔가, 지금까지 갖고 있던 이미지와는 한참 동떨어진 광경이 전개되고 있는데…….

부모님께 꾸중을 듣는 어린아이 같잖아.

저도 모르게 얼굴 근육이 느슨해진다.

"나오후미 님, 웃을 때가 아니잖아요."

"꼬마, 뭐가 좋다고 웃는 거야. 남이 혼나고 있는 모습이 그렇게 좋냐?"

라프타리아가 주의를 주고, 라르크가 불쾌한 듯 나에게 삿대질하며 말한다.

하지만 라르크는 쏘아보는 키즈나의 시선에 자세를 바로 잡았다.

"좀 웃는 게 뭐 어때서 그래? 여러 번 사투를 벌였던 상대가 설교 듣는 모습을 보고 웃을 수도 있지 뭘."

"하아……. 글래스도 글래스지만 나오후미도 어지간히 해 둬."

키즈나는 개탄스럽다는 듯이 이마에 손을 짚고 뇌까린다.

그건 내 생각도 마찬가지다. 동의의 뜻으로 고개를 끄덕이고 있으려니, 라르크가 의심 어린 눈초리로 나를 쳐다본다.

뭐, 그 기분도 이해는 간다. 이제 와서 정의의 사자인 척을 할 생각은 없고 말이지.

"일단 내가 돌아온 이상은, 사성용사를 죽이러 다른 세계로 쳐들어가는 건 무슨 일이 있어도 반대야!"

"우……."

"알았어?!"

"아, 알았어요!"

"라르크 오빠랑 테리스 언니도!"

"그, 그래. 어쨌거나 나도 꼬마랑 싸우는 건 마음에 안 내켰으니까, 마침 잘된 셈이지. 우리를 위해서 다른 세계를 멸망시킨다는 건 우리답지 않은 짓이기도 하고."

"아, 알았어요. 다행이에요. 나오후미 씨를 물리치지 않아도 돼서……."

라르크는 안도하는 테리스를 쳐다보고 나서, 어째선지 나를 응시하고 있다.

굳이 표현하자면 호의적인 표정이다.

……이런 표정을 보게 되니, 내가 할 수 있는 말은 하나밖에 없군.

"그럼 처음부터 이런 짓을 안 했으면 됐잖아."

"시끄러워, 꼬마. 일부러 못되게 구는 짓도 작작 좀 해."

"라르크 오빠!"

키즈나가 그렇게 소리치자, 라르크는 입을 다물었다.

키즈나는 발언권이 꽤 강하군.

우연히 알게 된 사이지만, 이 발언권은 솔직히 부럽다.

이것이야말로 사성용사의 올바른 모습일까.

아니면 키즈나의 권력이 유난히 강한 걸까.

"그리고 글래스, 잘 생각해 봐. 마물을 상대로는 싸울 수 있지만 인간을 상대로는 아무런 손도 못 쓰는 내 앞에, 이세계의 권속기 소지자가 나타나면 어떻게 되겠어?"

"……."

글래스는 그 질문에 대답하려 하지 않는다.

그 기분도 이해가 간다.

키즈나는 대인 전투가 불가능하다.

만약에 그런 상황이 벌어지면 상대를 동료에게 맡기고 물러나는 수밖에 없다.

그런데 사성용사는 파도 때면 강제로 소환된다.

그건 살해당하기 위해 소환되는 건가?

"글래스, 난 말이야, 파도가 일어난 현장에 사성용사가 소환되는 데에는 의미가 있다고 생각해."

"의미……?"

"응. 죽을지도 모르는 곳에 소환되는 거라면, 사성용사는 파도에 참여할 필요가 없잖아? 필요가 있으니까 소환되는 거겠지. 그렇다면…… 그 의미에 대해 가설을 세워 보자면, 사성용사가 파도를 잠재움으로써 다음 파도까지의 유예 시간을 벌 수 있다든가, 세계 융합을 저지할 수 있다든가 하는 것 아닐까?"

"……."

"물론, 내 의견이 옳은지 어떤지는 몰라. 그런데 글래스가 얘기하는 논리에 따르면, 세계를 지키기 위해서라면 사성을 파도에 참가시킬 필요성은 없다는 뜻이 되잖아. 하지만 사성용사는 의무적으로 파도에 참여하게 돼 있잖아?"

뭐, 나는 무한미궁에 있느라 참여하지 못했지만.

그렇게 뇌까리고, 키즈나는 글래스의 손을 잡는다.

"그런 얘기는 전승에는 안 나와 있는지도 몰라. 하지만 적어도 나는, 이 세계를 구하려면 다른 세계를 멸망시키고 다른 세계 사람들을 희생시켜야만 한다는 이론은 부정하겠어. 우리는 그런 짓을 해서는 안 돼."

"……네. 죄송해요."

키즈나의 주의를 듣고, 글래스가 우리 쪽을 보며 고개를 숙였다.

뭐, 나도 독한 놈은 아니고, 그렇게까지 화낼 필요는 없다고 느끼고 있다.

글래스 일당도 필사적으로 세계를 구하려다 보니 그렇게 된 거고, 이세계에서 온 나를 자신의 신앙 때문에 함정에 빠트려 죽이려 한 자들보다는 나은 녀석이라는 건, 지금까지의 경험을 통해 알고 있다.

소중한 동료가 사라진 상황에서, 그들이 동료가 돌아올

장소를 필사적으로 지켜 오고 있었다는 건, 키즈나가 거점으로 삼고 있었다는 집을 보면 알 수 있다.

마음이 전해진다고 해야 할까.

솔직히 부러운 관계군.

만약에 라프타리아가 나를 소환한 세계의 무기에게 선택받았고, 내가 행방불명된 상태라면 라프타리아도 그렇게 행동해 줄까?

그렇게 생각하면서 라프타리아를 본다.

라프짱이 라프타리아의 어깨를 발판 삼아서 머리로 올라가 있었다.

"뭐, 뭐예요?"

"뭐, 글래스의 기분도 이해 못하는 건 아니니까, 나도 더는 안 따질 거야."

가능하면 키즈나와 글래스 같은 사이가 되고 싶다.

내 일방적인 바람일 뿐이지만, 라프타리아가 나를 생각하며 행동해 주면 기쁠 것 같다.

"다시는 우리를 공격하지 않을 거라면, 나도 딱히 여기서 싸울 생각은 없어."

"꼬마……."

"나오후미……."

"그럼 이제 화해하자, 응?"

그렇게 말하고, 키즈나가 악수를 청해 왔다.

나는 그 손을 홱 뿌리치고 말했다.

"그런 건 내 취향 아냐."

나 참, 뜨거운 우정이니 하는 건 내 취향이 아니라고.

만화나 게임 속 내용이라면 좋지만, 애석하게도 이세계에 온 후로 좋은 경험을 한 적이 없기에 그런 건 질색이다.

"뭐, 어쨌든 이렇게 됐으니, 일단은 동맹관계를 계속해 나가도록 하지. 나에게는 해야 할 일이 있으니까. 그 일을 완수하기 위해서라면, 협력자는 많으면 많을수록 좋지."

"나오후미 쪽 이세계의 수호수가 강탈당했던 힘을 되찾겠다고 했지, 아마?"

"그래. 나는 영귀를 조종해서 우리 세계를 어지럽히고 돌아다닌 책의 권속기 소지자, 쿄에게 죗값을 치르게 해 주기 위해서 온 거야."

절대로 잊지 않는다.

영귀인 오스트의 소망을 이루어주기 위해, 그리고 나를 비롯한 그 세계 사람들의 대표자로서, 나는 쿄에게 죗값을 치르게 해 줘야만 한다.

내 말에 라프타리아를 비롯해서, 리시아와 글래스, 라르크와 테리스도 진지한 얼굴로 고개를 끄덕인다.

"키즈나, 이것만은 분명히 말씀드릴 수 있어요. 책의 권속기 소지자인 쿄는 권속기 소지자의 본분에서 이탈했기에, 우리의 무기가 직접 쿄에 대한 토벌을 의뢰해 온 거예요."

"응……. 태연자약하게 그런 짓을 저지르는 녀석을 처단하는 일이라면 나도 안 말릴 거고, 무기가 요청한다면 받아들일 거야. 나오후미, 우리도 협조할게. 그러니까 이건…… 글래스 일행이 나오후미한테 저지른 짓에 대한 속죄라고 생각하고 용서해 줘."

"용서하고 말고 할 것도 없이, 어차피 우리 목적은 똑같잖아? 그런 녀석을 그냥 내버려 뒀다가는, 이 세계도 안전을 보장할 수 없다고."

아마 영귀에게서 빼앗은 힘에 적응하기 위한 일이라는 명목으로, 지금도 뭔가 일을 꾸미고 있을 것이다.

한시라도 빨리 녀석에게 응분의 대가를 치르게 해야 한다.

그렇다……. 우리는 아직까지 아무 일도 하지 않은 거나 마찬가지인 것이다.

"그러니까 꼬마! 모처럼 이렇게 모두 모였고, 오랫동안 떨어져 있던 키즈나 아가씨도 돌아왔으니까, 오늘 정도는 화끈하게 축하 파티라도 하자 이거야!"

라르크가 짝짝 손뼉을 치자, 성의 관원들이 분주하게 뭔가를 준비하기 시작했다.

보아하니, 축제 준비인가?

손뼉만 쳤는데도 성안 관원들이 알아서 움직이다니……. 라르크는 의외로 꽤 높은 지위를 갖고 있는 거 아냐?

그러고 보니…… 도련님이라는 정체불명의 인물이 있었

지. 설마.

"어이, 도련님."

라르크를 도련님이라고 불러 본다.

그러자 라르크가 벌레라도 씹은 것 같은 얼굴로 돌아보았다.

"이익?! 꼬마가 어떻게 그걸 알고 있는 거야?!"

"역시 널 가리키는 말이었군……. 꽤 높은 지위에 앉아 있는 모양이지?"

"나라고 좋아서 그런 지위에 있는 건 아냐. 난 자유가 좋다고!"

아직 키즈나와 충분히 얘기한 건 아니라서, 라르크가 키즈나와 동료가 되기까지의 경위는 모른단 말이지.

아아, 혹시 왕인 아버지가 죽고, 못난 왕자가 이 나라를 이어받았다든가 하는 건가?

라르크의 사람됨을 보면, 꽤 인망이 모일 것 같은데 말이지.

치안은 좋은 것 같으니까, 라르크의 통치는 비교적 순조롭다고 할 수 있으려나?

우수한 부하들이 모여 있는 거겠지. 카리스마가 있어 보이니까.

어쩌면 과거에 키즈나가 활약한 덕분일 수도 있을 것 같다.

"그러니까 도련님, 네가 나를 꼬마라고 부르는 한, 난 너를 도련님이라고 부를 거야."

"아, 알았다고, 나오……후미."

"흐음."

라르크의 말투가 엄청나게 불편해 보인다.

그 직후, 라르크는 크아아− 하고 절규한다.

"도저히 적응이 안 돼! 역시 나오후미가 아니라 꼬마가 제일 잘 맞아!"

"무슨 개소리야! 말이 되는 소리를 해야지! 이 도련님아!"

"알 게 뭐야! 꼬마네는 푹 쉬고 있어. 준비 다 끝나면 부를 테니까. 키즈나 아가씨와 글래스 아가씨는 오랜만에 만났으니 우호라도 다지고 있으라고."

그렇게 말하면서, 라르크는 우리를 쫓아내 버렸다.

······으−음.

나는 그 자리에 있는 동료들을 쳐다본다.

"라르크베르크는 여전히 축하하는 걸 참 좋아하는군요."

지금까지 묵묵히 상황의 흐름을 지켜보고 있던 에스노바르트가 미소 띤 얼굴로 입을 연다.

"하지만, 오늘 하룻밤 정도 즐기는 건 나쁘지 않겠죠. 키즈나, 돌아와 줘서 기뻐요."

"······응. 나도 다시 만나게 돼서 기뻐, 모두."

키즈나가 눈물이 그렁그렁한 채 글래스와 주위 사람들을 향해 말한다.

키즈나가 얼마나 오랜 세월을 그 무한미궁에 갇혀 있었는지, 나는 모른다.

아주 오랜 시간, 그 공간에 있었던 모양이다.

다시는 빠져나올 수 없을지도 모른다고 생각했던 곳으로부터 귀환한 것이다.

자칫 잘못했더라면 나도 같은 신세가 됐을지도 모르겠군.

"축하? 필로 노래하고 싶어."

"라프~."

필로와 라프짱이 각각 내 어깨 위에 올라타서 자기주장을 한다.

그런 그들을 묵묵히 쳐다보다가, 라프타리아와 필로에게 눈길을 돌린다.

"그래요……. 조금 정도라면 즐겨도 괜찮을 것 같아요. 솔직히 피곤하기도 하구요."

"후에에……. 오랜 시간 떨어져 있었던 친구들이 재회한 거네요! 정말 잘됐어요."

응, 그러게 말이야.

짧은 시간이었지만, 나도 라프타리아와 헤어져 있느라 불안했었다.

그들의 마음을 이해할 수 있었다.

마치 어린아이처럼 키즈나와의 재회를 기뻐하는 글래스를 곁눈질하며, 우리는 미소 짓고 있었다.

"일단은……."

"왜, 왜 그러세요?"

나는 라프타리아가 갖고 있는, 칼집도 없는 도를 응시한다.

"키즈나, 재회를 즐기는 와중에 미안하지만, 라프타리아의 도에 칼집 정도는 만들어 주는 게 좋지 않을까?"

"아, 그래야지."

키즈나가 돌아서서 내 쪽으로 한 발짝을 내딛는 바람에, 마침 키즈나에게 손을 뻗었던 글래스의 손이 떨어진다.

글래스의 표정에 약간의 아쉬움이 깃들어 있다. 뭔가 엄청나게 위화감이 느껴지는데.

너…… 레즈비언 기질이 좀 있었군.

"그럼 내가 아는 사람 가게로 갈까? 실력 하나는 확실하니까 기대해도 좋아."

뭐, 마음 같아서는 무기상 아저씨에게 칼집 제작을 부탁하고 싶지만, 여기는 이세계니까.

키즈나의 지인이라는 명인에게 맡기는 편이 좋겠지.

"알았어."

키즈나의 안내에 따라, 우리는 성을 나와서 성 밑 도시에 있는 가게로 가기로 했다.

"이거 키즈나잖아! 이게 얼마 만이야?!"

키즈나가 우리를 안내해 간 곳은, 성 밑 도시에서도 제법 번성하고 있는 대장간이었다.

듬직한 체격의…… 좀 더 과격하게 말하자면 남자 뺨치는 여자였다.

가슴에 빨간 보석이 박혀 있다. 이런 인종을 정인(晶人)이라고 했던가?

테리스는 이마에 박혀 있었는데, 아무래도 보석이 달린 부분은 사람에 따라 다른 모양이다.

"행방불명됐다는 얘기를 글래스한테 듣고 무지하게 걱정했어. 글래스도 이제 마음을 놓을 수 있겠군. 그때는⋯⋯ 글래스를 다독이느라 다들 얼마나 고생했는지 모른다니까."

"로미나, 그 얘기는⋯⋯."

글래스 녀석이 필사적으로 가로막으려 하고 있다.

냉정하고 기계적인 녀석이라고만 생각했었는데, 의외로 인간적인 측면도 있군그래.

"이 사람은 로미나. 내가 단골로 이용하는 대장간의 대장장이야."

"난 이와타니 나오후미야."

"라프타리아라고 해요. 앞으로 잘 부탁드릴게요."

"필로!"

"라프~."

"리시아예요. 잘 부탁드릴게요."

"처음 오는 손님이군그래. 앞으로 잘 부탁하지."

대장장이라는 말에, 무기상 아저씨를 떠올린다.

"여기로 소재와 돈을 가져오면 이것저것 만들어 주는 거야?"

"일단은 말이지. 재수 없는 손님은 내쫓아 버리지만!"

"나는 재수 없는 손님인가?"

"아니?"

로미나라는 녀석이 나를 빤히 쳐다보더니, 자신의 턱을 손가락으로 어루만지며 부정한다.

"당신은 굳이 따지자면 이런 걸 좋아하는 인종에 속하잖아?"

"……하긴."

무기상 아저씨도 꿰뚫어 보았었는데, 손에 넣은 소재를 이용해서 주문제작으로 만든 무기에는 일종의 로망이 있다. 내가 주문제작을 좋아하는 데에는 그런 이유도 있긴 할 것이다.

"눈썰미가 있는 사람은 나오후미 님의 성격을 한눈에 알아보네요……. 솔직히 좀 부러워요."

상대가 내 취향을 알아본 것에 대해, 라프타리아가 뭔가 아쉬운 듯 말한다.

"무슨 소리를 하는 거야?"

내가 주문제작을 좋아한다는 건 라프타리아도 알고 있었을 텐데.

"그래서? 내 가게에 온 건, 그냥 오랜만에 얼굴이나 보자는 건 아니지?"

"물론이지. 꽤 다양한 소재들을 손에 넣었으니까, 무기를 좀 만들어 줬으면 해. 그리고 저 아가씨의 도를 넣을 칼집도 만들어 줘."

키즈나가 무기에서 드롭 아이템을 훌훌 꺼내서 로미나에게 건네고 있다.

"그런 거였군. 오? 제법 좋아 보이는 물건이 있는데. 이거 손이 근질거리는걸."

그리고 로미나는 라프타리아의 도 쪽으로 시선을 보낸다.

"호……. 이거 엄청난 날붙이인데."

"아아, 도의 권속기거든."

"우와……. 성가신 물건을 가져왔네. 알았어. 칼집을 만들어주면 되는 거지?"

"부탁해도 될까?"

"덕분에 재미있는 물건을 구경했으니까. 키즈나와는 안면도 있는 사이이고, 이런 명품을 다뤄 볼 수 있다면 나로서도 환영이야."

"고마워."

그리고 로미나는 라프타리아가 가진 도의 사이즈를 재서 도면을 그리기 시작한다.

"나오후미도 원한다면 로미나에게 방어구나 무기 제작을 의뢰해도 돼."

"그래 볼까?"

"아, 맞아, 맞아. 나오후미는 이세계의 갑옷을 갖고 있었지? 이세계의 장비니까 로미나한테 한번 보여주는 것도 괜찮지 않을까?"

"응? 아……. 그러지 뭐."

영귀와 싸우는 와중에 넝마가 돼 버린 「야만인의 갑옷 +1?」을 가리키는 거겠지.

나는 분해해서 넣어 두었던 갑옷을 짐 주머니에서 꺼내서 카운터에 올려놓았다.

"기왕 봐 주는 김에 리시아 것도 좀 봐 줘. 좋은 방법이 있을지도 모르니까."

리시아가 애용하던 필로 인형옷도 같이 올려놓는다.

"한동안 인형옷을 못 입어서, 리시아도 지금까지 불안했을 테니까."

"후에에에."

"리시아 양은 딱히 인형옷을 애용했던 건……."

그렇게 말하면서, 라프타리아는 리시아를 쳐다본다.

"……애용하셨군요."

"후에에에에?!"

우는 모습을 다른 사람들에게 보이지 않을 수 있어서 좋다느니 하는 소리를 할 정도였으니, 애용하는 거라고 생각할 수밖에 없잖아.

"뭐야, 이거? 작동 안 하는 불량품이냐?"

로미나가 나와 리시아가 장비하고 있던 물건들을 보며 중얼거린다.

"맞다. 필로."

"왜～애?"

"네 손톱은 어디 뒀지?"

"그게 있지…… 어느샌가 사라졌어."

"하아……."

뭐, 구경거리 신세가 돼 있었던 걸 보면, 잃어버린 거겠지. 무기를 갖고 있었다면 도망칠 수 있었을 테니까.

갖고 있었다 해도, 제대로 작동했을지는 의심스럽기 짝이 없지만.

일단 방패 안에 있던 예비용 카르마 도그 클로를 꺼낸다.

뭐야, 꺼내는 동시에 무기 스테이터스의 글자가 모조리 깨져 나갔잖아…….

"이세계로 건너오는 바람에 기능이 작동하지 못하게 된 건지도 몰라. 어떻게 해 볼 수 없을까?"

"으음……. 갑옷은 해결할 수 있을 것 같지만, 인형옷과 손톱은 사용된 소재가 처음 보는 거라서 말이지."

로미나는 내 갑옷과 리시아의 인형옷을 감정해 가면서 뇌까린다.

"이거 재미있군! 아, 여기 있는 건 용제(龍帝)의 핵석(核石)이잖아."

로미나가 야만인의 갑옷 가슴 부분에 박혀 있는 보석을 가리키며 말한다.

"음……? 용제의 핵석? 여기에 뭔가 있는 거야?"

"그게 말이지, 옛날에 키즈나가 물리친 용제의 핵이 이거랑 똑같이 생겼었거든. 그래서 좀 놀란 거야. 이세계에도 용제가 있구나 싶어서."

"몰라. 단, 드래곤 좀비를 물리쳤을 때 손에 넣은 거니까, 같은 건지도 모르지."

그러고 보니 키즈나가 소환된 건, 상투적이기 짝이 없는, 용제라는 마왕을 물리치기 위함이었다고 했던가.

벌써 물리쳤던 거냐.

"꽤 편리한 가호가 붙게 돼 있어. 소중히 여기는 게 좋을 거야."

"갑옷이 망가졌으니 소중히 하고 자시고 할 것도 없잖아. 난 재사용하려고 온 거라고."

"뭐, 하긴 그렇게 되겠지. 이 갑옷 이름은 뭐라고 하지? 읽을 수가 없어서 말이야."

"야만인의 갑옷이라고 그랬지, 아마?"

"야만인……. 당신, 야만인이야?"

"부정할 수 없다는 점이 슬프네요."

도적의 소지품을 탈탈 턴 적도 많았을 정도니까. 아니, 그게 아니잖아!

"아냐! 그걸 만든 아저씨가 가르쳐준 거라고."

나 참, 아저씨가 모처럼 만들어준 거라서 쓰고는 있었지만, 솔직히 이름의 인상이 영 좋지 않은 갑옷이란 말이지.

"재미있어 보이니 이것저것 좀 만져보도록 하지."

"돈은 얼마나 들지? 호구 잡으려고 들면 거래는 취소할 줄 알아."

"나오후미 님, 우리 쪽에서 부탁드리는 거니까 조금 더 원만한 표현을……."

"그런 걸 신경 써서 뭐 해? 비록 키즈나의 친구라고 해도, 아무리 친한 사이에도 예의는 필요한 법이니까, 상대가 바가지를 씌우려고 들면 거절하는 게 당연한 거잖아."

"그, 그야 그렇지만……."

라프타리아와 얘기하고 있으려니 로미나가 깔깔대며 웃는다.

"완전 장사꾼이군그래. 내가 아는 수전노와 호각을 다투겠는데?"

"내가 보기엔, 아마 나오후미가 알트보다 더 독할 거야."

"그래? 팔 수 있는 거라면 뭐든지 다 팔아치우는, 그 죽음의 상인보다도?"

"어렴풋이 느끼고는 있었지만, 역시 그랬었나요, 키즈나?"

왜 글래스까지 나한테 의심 어린 시선을 보내는 건데?

"수완만 따지자면 솔직히…… 나오후미가 더 위일 것 같은데? 알트는 더 공을 들여서 물건을 파는데, 나오후미는 짧은 시간에, 그러면서 적은 노력이 드는 물건을 비싼 값에 팔아치우는 천재적인 재능을 갖고 있거든."

"칭찬하든 헐뜯든, 어느 한쪽만 해."

돈이 필요한 상황이었고, 시간이 아까웠으니까, 사기 수준으로 값을 끌어올려서 혼유약을 팔아 치운 것뿐이었잖아.

그게 뭐가 잘못이라는 거냐.

그나저나 키즈나나 이 녀석이 죽음의 상인이라고 부르는 녀석은 어떤 놈인지, 얼굴이나 한번 보고 싶군.

만약에 노예상 같은 얼굴이라면, 나는 그길로 도망칠 거다.

라프타리아가 한탄하듯 이마에 손을 짚고 있잖아. 난 잘 못한 거 없다고!

"뭐, 대금 문제는 걱정 안 해도 돼. 키즈나가 얽힌 일이니까 나도 최대한 값을 깎아 줄 거고, 국가의 지원도 있으니까."

"그렇다면 다행이지만⋯⋯. 부서지지 않게 조심히 다뤄 줘."

내게 있어서는 어찌 됐건 애착이 담긴 갑옷이다.

나를 믿어 준 무기상 아저씨가 만들어 준 물건이기도 하고 말이지.

"알았다니까. 그런데 이쪽의 웃기게 생긴 의상은 뭐지?"

로미나가 필로 인형옷을 펼쳐 보고 중얼거린다.

"필로는 웃기게 안 생겼어!"

필로가 야유를 날린다.

자기가 웃기게 생긴 생물이라는 소리를 들은 거라고 느낀 걸까?

뭐, 이 세계에서는 친숙하지 않은 존재인 필로리알 퀸의 형태를 본떠 만든 인형옷이니까.

"왜 네가 화를 내는 거지?"

"이 녀석은 다른 세계로 건너오는 바람에 정체불명의 변화를 일으켰거든. 내가 있던 세계에서는, 딱 그렇게 생긴 마물이었어."

"아아, 그랬었군…….. 이렇게 깜찍하고 환상적인 외모를 갖고 있는데, 본성은 이거라니……."

로미나가 어째선지 딱딱하게 굳은 미소를 지으며 뇌까린다.

그 기분은 나도 이해가 가. 필로의 정체에 관해서는 할 말이 산더미처럼 많으니까.

평소에 필로리알 퀸의 형태로 있을 때, 내 정면에 서 있으면 위압감이 느껴질 정도다.

"어찌 됐건, 이게 정말 이세계의 방어구라면 연구할 시간을 좀 줘. 잘만 되면 재미있는 걸 만들어낼 수 있을 거야."

"알았어. 맡겨 두지."

어차피 현재로서는 사용할 수 없는 장비니까.

잘만 재탄생해 주면 앞으로 살아남는 데에 큰 도움이 될 것이다.

최종적으로 적의 전력 상승에 협조하고 있는 것 같은 기분도 들지만, 지금은 이게 최선의 수단이리라.

"다른 용건은 더 있어?"

"지금은 일단 이 정도야. 새로운 방패라도 만들어 준다면야 얘기가 달라지겠지만."

나는 웨폰 카피로 복제해서 쓰면 되니까, 복제한 후에는 다른 사람에게 주거나 팔면 된다.

"한 번에 너무 많은 의뢰를 받아도 만드는 순서는 정해져 있으니까. 오늘은 이쯤에서 일단락을 짓는 게 좋지 않겠어?"

"동감이야."

"OK! 오랜만에 흥분되는 의뢰로군. 요즘에는 웃기지도 않는 의뢰들이 많아서 넌덜머리가 나던 참이었거든."

대장장이에게도 이런저런 고민이 있는 모양이군.

나도 돌아가거든 무기상 아저씨한테 뭔가 의뢰해 줘야겠다.

로미나가 개수한 야만인의 갑옷을 보여주면 관심을 보일 것 같고 말이지.

이세계에서 손에 넣은 광석 같은 걸 가져가기만 해도 상당히 놀랄 것 같은 느낌이 든다.

장인으로서의 호기심이라고나 할까?

그리고 방어구 개수 의뢰를 마친 우리는 로미나의 가게에서 나왔다.

"이제 어떻게 할 거지?"

내가 물었을 때, 펑펑하고 성 쪽에서 불꽃놀이 같은 게 솟구쳐 올랐다.

성 밑 도시 주민들도 그 소리를 듣고…… 들뜬 탄성을 내지른다.

"일단은, 내 귀환 축하를 같이 즐겨 줬으면 좋겠는데."

미소 띤 얼굴의 글래스가 키즈나의 손을 꼭 붙잡고 나를 향해 깊숙이 고개를 숙인다.

"행방불명 상태였던 키즈나를 구해 주셔서 감사합니다. 저희도 최대한 협조할 테니 오늘은 느긋하게 축제를 즐기도록 하시지요."

흐음……. 뭐, 가끔은 이런 것도 나쁘지 않겠지.

메르로마르크에서는 좌충우돌하느라 마음 편할 날이 없었고, 여기는 낯선 나라이긴 해도 나를 함정에 빠트리지는 않을 것 같으니까.

"그럼, 우리도 좀 즐겨 볼까? 라프타리아, 필로, 라프짱, 리시아. 가자."

"네!"

"뭔가 재밌어 보여～."

"라프～."

"후에에에……. 뭘 하실 건데요?"

"좌판 뒤엎기지."

"후에에에!"

"무슨 말씀을 하시는 거예요?"

"밥이다～."

"라프~."

우리가 성 밑 마을에서 열린 축제 현장을 향해 걸어가자, 키즈나와 글래스가 우리를 지켜보듯 뒤를 따른다.

이 세계에 온 목적인, 쿄에 대한 처단을 수행하기까지는 아직 시간이 걸릴 것 같지만, 오늘 정도는 노는 것도 나쁘지 않을 것이다. 나는 그렇게 스스로를 납득시켰다.

에스노바르트

배(원반)

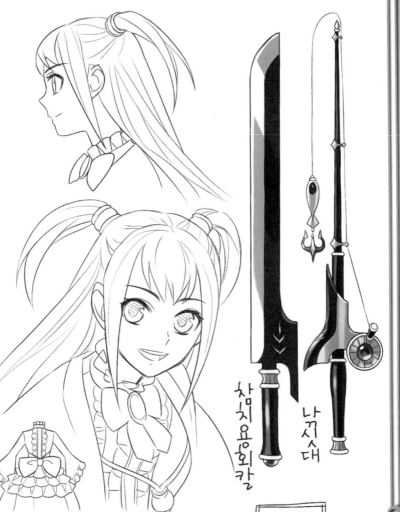

참치용회칼

낚싯대

키즈나

방패 용사 성공담 8

2015년 06월 22일 제1판 인쇄
2019년 02월 14일 4쇄 발행

지음 아네코 유사기 | **일러스트** 미나미 세이라 | **옮김** 박용국

펴낸이 임광순 | **제작 디자인팀장** 오태철

편집부 황건수 · 신채윤 · 이병건 · 이홍재 · 김호민
디자인팀 한혜빈 · 김태원
국제팀 노석진 · 엄태진

펴낸곳 영상출판미디어(주)
등록번호 제 2002-000003호
주소 21311 인천광역시 부평구 평천로 132 (청천동)
전화 032-505-2973(代) | **FAX** 032-505-2982

ISBN 979-11-319-3210-0
ISBN 979-11-319-0033-8 (세트)

Tate no yuusha no nariagari 8
ⓒ Tate no yuusha no nariagari by Aneko Yusagi
Edited by MEDIA FACTORY
First published in Japan in 2014 by KADOKAWA CORPORATION, Tokyo.
Korean translation rights arranged with KADOKAWA CORPORATION, Tokyo.

노블엔진(NOVEL ENGINE)은 영상출판미디어(주)의 라이트노벨 및 관련서적 브랜드입니다.